다방집 소년

이상의 문학 4

다방집 소년

초판 1쇄 발행	2018년 11월 27일
지은이	정창영
편집	김영미
표지디자인	정은경디자인
펴낸곳	이상북스
펴낸이	송성호
출판등록	제313-2009-7호(2009년 1월 13일)
주소	03970 서울특별시 마포구 성미산로 5길 72-2, 2층.
전화번호	02-6082-2562
팩스	02-3144-2562
이메일	beditor@hanmail.net

ISBN 978-89-93690-58-3　(03810)

이 도서의 국립중앙도서관 출판예정도서목록(CIP)은 서지정보유통지원시스템 홈페이지
(http://seoji.nl.go.kr)와 국가자료공동목록시스템(http://www.nl.go.kr/kolisnet)에서
이용하실 수 있습니다.(CIP제어번호: CIP2018035626)

＊ 이 도서는 한국출판문화산업진흥원의 출판콘텐츠 창작자금 지원 사업의 일환으로 국민체육
진흥기금을 지원받아 제작되었습니다.

정창영
장편소설

이상
북스

차례

1

오늘은 엄마가 모처럼 보도방에 전화를 건 날이다. 또 고등학교 1학년 여름방학이 끝나고 2학기가 시작해 채 3주도 지나지 않아 벌써 '다방년 아들'이란 소릴 들은 날이고, 그렇다고 싸움 따월 하는 건 아예 생각도 안 한 날이다. 88올림픽을 앞두고 지금 대통령이 86아시안게임까지 유치해, 그 시작을 불과 열흘도 남기지 않은 날이기도 하다.

열일곱 살은 늘 거시기가 꼴린다. 사실 우리나라 제2의 도시 근방에서도 바닷바람이 세차기로 유명한 D시의 신도심에서 다방을 하는 지하에 꽤 오래 살고 있던 나는 철이 좀 들고 나서는 (아마 열서너 살 무렵부터) 늘 거시기가 꼴렸었다. 이유는 명확히 알 수 없었으나 우리 다방집에 오는 아가씨들은 늘 나이가 좀 있었고, 자주 바뀌었으며, 간혹 내 거시기에 관심을 두는 이가 아주 없지는 않았다.

유독 이번 여름방학이 시작되자마자 그동안 열심히 일하던 미스 서 누나가 사정이 있다며 일을 그만두었다. 미스 서 누나는 아직 학교에 다니는 어린 동생들 학비를 책임져야 하는데 우리 다방집이 장사가 잘 안 돼 자꾸 월급이 밀린 탓 같았다. 언뜻 잠결에 착한 미스 서 누나랑 다방집 마담인 엄마가 그동안 밀린 월급 문제로 서로 어려운 이야길 하는 소리를 들었다.

엄마는 내가 갓 열두 살이 되었을 무렵 신도심 개발 초기에 수도다방이라는 간판을 달고 다방을 시작했다. 그런데 얼마 전부터 우리 다방집 옆에 있는 시외버스 터미널 주변에 다른 다방들이 우후죽순 생긴 것이 문제였다. 〈조선일보〉 '이규태 코너'에서 읽은 바로는, 경상북도만 해도 1982년부터 지금까지 한 해에 250개씩 다방이 새로 생겼다고 하는데 경상남도 D시의 사정도 마찬가지였다.

덕분에 여름방학 동안 나는 레지 아가씨 한 명 없이 장사를 하게 된 다방집 도련님이 된지라 어쩔 도리 없이 틈만 나면 "조군아!" 하고 나를 부르는 손님들의 담배 심부름을 했고, 커피 잔이 쌓이면 열심히 설거지를 했다. 양손에 주부습진까지 생겨 상당히 우울했지만, 그렇다고 다방집 도련님 주제에 이런저런 사정을 어디다 대놓고 얘기할 형편은 아니었다.

간혹 양말을 짝이 맞지 않게 신는 것이나 구멍 난 양말을 신는 것도 그리 자랑할 만한 일은 아니었지만, 아무리 서울에서 고등학교까지 나오고 교양도 있는 데다가 외모까지 출중한 여자라도 울 엄마처럼 남편 없이 전적으로 혼자 생계를 책임지며 일하는 여자들은 매우, 무지, 많이 바쁘다고 믿는 까닭에 별 말없이 그런 양말을 신고 다녔다. 어떨 땐 짝짝이에 구멍 뚫린 양말을 신었다. '뭐, 어때!' 싶었다.

문득 이렇게 효심이 지극한 아들인데도 어쩐 일인지 커오며 '아비 없는 후레자식'이라는 소리를 들었다. 진짜 오늘도 그런 소리를 들었다. 오전 내내 졸다가 점심시간이 되어 도시락을 먹고 소변이 마려워 화장실에 가려고 복도를 지나가는데 뒤에서 이런 소리가 들려왔다.

"졈마! 다방년 아들인데, 즈그 아부지도 누군지 모린다카더라."

"맞나? 누가 쟈 엄마가 전라도년이라 카던데…."

문득 발걸음을 멈춰 섰다. 1학년에서 가장 논다는 종철이와 그 일행이 부러 시비를 건다. 눈에 불똥이 튀고 울컥해 뒤를 돌아보려다가 주먹을 꾹 쥐고 참았다. 아주 잠깐 딴생각을 하기도 했지만 가던 길을 마저 갔다. 복도를 걸어가면서 나는 정말 내 아버지 얼굴을 모른다고 생각했다. 엄마에게 아버지에 대해 물어봐야 그저 돈을 벌기 위해 미국에 갔다는 말뿐이었다. 어떻게 사진 한 장이 없는지 모르겠다. 하지만 이제 와서 별로 알고 싶지도 않다.

예전에 학교 친구들에게 저런 말을 들으면 좀 대들기도 했지만 주로 맞는 일이 많았다. 게다가 다방년 아들에 제 아버지 얼굴도 모르면서 괜히 친구들에게 시비를 붙여 싸움이나 하고 다닌다는 소리를 들었다. 그러니 후레자식이라는 둥, 호로새끼라는 둥, 싸움이나 하는 문제라는 둥, 뭐 그딴 소리를 하나라도 덜 들어야겠기에 앞으로 싸움은 절대 하지 않기로 다짐을 했다.

어쨌든 내가 사는 수도다방에서 의외로 열일곱 살 남고생은 담배 심부름이나 설거지 외에도 꽤 쓸모가 있었다. 바람이 유난히 많이 부는 D시 구도심의 항구 여객선 터미널 근처 바다가 바라보이는 언덕에 있는 전통의 D 남녀공학 고등학교를 다녀와서는, 늦은 밤까지 귀가는 않고 행패를 부리는 만취한 진상 손님을 쫓아내는 게 가장 큰 쓸모였다. 그다음 다방을 쓸고 닦고 셔터를 내리고 나서 아주 정확한 서울말 발음으로 "이. 씨. 발. 놈. 들. 아!" 하고 성조도 없는 욕을 연습했다. 이런 서울말은 매일 연습해야 한다고 생각했다. 그런데 서울말을 쓴다고 나를 죽이겠다는 아이도 있었다. 그런 협박을 받은 날은 특히 더 열심히 서울말을 연습했다. 그러니까 세 번은 더 연습했다.

그 아이들은 그런저런 이유로 나를 혐오했고 나 역시 그 아이들을 혐오했다. 아무리 아버지 얼굴도 모르고 술집과 다방집을 하는 지하에 산다지만, 그런 일로 놀림을 받는 것이 억울했다. 그리고 어쨌든 사람이 그런 놀림과 협박에 지지 않을 오기 정도는 있어야 하지 않겠나 생각하곤 했다.

더군다나 나는 86아시안게임이 곧 개최되고 88올림픽이 겨우 2년밖에 남지 않은 저 거룩한 서울 태생으로, 주민번호가 1, 0으로 시작하는 것이 내 유일한 자랑이었다. 엄마는 서울 여자였고 나는 서울 여자의 아들이었다.

...

　나는 오전 잠이 많다. 1교시에 그 어떤 수업을 하든 잠이 쏟아졌다. 거시기는 꼴렸고 잠은 쏟아졌다. 잠을 자면서도 내 거시기가 그 튼튼한 짝퉁 죠다쉬 청바지까지 뚫고 나갈 기세여서 난감했던 적이 한두 번이 아니다. 쓸데도 없는데 어디 갖다 버릴 수도 없고 해서 나는 내 그곳이 아주 거추장스러웠다.

　내가 다니는 D 남녀공학 고등학교는 학생 수가 900명 정도였고, 남학생 반과 여학생 반이 따로 교사(校舍)를 써서 운동장만 같이 사용하는 셈이었다. 그나마 바지에 수시로 텐트를 치는 문제로 여학생들 눈치까지는 보지 않아 다행이라 생각했다.

　말했듯이, 17세 소년은 다방에서 할 일이 아주 많다. 밤늦게 술에 취해 진상을 떨며 레지 누나나 마담인 엄마를 괴롭히는 손님을 쫓지 않을 때도 12시 반쯤 장사를 마치면 88부터 장미·청솔·라일락 같은 각종 국산 담배나 아주 간혹 마일드 세븐이나 말보로 레드 같은 양담배의 연기가 자욱한 지하실을 환기시키고, 모서리가 거의 다 닳은 흰(사실 아이보리색에 가까운) 테이블들을 행주걸레로 닦아야 했다. 그러고 나면 새벽 1시 정도였다.

　신도심의 시외버스 터미널 주차장 우측 축대 끝에 붙어 있는 3층짜리 상가건물 지하 1층의 다방집 홀은 한 스무 평 정도였다. 다방 입구 바로 옆에 카운터가 있었고 입구 왼쪽 벽에 거울을 붙여 실내를 넓어 보이게 했다. 반대편 비상구 쪽 벽에는 벽돌문양 벽지를 발랐다.

홀 중앙의 기둥을 기준으로 양쪽을 반으로 나누는 높이 1미터 정도의 중벽이 있고, 카운터 쪽에는 세로 약 1.5미터, 가로 45센티, 높이 50센티 정도의 길쭉한 어항이 있었다. 그 어항 양쪽으로 테이블을 놓고 의자를 놓아 우리 다방집의 기준을 삼았다. 한때 상당히 큰 잉어를 키우기도 했던 어항에는 항상 열렬히 키스를 하며 싸우는 키싱구라미와 반짝이는 열대어 무리, 또 금붕어가 수초들 위를 평화롭게 유영하고 있었다.

홀에는 테이블이 열 개 정도 있었는데 푹신하고 안정감 있는 검정색 레자(인조가죽) 의자가 테이블마다 네 개 혹은 여섯 개씩 놓여 있었다. 보통 우리 다방집에는 늘 삼성 이코노 컬러 TV가 켜져 있었다. 낮에 TV 방송을 하지 않을 때면 홀 벽에 걸린 스테레오 스피커에서 주현미나 현철과벌떼들이 부르는 트로트, 또는 조용필이나 윤수일의 노래가 흘러나왔다. 아주 가끔 라디오를 틀면 사이먼 앤 가펑클의 "브리지 오버 트러블드 워터" 같은 팝송이 흐르기도 했다. 아무튼 다방집 홀에서 아무 소리도 나지 않는 시간은 식구들이 잠을 잘 때뿐이었다.

내가 뒷마무리를 하는 동안 새벽에 내 도시락을 싸야 하는 엄마는 카운터 반대편 주방 뒤에 있는 세 평 남짓의 다방집 내실에서 잠을 청했다. 내실 옆 한 평 좀 넘는 쪽방이 내가 공부도 하고 잠도 자는 곳이지만 왠지 감옥 같다는 생각이 들었다. 대신 나는 홀에 있는 푹신한 다방 의자 여섯 개를 붙여 침대처럼 만들어서 잤다.

불을 모두 끄면 지하실이라 완전히 깜깜해질 것 같지만 비상구를 알리는 비상등은 항상 켜져 있었다. 그 덕에 홀 천장 네 군데에 조악하지만 그래도 나름 구라파의 위엄이 묻어나는 샹들리에 조명등이 빛났다. 그런 샹들리에를 바라보며 혼자 잠을 청하노라면 유럽 귀족 부럽지 않다는 생각이 들곤 했다.

마침내 다방집 내실에서 엄마의 코 고는 소리가 얌전히 들려오면 나는 주방 옆 내실 쪽 벽에 달려 있는 삼성 이코노 컬러 TV를 조심스럽게 켰다. 다방집에서 사는 것이 나쁘기만 한 건 아니다. 비디오나 컬러 TV, 전자오락기와 같은 신문물을 남보다 빨리 접하게 되는 장점도 있었다. 그 시간에는 AFKN을 주로 본다. 〈투나잇 쇼〉나 〈데이비드 레터맨 쇼〉 같은 건 전혀 알아듣지 못하면서도 그냥 보는 것만으로도 재밌었다. 또 내가 좋아하는 마돈나나 그녀의 라이벌인 신디 로퍼, 그리고 데이비드 보위, 유리스믹스의 뮤직비디오 클립을 보는 것도 좋아했다. 밋밋한 조명의 우리나라 방송을 보다가 이런 화려한 뮤직비디오를 컬러 TV로 보면 뭔가 모르게 무척 가슴이 설레었다. 마이클 잭슨의 뮤직비디오 "스릴러"는 정말 충격적이었다. 마지막으로 흑인 음악의 소울과 흑인 댄스 특유의 맛을 제대로 느낄 수 있는 〈소울 트레인〉 같은 음악 프로그램을 챙겨 보는 것도 낙이었다. 늦은 밤 내 나름의 취향을 즐기고 나면 딱 새벽 3시. 아! 망했어!

보통 아침 여섯 시 반에 엄마가 잠을 깨우면 허겁지겁 이불을 개어 내실 장롱에 휙 던져놓고, 고마운 의자들과 탁자를 제자리로 돌려두고, 남녀 공용인 다방집 화장실 세면대에서 이 닦고 세수하고, 다방집 부엌 앞 테이블에서 아침을 조금 먹고는 무조건 많이 들어 가면서 옆으로 메는 프로스펙스, 아니 로고가 그것과 아주 비슷하 게 생긴 프로스포츠 가방에 엄마가 챙겨놓은 큰 도시락을 집어넣 고 다방집을 나섰다.

우리 다방집이 있는 D시의 신도심에서 여객 터미널이 있는 D항 구로 향하는 6번 시내버스를 15분가량 타고 가면 저 멀리 학교가 보였다. 버스에 내려서 5분 정도 언덕배기의 학교 정문까지 헐레벌 떡 뛰고 나면 어김없이 잠이 쏟아졌다.

오전 내내 비몽사몽하며 졸다가 점심 무렵 잠이 깬다. 엄마가 싸 준 무식하게 큰 양철 도시락에 담긴 밥을 점심과 저녁 두 번에 나눠 서 먹었다. 그 바쁜 와중에도 도시락을 싸주는 예쁜 엄마가 고마웠 다. 그러나 서울에서 내려온 다방년 아들이란 말은 여러 번 들어도 참 싫었고 심지어 엄마가 전라도년인데 서울년 행세를 한다는 말 은 더더욱 듣기 싫었다. 그런데다가 3분기 기성회비를 왜 납부하지 않았냐고 타코 머리를 닮은 담임선생에게 불려나가는 것도 너무 싫었다. 우리 다방집 손님 중에 주로 밤늦게 술이 취해 오는 덩치가 무지하게 큰 대머리 손님을 엄마는 유별나게 타코 아저씨라고 불 렀고, 언젠가부터 나도 중년의 대머리 아저씨들을 타코 아저씨라 고 부르기 시작했다.

엄마는 고작 40대 초반이었고 여전히 아름다웠지만 요즘 들어 뭐가 괴로운지 밤마다 맥주를 마시는 일이 많아서 살집이 오르고 있었다. 간혹 새벽에 다방 1층 현관 셔터를 두드리는 술 취한 동네 아저씨 덕분에 곤하게 자던 잠을 깨고는 한다. 차라리 통행금지가 있던 시절이 더 나았다. 하긴 그 시절에도 셔터를 두드리는 사람들이 있었다. 역시나 오늘 새벽에도 그랬다.

'쾅쾅쾅!' 그냥 '쾅!'이 아니라 철로 된 셔터라 '철컹 철컹!'이 더 어울리려나? '쾅쾅'과 '철컹' 사이? 뭐 어쨌든.

"이 마담~ 이 마담아!"

"함 보자고! 딱 술 한 잔만 같이 하자니까."

살짝 잠이 들었는데 깨고 말았다. 잠시 기다려봤지만 안 되겠다 싶어 일어나 다방 1층 현관 셔터 앞으로 올라갔다.

"아저씨, 그만 가세요. 장사 끝났어요."

"샤타 열으라! 잉마에이, 확 마, 다 때려뿌싯 뿐데이~ 니 아나? 내사 힘 을수로 쎄다이~ 엉! 이 마담아, 이 마담 나오라케라 마. 어허!"

"가시라고요. 저 아침에 학교 가야 해요."

"이 시키가, 니 죽고 싶나? 어잉, 고마 말 안 듣나?"

"그냥 가시라니까요."

또박또박 매일 연습한 서울말로 대답을 했다. 동네 시장에서 이불가게를 하는 주씨 아저씨는 아주 나쁜 사람은 아닌데 주사가 너무 심했다. 이 아저씨 때문에 여러 번 고생했다. 한동안 뜸하더니 요즘 또 이런다.

"샤타 열으라카잔아! 열으라고~~~ 얼릉! 니 어른 말 안 듣나?

콱 죽이삘라마."

쾅! 쾅! 쾅! 철컹철컹!

맞다. 발로 차면 '쾅쾅쾅'이고 잡고 흔들면 '철컹철컹' 하는 소리
가 났다.

하아!

어쩔 수 없이 눈을 감고 오른손을 들어올려 셔터 밖에서 주사를
부리며 서 있는 주씨 아저씨의 마음속으로 들어갔다. 이래뵈도 나
는 이런 신묘한 재주를 가진 열일곱 살이다.

검은 하늘에서 땅으로 무서운 속도로 내려앉았다. 아무것도 없는 어둡고
황량한 벌판 여기저기 소용돌이가 몰아치고 있었다. 마른번개도 쳤다. 무
서워야 하는데 묘하게 처량한 느낌이었다. 아저씨가 소리를 지르는 소리
가 아주, 아주 느리게 들려왔다. 나는 두 손을 앞으로 들어올려 마치 장풍
을 쏘듯 손바닥을 모아 초점을 맞춰서 소용돌이의 기운을 가라앉혔다.

이걸 언제 누구에게 배운 건 아니다. 뭐라고 설명을 해야 할까? 그것은 마
치 고양이가 공중제비를 넘듯 본능적으로 알게 되었다고 설명할 수밖에
없다.

어느새 바람이 잦아들었고 처량하고 황망한 벌판만이 남았다. 모았던 두
손을 풀었다. 언젠가부터 나는 사람의 마음속에 들어오면 현실과는 다
른 특수한 옷과 신발을 갖추고 있었다. 그런데 문득 검고 짧으며 빛이 나
는 강철 부츠 형태를 한 내 오른쪽 신발 앞에 키 작고 가냘픈 나무 한 그루
가 보였다. 촘촘히 이은 은줄로 된 장갑을 낀 손으로 이 작고 힘없는 나무

를 뽑아버리면 주씨 아저씨의 목숨도 앗을 수 있겠다는 생각이 들었다. 무릎을 굽혀 작은 나무를 두 손으로 움켜잡았다. 쥐고 흔들어 보니 아저씨의 생명수는 그리 단단하게 뿌리내려 있지도 않았다. 순간 손이 떨렸다. 지금 당장 확 뽑아버리고 싶다는 욕망에 사로잡혔다. 어떤 갈망이랄까! 한동안 참았던 것일까? 심하게 요동치는 마음에 깜짝 놀라 순간 손을 뗐다. 그리고 검은 하늘로 붕 하고 날아올라 다시 다방집 건물 1층 현관 셔터 안 원래 내가 있던 자리로 서둘러 돌아왔다.

현실의 내가 눈을 뜨자 온 동네를 시끄럽게 하던 그 거친 소리는 잠잠해 있었다. 대신 얼마간 숨을 못 쉰 듯 컥컥대는 주씨 아저씨의 목소리가 들렸다.

"커억, 컥! 컥컥~ 크어어억! 아, 내사 갑자기 숨이 탁 막히가 죽을 뻔했다 아이가! 아이고야~ 으웩, 으웩! 으으으."

아저씨는 구역질까지 했다.

"아저씨, 그러니까 어서 가세요."

"으, 응, 응! 컥컥, 케에엑켁! 아이고야~ 으응, 알았다. 마, 내 간다고. 간다니까! 아이고야."

공포에 질린 주씨 아저씨의 목소리가 들렸고 잠시 아저씨가 가는 걸 확인하고 뒤돌아서는데 뜻밖에도 엄마가 바로 뒤에 서서 나를 노려보고 있었다.

"아, 깜짝이야! 왜, 왜 안 자고 나왔어?"

"성재야! 그러지 마."

"뭘?"

"그러지 마, 아들."

보기 드물게 어두운 표정의 엄마가 나를 바라보았다.

2

누가 뭐라고 하든 이 다방집이 내 고향인 것은 분명하다. 술집에서 다방집까지 근 7년을 이곳에서 살았으니 그것은 숨길 수 없는 팩트다. 내가 기억하는 한 17년 인생 중 이 지하실에서 가장 오래 살았고 여기 말고는 딱히 갈 데도 없었다. 또 어디 가고 싶지도 않았다. 생각해 보면 줄곧 엄마와 나 우리 단 둘이 서울에서 살다 내려왔다는 사실 말고는 내가 아는 바가 없었다. 일가친척이라고는 전혀 없었다. 이상했지만 따로 따져 묻지는 않았다. 내가 다른 아이들처럼 엄마에게 응석을 부리거나 이것저것 묻지 못하는 이유가 있었다. 일곱 살 무렵, 참 여쁜 나의 엄마는 내 또래 어린아이들만 유별나게 많이 모여 사는 시설에 한동안 나를 맡겼었기 때문이다.

어렴풋한 내 기억에 엄마랑 서울에서 마지막 살았던 집은 한강이 바라보이는 잠실의 한 주공아파트였다. 5층 꼭대기 층이라 베란다에서 한강이 내려다보였다. 장마철에 비가 많이 오면 강변도로와 그 옆에 있는 가로수들까지 한강물에 잠겨서 무척 신기했다. 사실 지금 살고 있는 20평대 크기의 다방집에 비하면 너무도 작은 아파트였지만 엄마와 단 둘이 살기에는 딱 알맞았다. 어쩐 일인지 다리가 네 개 있고 양쪽 미닫이로 브라운관을 닫을 수 있는 자바라 금성사 흑백 TV가 거실에 있었다. 이 다리 달린 TV는 몇 해 전까지만 해도 우리 다방집 내실에 있었다. 그러나 아쉽게도 칼라 TV의 시대를 오래 버틸 수는 없었다. 중학교 2학년 때 학교에 다녀와 보니 그 TV가 없어졌다. 그날은 내가 엄마에게 화를 낸 유일한 날이었다. 내게는 그 낡은 텔레비전이 무엇보다 소중했기 때문이다.

완공이 되자마자 입주한 잠실 주공아파트에 우리 모자가 살던 시절, 나는 점심을 먹고 나서 엄마가 식탁에 저녁밥을 차려놓고 돈을 벌러 나가면 하루 종일 금색으로 빛이 나는 아주 작은 마징가제트 모형을 갖고 아파트 놀이터에서 놀거나 AFKN에서 하는 〈제너럴 호스피털〉 같은 약간 야한 TV 드라마를 봤다. 워낙 오랫동안 방영된 드라마였지만 영어를 읽게 되었을 때 비로소 그 세목을 알았다. 시작하면서 음악과 함께 큰 병원 건물이 나오기는 하는데, 여기 등장하는 남녀 어른들은 주로 입을 맞추거나 껴안거나 침대에 같이 누워 있거나 인상을 쓰며 마구 소리를 지르거나 뭐 그런 일에만 열중했다. 나이가 어려 별생각 없이 그냥 봤지만 미국 사람들이라고 해서 우리랑 사는 게 아주 달라 보이지는 않았다. 서로 좋아하더니 웬걸 어느 순간 배신을 했다. 그걸 보면서 나는 아파트 놀이터에서 가끔 같이 놀던 예쁜 여자 아이가 어느 날 자기 엄마랑 놀이터에 와서는 날 모른 척 하고 나보다 백배는 잘 차려입은 자기 엄마 친구의 아들이랑 노는 걸 비로소 이해했다. 나는 그 어린 나이에 다리가 네 개인 그 흑백 TV로 세상 공부를 했다.

저녁에는 보통 문화방송에서 하는 마징가제트 만화 영화를 봤는데, 어떨 때는 채널 돌리는 걸 깜빡하고 AFKN의 〈휠 오브 포춘〉이라는 회전판을 돌리는 퀴즈 프로그램까지 계속 보기도 했다. 숫자 공부는 절로 됐다. 분명 단어를 맞추면 숫자가 올라가는데, '미국 사람들은 숫자가 올라가는 걸 보고 저렇게 열광하다니!'라는 생각을 했다. 그리고 그 숫자가 미국 달러를 뜻한다는 것도⋯ 나중엔 알게 되었다. 그 다리 달린 금성 TV는 내 기계 유모였다. 비록 어린 내가 도저히 알아들을 수 없는 미국식 영어로 미군 특공대가 특수 군사훈련을 하는 모습도 많이 보여주었지만 말이다. 어쩐 일인지 그런 장면들은 머리에 쏙쏙 잘 들어왔다.

엄마는 아주 늦은 밤이 되어서야 집에 돌아왔다. 가끔은 술 냄새를 풍기며 오기도 했다. 그렇다고 집에 들어오지 않은 날은 없었다. 혼자 저녁을 챙겨 먹고 코끼리와 기린과 사자가 있는 동물원 이야기 입체 그림책을 보다가 깜빡 잠이 들었다. 한밤중에 엄마가 집에 오면 다시 잠을 깼고 화장실에서 화장을 지우고 얼굴을 씻는 엄마를 말없이 지켜보았다. 그리고 예쁜 엄마의 따뜻한 품에서 나는 아주 좋은 향기를 맡으며 다시 잠이 들면서 엄마에게 진짜 동물원에

가 보면 안 되냐고 물었다. 이 질문이 내가 엄마에게 무언가를 물어본 마지막 질문이다.

그랬는데 장마가 가신 어느 늦은 여름날, 평소와 다르게 엄마가 아침 일찍 어딘가로 나를 데리고 갔다. 기쁘게도 엄마는 내 소원을 들어주었다. 태어나서 처음으로 구의동에 있는 어린이대공원에 갔다. 거기에는 내가 보고 싶었던 동물도 많았고 또 재밌는 놀이기구도 여럿 있었다. 어둡고 큰 드럼통 같은 곳에 들어갔더니 나란히 의자들이 있었고 여러 사람들과 같이 그 의자에 앉았다. 엄마가 내 안전벨트를 매주자 곧 그 통이 빙글빙글 돌기 시작했다. 사방에서 비명소리가 났다. 그런데 나는 별로 무섭지 않았다. 뿐만 아니라 나는 〈새서미 스트리트〉를 비롯해 영어로 말하는 매우 친절한 미국 군인들을 굉장히 많이 보여주는 흑백 TV 유모에게 이런저런 것들을 보고 배운 바가 있는 늠름한 일곱 살이었다.

"여러분, 가만히 자기 자리를 꽉 붙잡으세요. 그러면 다치지 않아요. 그러니 의자에 가만히 있으세요."

미군 장교라도 되는 냥 사람들에게 명령했다. 꽥꽥! 빽빽! 비명을 지르면서도 어린아이의 책임감 넘치는 명령에 사람들이 간간히 웃는 소리도 들렸다. 나중에 이날 기억이 날 때마다 나는 부끄러워 얼굴이 후끈거렸다.

어두운 통돌이에서 나왔을 때 늦여름의 햇살이 꽤 강렬했다. 무척 즐거운 시간을 엄마랑 보내고 나서 엄마는 점심으로 냉면을 사주었다. 맛있게 냉면을 먹는데 왠지 엄마의 눈이 촉촉이 젖어 있는 것을 봤다. 엄마는 자장면보다 냉면을 좋아했다. 그렇게 좋아하는 냉면인데 엄마는 이날 별로 먹지 못했다. 점심을 먹고 나서 우리가 향한 곳은 한강변이 보이는 잠실의 주공아파트가 아니었다.

어린이대공원에서 버스를 타고 아주 멀리 가지는 않았던 것 같지만, 정류장에 내리고 보니 주변에 우리가 살던 한강이 보이는 전망 좋은 신식 아파트는 아예 보이지도 않았고 다닥다닥 붙은 오래된 단층집이 많았다. 버스가 다니는 큰 도로에서 주택가로 접어들어 작은 길을 따라 계속 오르막을 걸었다. 어디로 가는지 물었지만 엄마는 신통한 대답을 하지 않았다. 돌이켜 보면 타이트한 아이보리 스커트에 핑크빛 블라우스를 입고 검은 스타킹에 하이힐을 신은 엄마의 또각또각거리는 발소리가 생각보다 크게 들렸다. 유난히 하얀 손수건으로 연신 얼굴의 땀을 닦으며 걷는 엄마는 일곱 살아이가 봐도 참 예뻤다. 얼마 안 가 흔하지 않은 2층 양옥들이 양쪽으로 길게 늘어선 어두운 골목길에 들어섰다. 한참을 걸어 골목 끝에 이르렀을 때 검정색 페인트를 칠한 큰 철제 대문이 눈에 들어왔다. 대문 위에 옆으로 길쭉한 흰 배경의 철 간판에 검은 글씨로 뭐라고 쓰여 있었고 그 옆에 빨간색 십자가도 같이 그려 있었다. 철제 대문이나 간판이나 상당히 오래된 듯 칠이 벗겨져 녹이 좀 슬어 있었다. 대공원에서 용감했었던 나는 순간적으로 겁이 나 몸을 뒤로 뺐다. 그러자 엄마는 내 손을 힘주어 꽉 잡았다.

초인종을 누르니 잠시 뒤 쪽진 머리에 검은 뿔테 안경을 써 꽤 깐깐하게 보이는 할머니가 문을 열고 나왔다. 철문 안으로 들어서니 좁은 골목길에 비해 상당히 넓은 공간과 함께 옆으로 길쭉한 2층 건물이 나타났다. 작은 동산이 뒤에 있었는데, 건물 앞에는 꽤 넓은 마당에 그네와 시소까지 있었다.

"따라오세요."

내내 차가운 표정을 한 할머니의 안내로 옆으로 길쭉한 낡은 건물의 현관으로 들어가 바로 중앙 계단을 올라갔다. 2층으로 가는 계단 중간에 큰 거울이 있었고 아래에 뭐라고 금색으로 글자가 적혀 있었다. 2층의 긴 복도 끝에 있는 원장실이라는 데를 들어갔다. 지대가 높았는지 복도 창문 저 너머로 꽤 큰 기찻길이 한눈에 보였다. 지금 생각해도 철로가 열 개는 넘었고 그 위로 어지럽게 철골과 전선줄이 얽혀 있는 게 보였다.

엄마랑 같이 원장실에서 나온 후 어느새 내 손은 어색하게 미소를 짓고 있는 그 할머니 손에 넘겨졌다. 엄마는 꼭 데리러 오겠다고 약속했다. 할머니는 엄마보다 더 손에 힘을 주었다. 복도 끝까지 걸어가는 엄마의 뒷모습을 보다가 엄마가 사라진 후에는 엄마의 하이힐 소리를 들었다. 엄마는 뒤를 돌아보지 않았다. 시설에 있는 동안 나는 엄마의 하이힐 소리가 다시 들리기만을 하염없이 기다렸다. 그렇다고 다른 아이들처럼 엄마가 보고 싶다고 울고불고하지는 않았다. 대신 주머니 속 황금색 마징가제트를 어루만졌다.

시설에 새로 왔다고 일부러 내게 거칠게 구는 형들도 있었지만 나보다 어린 동생들이나 몇 살 위로 보이는 누나들부터 아주 키가 큰 누나까지 나는 별 탈 없이 잘 지냈다. 특히 키가 큰 누나는 약간 모자란 기색을 보였지만 내가 귀엽게 생겼다며 참 친절하게 대해 주었다. 나보다 어린 아이부터 그 키 큰 누나까지 상당한 수의 아이들이 모여 있는 이 시설이 무얼 하는 곳인지 당시에는 이해하지 못했다.

단정하게 이발하고 기름까지 바른 백발에 사각의 검은색 뿔테 안경을 쓴 인품 있어 보이는 원장 할아버지는 자신을 목사라고 소개했다. 당시에는 지금보다 훨씬 날씬하고 아름다웠던 엄마를 보자 할아버지의 눈빛이 반짝 빛이 나는 게 내 눈에 보였다.

"당분간 아이 좀 잘 부탁드려요, 원장님."

어여쁜 엄마가 고개를 조아렸다.

"명문대 교수님을 통한 부탁인데 안 들을 수 있나? 걱정하지 마세요. 이 아이는 내가 잘 맡아줄 테니. 세상 누구 말을 믿어, 목사 말을 믿어야지. 안 그래요? 허허허."

목사라면서도 그는 묘하게 비꼬는 눈빛과 말투로 집요하게 타이트한 옷을 입은 엄마의 몸매를 아래위로 훑어보며 음흉한 웃음을 지었다. 엄마 손을 꼭 잡고 있었던 나는 당장 기분이 나빠졌다. 엄마는 그런 원장 할아버지의 눈빛이 불편한지 연신 화장을 한 얼굴의 땀을 닦았다. 그리고 나와는 눈을 잘 마주치지 않았다. 여하튼 잠실 주공아파트 놀이터에서 겪었던 배신이 무언지 알게 해준 〈제너럴 호스피털〉이라는 미국 드라마에서 배운 바에 따르면, 이런 인물은 진짜 나쁜놈일 가능성이 아주 컸다.

아니나 다를까 두꺼운 성경책을 들고 인자한 얼굴을 했지만 다른 어른이 보이지 않을 때면 시설 아이들에게 너무도 상스런 욕을 아주 자연스럽게 했기 때문에 나는 원장 할아버지라는 작자가 더욱 싫어졌다. 처음 며칠 동안 예쁜 엄마가 안 보여 마음이 불편해 밥을 먹지 않고 있는데, 그런 나를 보고 아무렇지도 않게 "이 캐~애새끼가 처먹으라면 처먹지 왜~애 말을 안 들어. 어서 처먹어! 그러니까 니이 그 이~쁜 에미가 널 버린 거야! 이 쌍노무 새끼야! 어엉! 어허, 어딜 노려봐! 이 또~옹개 새끼가"라고 욕을 했다. 심지어 오른쪽 귀를 잡고 들어올린 일곱 살 아이의 뺨을 사정없이 때리면서 차마 입에 담지 못할 모진 말을 퍼붓는 원장 할아버지에게 나는 몹시 분노했다. 양쪽 코에서 코피가 터졌지만 울지는 않았다. 한동안 얼굴이 부어올라 무척 얼얼했던 기억이 난다. 그러면 슬그머니 이름은 기억이 나지 않는 그 키 큰 누나가 내 뺨을 조심스레 어루만져주었다.

가을이 되고 차츰 나보다 어린 아이들이 새 외국인 부모와 함께 시설을 떠나거나 아니면 사진을 한 방씩 찍고 시설을 떠났다. 남은 아이들은 영문도 모른 채 큰 박수를 치며 축하해 주었다. 나도 곧 그 아이들처럼 외국 사람과 그곳을 떠나게 될지 몰랐다. 입버릇과 손버릇 모두 나쁜 원장 할아버지가 있는 곳을 떠나는 것은 괜찮은 일이지만, 엄마와 다시 만나지 못하는 것은 정말 싫었다. 조금만 생각해 보면, 주변의 어떤 도움도 없이 여자 혼자 아이를 키우는 것은 무척 힘든 일이다. 그러나 열일곱 살이 된 지금도 나는 그 원장 할아버지의 말처럼 엄마가 나를 거기다 버리려고 했었다고는 생각하지 않는다. 다만 그 일을 통해 언제인가 내가 홀로 서야 할 때가 올 것이라는 사실만큼은 다른 아이들보다 일찍 깨닫게 되었다. 이런 저런 이유로 나는 너무 일찍 어른이 되고 말았다.

아무튼, 아이들이 입양을 가면 새로 또 아이들이 들어왔다. 초겨울로 접어들자 위문품이 참 많이도 들어왔지만 그렇다고 해서 먹는 게 딱히 더 좋아지지는 않았다. 게다가 처음 왔을 때부터 내 옆에서 같이 잠을 자주던 키 큰 누나가 언젠가부터 원장 할아버지를 보면 몸을 부들부들 떨었다. 물론 이 시설의 누구도 원장 할아버지에게 말대꾸를 하거나 대거리하는 것을 본 적이 없다. 아이들을 돌보는 여선생님들이나 나를 안내했던 깐깐한 할머니, 또 한쪽 다리를 절뚝이며 시설의 궂은일을 도맡아 하는 아저씨, 누구든 그를 두려워했다. 한강이 바라보이는 잠실 주공아파트의 어느 포근한 침실에 비하면 형편없이 불편한 시설의 방에서 나는 거의 잠을 이루지 못했다. 새벽 무렵, 문이 벌컥 열렸고 나는 얼른 자는 척을 했다. 그런데, 내 옆에 자고 있던 누나를 깨우는 원장 할아버지의 목소리가 들렸다. 새벽기도를 드리러 가자는 원장 할아버지에게 이끌려 나가던 누나에게서 나는 오줌 지린내를 맡았다. 그러면서 누나의 공포까지 고스란히 느낄 수 있었다. 어쩔 도리 없이 어두운 2층 복도 끝에 있는 원장실 앞까지 그들을 몰래 따라갔다. 누나는 개처럼 질질 끌려가다시피 했다.

결국 누나가 원장의 방으로 들어갔을 때였다. 키 큰 누나의 고통이 너무나 선명하게 느껴졌다. 한동안 문 앞에서 어떻게 해야 하나 고민했다. 그런데 누나의 고통이 한층 더 깊고 강렬하게 느껴졌다. 그리고 아주 순식간에 그 일이 일어나고 말았다. 아마 내 기억으로는 그때 처음 사람의 마음속으로 들어갔던 것 같다. 물론 아파트 놀이터에서 예쁜 여자 아이의 엄마가 나를 어떻게 생각하는지는 그 마음속에 들어가 보지 않아도 그냥 알 수 있었다. 말했듯이 누가 가르쳐준 것은 아니고 그저 본능적으로 사람들의 속마음을 알았다. 오래전이라 정확히 어땠는지 자세한 기억은 없지만 어린이대공원에 있었던 어두운 통돌이 놀이기구보다 원장 할아버지의 마음속이 훨씬 더 위험했다.

자칭 목사님의 마음속에 들어가 보니 미친 듯 거대한 보름달이 떠 있는 한밤중의 풍경이 펼쳐졌다. 문뜩 하늘에서 내려와 보니 내 앞에는 압도적인 서양식 대저택 앞에 양복을 차려입고 머리에 기름을 발라 8 대 2 가르마를 칼같이 가른 심술궂게 생긴 퉁퉁한 아이가 서 있었다. 그 아이는 건물로 들어가려는 나를 거만하게 바라보며 팔을 벌려 막아섰다. 대저택의 곳곳에서 까마귀가 까악 까악 울어대고 있었다.

그 녀석은 나를 막아서며 마치 재밌는 장난감을 만난 것 같은 표정을 지었다. 그리고는 갑자기 공중에 붕 떠오르더니 순식간에 내게 날아들었고 소름 끼칠 정도로 긴 손톱으로 내 얼굴을 할퀴었다. 아프기도 했고 섬뜩한 기분도 들었지만 뚱뚱한 녀석이 참 잘도 날아다닌다는 생각이 먼저 들었다. 녀석은 나를 놀리듯 사방에서 날아들었고 붕붕 소리가 날 정도로 긴 손톱을 세차게 휘두르며 공격했다. 사정없이 날아오는 녀석의 공격을 피하면서 점차 사람의 마음속에서는 내 몸이 현실에서보다 훨씬 더 자유롭게 움직인다는 사실을 깨달았다. 나 역시 녀석의 공격을 피해 본능적으로 하늘 위로 날아올랐다. 녀석은 내 수준이 어느 정도인지 시험해 보고 싶은 것 같았다. 무슨 도깨비 같다는 생각이 들었다. 무엇보다 AFKN TV에서 봤던 미국 군인들의 특수훈련 장면들이 떠올랐다. 지금 생각해 보면 무슨 무슨 특공대원들 같은데, 주로 육탄전에 관한 것이었다. 한동안 열심히 시청했던 마징가제트가 아수라 백작의 기계수들과 싸우는 장면도 생각났다. 어쩐 일인지 목사의 마음속에서 내 몸은 그것을 고스란히 재현할 수 있었다. 인간의 마음속은 차라리 꿈속에 나오는 풍경과 비슷했고, 생각하는 대로 뭐든 할 수 있었다.

어느새 녀석이 내 몸 가까이 다가오고 있을 때 나는 박자를 셌다. 그리고 나는 적의 목을 뒤에서 감아 조르는 특공대원이 되어 있었다. 순식간에 몸을 비트는 특공대원의 동작 그대로 날아오는 녀석의 몸을 비켜서며 뒤에서 붙잡았다. 어떻게든 빠져나가려는 녀석을 땅으로 끌고 내려갔다. 다리로 녀석의 몸을 감싸며 목을 팔로 감아 있는 힘껏 조였다. 뭔가 그동안 그에게 쌓였던 강한 분노가 폭발했다. 뚱뚱하고 심술궂은 녀석은 처음엔 작은 비명을 지르기 시작했다. 그러다가 도깨비도 아닌 것이 점차 길쭉하고 축축한 검은색의 기분 나쁜 요괴로 변해 갔으며, 형언할 수 없이 이상하고 날카로운 비명을 질러대기 시작했다. 그러더니 점차 녀석의 형상이 내 몸과 합치려는 것 같았다. 다리 쪽부터 고무처럼 축축한 녀석의 몸이 나와 합쳐지는 것을 보면서 나는 사력을 다해 녀석의 목을 조였다. 아니 녀석은 오히려 나를 축축한 몸으로 집어삼키려 들었다. 녀석의 몸이 거의 내 어깨까지 나를 먹어가고 있을 때 다행히 녀석의 몸에서 힘이 빠졌다.

어느새 축 늘어진 검고 길쭉하고 축축한 요괴를 내려놓자 그 대저택이 무너져 내리기 시작했고, 그 소리에 사방에서 까마귀가 날아올라 미친 것 같은 저 보름달을 가렸다. 사방이 곧 칠흑 같은 암흑이 되었다.

감았던 눈을 뜨자마자 키 큰 누나가 '아아아~악!' 비명을 지르며 방에서 튀어나왔다. 순식간에 누나는 반대편 복도 끝으로 달려 나갔고 그 순간 나는 어두운 복도 창에 비친 내 얼굴을 보게 되었다. 묘하게도 눈에서 노란빛이 났고 눈동자가 성난 고양이의 그것처럼 세로로 변해 있었다. 내가 봐도 내가 이상해서 잠시 바라보는데, 눈을 몇 번 깜빡이자 눈에서 빛이 사라지고 눈동자도 원래대로 돌아왔다. 정신을 차리고 보니 창 밖에는 첫눈이 차분히 내리고 있었다.

방문이 열려 있는 원장의 방으로 천천히 들어가 보니 처음 원장실에 왔을 때는 보이지 않던 것들이 보였다. 온통 높은 벽마다 상장이나 사진 같은 게 걸려 있었고 두꺼운 커튼으로 가려진 창문 쪽 벽말고는 각종 캐비닛과 책장이 삼면의 벽을 가득 매운 채 둘러싸고 있었다. 원장의 마음속에서 봤던 어둡고 답답한 느낌 그대로의 방이었다. 그나마 캐비닛이 있는 쪽 벽면에 큰 책상과 의자가 놓여 있었고 그 앞으로 길쭉한 가죽 소파가 있었다. 백발의 원장 할아버지는 그 가죽 소파 아래 쓰러져 있었다. 가죽 소파 앞 낮고 긴 원목 탁자 위에는 두꺼운 성경책이 가지런히 펼쳐져 있었다. 원장 할아버지는 기도하는 자세 그대로 바닥에 옆으로 누워 있었다. 어쨌거나 그는 이미 이 세상 사람이 아니었다. 그것은 내가 기억하는, 나를 둘러싼 첫 번째 죽음이었다. 다행히 첫눈이 쌓인 그날 오후 나의 예쁜 엄마가 사색이 된 얼굴로 나를 데리러 왔다. 또각또각거리는 엄마의 구두 소리를 듣자 비로소 나는 안심이 되었다.

...

사실 내가 아주 늦게도 자거니와 가끔 자다 깨 신새벽까지 그 난리를 치곤 하니 어쩔 수 없이 학교에 가서 모자란 잠을 채울 수밖에 없었다. 오늘 아침에 엄마가 깨웠을 때는 잠이 너무 부족해서인지 평소와 다르게 겨우 일어났다. 보통 이름만 한 번 불러도 벌떡 일어나곤 했다. 뭔가 어색한지 엄마가 날 보고는 오늘 오전에 보도방에 전화를 걸겠다는 말을 했다. 그리고 더 무슨 말을 하려다 참는 것 같았다. 나도 평소처럼 엄마에게 뭐 묻고 싶은 말이 있느냐고 되묻지 않았다. 그저 '학교에 다녀오겠습니다'라는 지극히 고등학교 1학년다운 말을 남기고 부리나케 다방집을 나왔다. 밖에 나와 보니 원체 바닷바람이 세차기로 유명한 바닷가 D시라지만 아침부터 공기가 눅눅하고 바람 역시 심상치 않게 불고 있었다.

아니나 다를까 저녁이 되니 정말 바람도 많이 불고 비도 내리기 시작했다. 야간 자습을 마치고 집으로 돌아오는 길에 비를 흠뻑 맞아 팬티까지 젖은 채 빗물을 뚝뚝 떨구며 다방집에 들어섰다. 그때,

처음 우리 다방집에 온 미스 나 누나를 보게 되었다. 카운터 안에서 다방집 주인 마담인 엄마가 지폐 묶음에서 500원짜리 이순신 장군의 모습이 그려진 지폐를 세고 있었고 마침 카운터 밖, 엄마 바로 맞은편에 미스 나 누나가 서 있었다. 미스 나 누나는 AFKN의 뮤직 비디오 클립으로만 보던 팝스타 마돈나를 조금 닮았다. 파마를 한 머리에 약간 살집이 있었지만 "라이크 어 버진"을 부르던 마돈나만큼이나 섹시하면서 자신만만한 표정이 마음에 들었다. 으레 새로 우리 다방집에 아가씨가 오면 하던 것처럼 엄마가 미스 나 누나에게 나를 소개했다.

"학교 다녀왔습니다."

"어머, 비가 많이 오나 보네! 얼른 들어가 수건으로 머리 좀 말리고…. 아참, 인사해, 성재야. 오늘부터 우리 집에 온 미스 나. 얘가 아까 말했던 우리 아들 성재. 고1."

"안녕, 성재 군! 어머머~ 아들이 너무 잘생겼어요, 언니."

"아, 안녕하세요. 에, 에췌!"

미스 나 누나의 말이야 예의를 차리는 소리였겠지만(지금은 머리를 짧게 하고 다니시만 어렸을 때 머리를 좀 길게 기르면 계집애냐는 소리를 종종 듣긴 했다), 쫄딱 비를 맞긴 했어도 마돈나를 닮은 미스 나 누나에게는 좀 멋진 다방집 도련님답게 인사를 건네고 싶었다. 그러나 현실은 가을을 재촉하는 차디찬 소나기를 맞은지라 몹시 추운 나머지 갑자기 부르르 몸을 떨며 재채기를 하다가 그만 나도 모르게 방귀를 뀌어버렸다. 한 번이면 어떻게 재채기 소리라고 우겨도 보겠는데 세 번이나 연달아 꼈다. 젠장. 뽕, 뽕, 뽕.

열일곱 살이나 먹었는데 괄약근 하나 마음대로 조절하지 못하다니 참으로 민망했다. 몸 둘 바를 몰라 얼굴이 벌게졌다. 그 와중에 힐끗 보니 살포시 웃는 미스 나 누나의 미소는 더욱더 마돈나와 닮아 있었다. 입술 밑에 점이 있는 거나 앞니가 아주 약간 벌어진 거나 어쩌면 그리 똑같을까!

"에, 에헴! 그럼, 나 들어갈게 엄마."

엄마도 방귀나 꿰어대는 다 큰 아들이 민망한지 어색하게 웃고 있었다. 붉어질 대로 붉어진 얼굴로 미스 나 누나에게 고개를 꾸벅한 후 고개를 푹 숙인 채 종종걸음으로 다방 내실 옆에 붙은 내 작은 쪽방의 미닫이문을 열고 들어갔다. 문을 쾅 닫고 스탠드의 불을 켠 뒤 가방을 거칠게 바닥에 내던졌다.

"아이~ 씨!"

수건으로 머리를 대충 닦은 다음 흠뻑 젖은 짝퉁 죠다쉬 청바지와 회색 삼각팬티, 검은 양말, 젖은 몸에 짝 달라붙은 흰 바탕에 파란 줄무늬 스트라이프 긴팔 티셔츠를 낑낑대며 벗고는 몸에 딱 맞는 흰 라운드 면 티와 새로 산 하얀색 팬티와 오래 입어 헐렁할 뿐더러 무릎까지 나왔지만 세상에서 제일 편한 감청색 추리닝 바지로 갈아입었다. 순간 아까 일이 다시 생각나 눈을 감았고, 고개를 다시 푹 떨구고 몸을 이리저리 흔들며 도저한 쪽팔림을 못 이기고 으으~ 했다.

뭐, 자연적인 생리현상이야 어쩔 수 없다 치고(그렇지만 정말 창피하다, 정말!), 이미 감옥 같다고 말했지만 그래도 내 작은 쪽방에는 있을 건 다 있다고 자부한다. 몸 하나 달랑 뉘일 바닥 옆에는 작은 책상 과 의자가 있었다. 정말 나무의자다. 어디서 얻었는지 사무실에서 쓰는 철제 책상 위에 옆으로 길쭉한 빨간색 삼성 스테레오 카세트 라디오 하나와 어설프지만 좀 전에 불을 켠 백열구를 단 스탠드 전 등이 있었고, 그럴듯해 보이지만 결국 싸구려인 목제 책꽂이에는 맨투맨 영어 I·II와 성문 핵심영어와 종합영어, 수학의 정석 기본 I, 국어·사회·국사 과목의 각종 참고서와 문제집이 꽂혀 있었다. 특 이하게 헤르만 헤세의 소설 《데미안》도 같이 있었다.

아, 데미안이고 아프락사스고 뭐고, 이 몹쓸 괄약근!

창피함을 잊기 위해 뭐라도 해야 했기에, 한 평도 안 되는 다방 집 내실 옆 작은 쪽방에서 나는 수학의 정석 I을 꺼내 이차함수 부 분을 풀며, 아니 공식과 답을 외우며(고등학교에 입학하고 나서 순열과 집 합 이후로는 도통 내가 풀 수 있는 문제가 없었다) 삼성 카세트 라디오로 이 문세의 〈별이 빛나는 밤에〉를 들었다. 거기서 흘러나오는 음악을 들으며 허약한 괄약근 때문에 창피한 마음을 다독였다.

라디오 방송도 끝나고 다방집 영업도 끝낼 시간이라 셔터를 내 리러 홀에 나왔다. 홀에 있는 컬러 TV는 저 혼자 떠들고 있었고, 주 방 앞 우리 다방집 식구들이 주로 밥을 먹는 테이블에서 엄마와 미 스 나 누나가 김치와 수육을 놓고 OB맥주 두 병을 거의 다 마셔가 고 있었다. 수육에 새우젓과 김치를 싸 먹으며 미스 나 누나는 입을 하~하~거리며 "와~ 김치가 참 맵네예!" 하고 말했다. 그런 미스 나 누나를 보며 슬쩍 웃음이 나왔다. 우리 집 김치를 처음 먹으면 경상도 사투리로 표현하자면 '참 매울 낀데', 엄마는 서울 사람인데도 특이하게 매운 걸 참 좋아했다. 그리고 고기를 좋아했다. 냉면은 말할 필요도 없었다. 아! 유난히 생간을 좋아한다. 어쨌든, 맵거나 말거나 미스 나 누나와 엄마는 이런저런 이야기를 나누고 있었던 모양이다. 약간 취기가 오르는지 분위기는 화기애애했다. 옆모습도 마돈나를 닮은 미스 나 누나는 하~하~거리며 매운 혀를 내밀었고, 잔에 남은 마지막 맥주를 마셨다. 나는 자꾸 미스 나 누나가 내민 혀가 신경이 쓰였고 한편으로는 청양고추를 한없이 넣은 저 매운 김치의 뒷감당을 어찌 하려나 걱정도 되었다.

그때 마침 새 학기가 되어 대학생들이 한 여당 국회의원의 지역구 사무실을 기습했으며 그 바람에 전경 버스 두 대가 불에 타 전소했다는 공중파 방송국의 늦은 밤 뉴스가 있었다. 이 뉴스의 앵커는 좌경 사상에 물든 대학생들이 이런 파괴 행위를 중단하고 본업인 학업으로 돌아가야 한다며 인상을 쓰며 매우 딱딱한 어조로 말했다.

"무슨 군인도 아니고…."

미스 나 누나가 앵커를 두고 말했다.

"저 사람, 영부인 친척이라 저거를 시켰다는 소릴 들었어요! 마담 언니."

미스 나 누나는 약간 어색한 경상도 사투리를 썼다. 뭐지?

"그래? 어머! 니가 뭘 좀 많이 아는구나. 금시초문인데 나는. 넌 어떻게 그런 걸 다 아니?"

"아니예요, 언니. 예전에 알던 손님이 카더라고요."

"아, 그래?"

그제야 엄마가 나를 보더니 말했다.

"성재야, 왜?"

"이제 셔터 내릴까 봐."

"응, 그래!"

사실 엄마가 술을 마시기 시작해 발동이 걸리면 나는 좀 긴장을 하는 편이다. 최근 들어서 스트레스를 받는지 간혹 세게 술을 마시고 정신을 잃고 아무 데서나 픽픽 쓰러져 자고 있거나 해서였다. 밤이 늦도록 엄마가 다방집에 들어오지 않으면 나는 온 동네를 돌아다니며 엄마를 찾았다. 되도록 술은 오늘처럼 다방집에서만 마셨으면 좋겠다. 엄마가 어디 안 나가게 서둘러 셔터를 내리러 나갔다.

한편 잔뜩 인상을 쓴 40대 초반 남자 앵커의 성난 목소리를 듣자니 시외버스 터미널 앞 정류장에서 내려 집으로 오는 길에 쏟아지는 빗속에서도 멋진 버버리 트렌치코트를 입은 중년의 긴 머리 사내를 본 기억이 났다. 그는 중절모를 썼고 우산 따위는 개의치 않았다. 내가 이 동네에서 산 10년 가까운 세월 동안 본 가장 멋진 레인코트를 입은 사내였다.

마돈나 누나의 빨간 혀를 생각하며 셔터를 내리려고 다방 1층 현관으로 올라갔다. 저녁때보다는 비가 잦아들고 있었다. 마침 그 미드그레이 트렌치코트를 입고 그보다 더 진한 색 중절모를 쓴 댄디한 사내가 다방집으로 막 들어오려고 했다.

"장사 끝났는데요."

나는 단호하게 말했다. 약간 우울하지만 강렬한 눈빛의 그 멋진 사내는 약간 실망한 표정이었다.

"그래… 알았다. 음… 다음에 오지. 또 보자."

"네, 안녕히 가세요."

말을 낮게 그리고 좀 느리게 하는 사내의 또 보자는 말을 듣고 나도 얼결에 작별 인사를 했다. 학교에서야 잠만 자며 '삐딱선'을 타지만 나는 다방집 도련님 나름의 예의를 아는 열일곱 살이다. 그 사내도 예의를 아는지 나를 돌아보며 한 번 고개를 끄덕이고는 품에서 담배를 꺼내 불을 붙였다. 한 모금 맛있게 담배를 빨아 당기더니 후우 연기를 내뿜으며 나를 보고 "한 대 줄까?" 물었다.

"아뇨!"

놀란 내가 강하게 부정하자 그는 씩 웃으며 빗속으로 스며들 듯 사라졌다.

담배를 그럴듯하게 피우는 서울말 쓰는 멋진 사내라니…. 이 근동에서 서울 말씨를 쓰면 나처럼 거의 사내 취급을 못 받는데.

3

마돈나를 닮은 미스 나 누나가 처음 우리 다방집 내실에서 짐을 풀고 엄마와 같이 자며 숙식까지 해결하기로 했을 때, 설레어서 그랬는지 비몽사몽간에 몽정까지 했다. 꿈속에서 나는 평소처럼 내실 쪽방의 내 책상 백열등 스탠드 아래에서 수학 공부를 하다가 이문세의 〈별이 빛나는 밤에〉가 끝나자 다방집 1층 현관문 셔터를 내리려고 내실을 거쳐 다방 주방으로 나왔다. 당연히 홀에 있어야 할 엄마는 어디로 갔는지 보이지 않았다. 대신 마돈나의 "라이크 어 버진"이 흐르고 마돈나의 공연 복장을 연상시키는 검은 망사로 된 아주 섹시한 옷을 입은 미스 나 누나가 주방 앞 테이블에 다리를 꼬고 앉아 고혹적인 모습으로 혼자 맥주를 마시고 있었다. 속옷을 입지 않아 육감적인 가슴이 비쳐 보였다. 그때, 누나가 컵에 담긴 맥주를 맛있게 마시고는 매우 섹시하게 입술을 핥더니 내 눈을 똑바로 쳐다보는 것이 아닌가! 그리고 어느새 내 눈 바로 앞에 와서는 선홍빛 입술을 천천히 내밀었…다. 그 순간 내 입으로 무언가 쏙 들어왔다. 달콤한 느낌에 눈을 감았다 뜨니 나는 의자를 붙인 홀의 침대에 누워 있었고 내 옆에 마돈나 아니 미스 나 누나가 싱긋 웃으며 나를 바라보고 있었다. 봉긋한 그녀의 가슴이 팔에 닿아 있었다. 너무나 부드러운 감촉에 놀라고 있는데 미스 나 누나가 가볍게 내 귓등에 훅 입 바람을 불어주더니 천천히 혀를 내밀었다. 짜르르한 느낌이 전기가 흐르듯 온몸에 흘렀다. 어느새 누나는 실오라기 하나 걸치지 않고 누워 있는 내 몸을 마치 붓으로 그림을 그리듯 혀로 애무했다. 결국 미스 나 누나는 나와 하나가 되듯 온몸을 바짝 붙여왔고 뭔가를 움직였다. 갑자기 성냥에 불이 붙듯 그곳에 불이 붙는 느낌이 들었다. 도대체 정신을 차릴 수 없었다. 도저히 그 뜨거운 느낌을 참을 수 없는 순간에 이르러 나는 그만 소리를 지르고 말았다.

"아, 아! 그, 그으으으~만!"

두 손으로 그곳을 가리며 벌떡 일어났다. 잠이 깨자 갑자기 밀려오는 이 더러운 기분이란! 그리고 허망함! '아이, 정말. 다 큰 나이에 몽정이라니!' 허겁지겁 침대에서 벗어나 다방집 남녀 공용 화장실로 뛰어갔다. 전광석화처럼 재빠르게 흰 면 티와 추리닝 바지와 팬티를 한꺼번에 벗었다. 빨리 목욕을 하고 싶었다. 나는 비록 음습한 지하실에 사는 소년이지만, 매일 찬물에라도 온몸을 비누로 싹싹 씻어야 직성이 풀리는 매우 깔끔한 성품의 소유자다. 결벽증, 뭐 그 정도는 아니지만, 평소 설거지도 대충 하는 성격이 아니기 때문에 지난 방학에는 주부습진까지 걸렸었다. 더군다나 내 몸에서 나온 분비물이 내 몸을 더럽히고 있는 상황을 도저히 용납할 수 없었다. 목욕은 내게 일종의 의식 같은 것이었다. 내면의 어두운 욕망을 들키지 않으려면 당연히 겉으로 드러나는 외모와 행동에 더 신경을 써야 했다. 그러다 보니 학교를 오고 가는 버스에서 내 옆에 서 있던 여학생이 은근슬쩍 내 몸에서 풍기는 비누 냄새를 맡거나 흘끔흘끔 나를 쳐다보는 부수적인 효과가 생기기도 했다. 그러나 결단코 내가 누군가와 사귀고 할 형편이 아니라는 사실만큼은 스스로 너무 잘 알고 있었다.

다방집 남녀 공용 화장실은 건물 뒷마당에 낸 비상구 바깥쪽 출입구 바로 옆에 붙어 있었다. 서울에서, 그것도 지은 지 얼마 안 된 잠실 주공아파트의 매우 깨끗한 신식 화장실을 쓰던 사람으로서는 아주 안타까운 일이었지만, 다방집 화장실은 덩치 큰 사람 하나 겨우 구기고 들어설 정도의 공간이었다. 달랑 화변기 하나에 작은 세면대가 있었고 수도꼭지 옆에 오이비누가 놓여 있었다. 천장엔 백열등이 달려 있었고 출입문은 둔중한 나무로 만들었다. 거울 달린 세면대에 담긴 물을 손잡이가 긴 작고 빨간 플라스틱 바가지로 퍼서 목욕을 했다. 세면대 거울 위에 뚫린 작은 창문에서는 1년 내내 환풍기가 돌았다. 그렇게 열심히 환풍기가 돌고 매일 청소를 했지만 인이 밴 남자들의 지린내가 완전히 없어지지는 않았다. 그렇지만 오늘은 그런 냄새에 신경 쓸 틈이 없었다. 나는 정신없이 그야말로 은밀히, 그러나 허겁지겁, 그러면서 완벽히 증거를 인멸하기 위해 미친 듯 목욕을 마치고 드디어 오이비누로 하얀 팬티를 빨기 시작했다. 아까 비에 젖은 팬티를 갈아입은 지 채 몇 시간도 안 됐는데 이게 무슨 일인가 싶었다. 열일곱 살의 그곳은 무참히도 부끄러움을 몰랐다. '아이 씨, 진짜, 너!'라는 말을 할 참이었다. 그때였다. 인정사정 볼 것 없이 '벌컥' 화장실 문이 열렸다. 이 시간에 누구? 엄마인가?

"어머나! 깜짝이야."

"아! 저기, 저기, 저~ 누나! 문, 문 좀요!"

일곱 살도 아니고 열일곱 살이나 먹었는데⋯ 일곱 살 때까지는 엄마를 닮아 꽤 예쁘장하게 생긴 나머지 엄마를 따라 거리낌 없이 여자 목욕탕을 다녔지만⋯ 그나마 빨고 있던 팬티로 겨우 주요 부위를 가린, 아니 스스로 가렸다고 믿고 있는 매우 엉거주춤하고 불안정한 자세로 나는 서 있었다. 그 상태로 전날 저녁 내 괄약근을 무기력하게 만든 미스 나 누나와 눈이 마주쳤다. 보면 볼수록 마돈나를 닮은 누나는 두 손으로 얼굴을 모두 가렸는데도 이상하게 나와 눈이 마주쳤다. 문 열면 바로 세면대여서 누나와 나 사이의 거리가 너무 가까웠다. 그런데 누나의 눈동자가 내 몸의 아래쪽을 향했다. 뭔가를 보았음에 틀림없었다. 모두 순식간에 벌어진 일이었다. 팬티로 가린다고 가렸지만 그곳은 아직⋯ 아! 이런!

"미, 미안!"

깜짝 놀라서 두 눈을 크게 뜬 미스 나 누나는 당황한 듯 미안하다는 말과 함께 문을 쾅 닫았다. 엊저녁 방귀를 연사했던 미약한 내 괄약근의 만행보다 한층 더한 쪽팔림이었다. 평소 나름 '사람들의 마음에 들어가 생사를 가를 수 있는 능력자'라고 스스로를 생각했는데, 이건 정말!

쾅쾅쾅! 쾅쾅쾅!

넋을 놓고 멍하게 있는데 마돈나 누나가 다급하게 화장실 문을 두드리기 시작했다.

"…네? 누나 왜, 왜요?"

창피해서 눈물이 날 것 같았지만 억지로 참으며 대답을 했다.

"저…."

그런데 뭔가 매우 절박한 누나의 목소리였다.

"내가 응, 배가 너~무 아파서… 지, 지금 내, 내가 너무 쫌 급해! 응? 알았니? 성재 군, 부탁인데 빨리 좀! 나와 줄래!"

누나는 어느새 서울 억양의 말씨를 쓰고 있었다. 분명히! 뭐지? 이 누나는? 하지만 그런 생각을 더 할 틈도 없이 나는 허겁지겁 젖은 몸에 헐렁한 추리닝 바지와 흰 면 티를 입으며 대답했다.

"아, 네, 아, 알겠어요. 자, 잠시만요 누나."

결국 남녀 공용인 다방집 화장실 겸 욕실을 미스 나 누나에게 양보하고 다방집 건물 뒷마당으로 나왔다. 다행히 비는 그쳐 있었다. 다방집 건물은 D시 시외버스 터미널 주차장보다 위치가 약간 높아 터미널 지붕이 내려다보였다. 주차장에 맞닿아 있는 다방집 뒷마당의 낮은 벽은 딱 내 가슴 정도 높이인데, 그 앞에는 딱 고만한 키 정도 되는 철제 기둥을 양쪽에 박고 기둥 상단에 용접으로 붙인 삼각형 철제빔에 빨랫줄들을 매어놓았다. 다방집 빨래는 홀의 레자 의자에 말리기도 하지만 주로 여기다 말렸다. 비눗물이 덜 빠져 미끌미끌한 문제의 하얀색 삼각팬티를 빨랫줄에 널고 빨래집게로 고정했다. 뭐든 다 완벽할 수는 없는 법이다. 밤하늘은 말갛게 개어 있었고, 삼각팬티에서 물이 떨어졌고, 여전히 바닷바람이 세게 불었고, 별들은 유난히 반짝였고, 나는 온몸이 젖은 채 누구에게도 말할 수 없는 부끄러움에 몸을 떨었다. 주차장 벽 바로 아래 있는, 내가 아지트 삼은 폐차인 이층 버스에 들리려다 몸이 몹시 떨려 다방집으로 들어왔다.

19세기 여느 영국 백작의 침실도 부럽지 않을 내 침대로 돌아와 다시 잠을 청했지만 창피를 넘어선 개망신에 도저히 잠이 오질 않았다. 평소 내가 그렇게 좋아하는 마돈나를 닮은 미스 나 누나에게 모처럼 멋진 다방집 도련님 행세를 하려고 했는데, 그러기는커녕 한밤에 옷을 다 벗고 변태처럼 팬티나 빨고 있는 모습이라니! 아, 침대에서 이불 킥을 날리는데 후다닥 다방 내실로 들어가는 마돈나 누나의 인기척 소리가 들렸다. '하긴 우리 다방집 김치가 맵긴 맵지. 며칠 고생하시겠네, 저 누나.' 이런 생각에 아주 잠깐 웃기기도 했다. 하지만, 그곳이 성이 난 채, 온몸을 강제로 노출당한 다방집 도련님으로서 앞으로 어떻게 마돈나 닮은 누나를 다시 볼까 상당히 고민스러웠다.

선잠을 자고 일어나 미스 나 누나와 다시 마주칠까 봐 토요일인데도 불구하고 입맛이 없다며 아침을 건너뛰고 도시락만 챙겨서 일찍 학교에 갔다. 연이틀 잠을 못 자니 온몸이 찌뿌드드했다.

내 기분과는 전혀 상관없이 아주 청명한 가을 아침이었다. 아침을 건너뛰니 평소보다 기운이 없었다. 버스에서 내려서부터 어깨를 축 늘어뜨린 채 천천히 신발을 끌며 학교를 향해 걸었다. 우울한 나와는 다르게 이렇게 이른 아침의 등굣길을 활기차게 걷고 있는 남녀 학생들은 대부분 우등생 나부랭이일 것이다. 무엇보다 이 학교는 학력이 평준화된 큰 도시와 달리 아직 비평준화 지역이라 D시 인근에서 공부를 좀 한다는 학생들이 다닌다.

나는 신도심 근처 신설 중학교 때 성적이 그리 나쁘지 않아 이 비평준화 고등학교에 입학할 수 있었다. 다만 이 학교에 입학하고 나서 1학기 초반은 어찌어찌 버텼는데 시간이 지날수록 성적이 사정없이 추락하고 있었다. 국어나 영어는 할 만한데 1학년 1학기 후반에 들어 수학을 포기하고 나니 저 활기에 찬 우등생들을 따라잡을 방법이 없었다. 그냥, 총체적 의욕 상실! 과외는 금지하고 교복은 강제로 자율화한지라 남학생이나 여학생이나 모두 청바지를 많이 입었다. 남학생들은 교련복을 따로 맞춰 입었지만 결국 청바지가 교복을 대신한 것이다.

지금 등교하는 남녀 학생들은 대부분 머리가 단정했다. 여학생들은 어느 길이 이상 머리를 기르지 못했다. 그리고 매일 언덕배기 학교를 오르느라 어쩔 도리 없이 남녀 학생 모두 하체가 튼실했다. 학교 정문까지 상당히 높은 언덕길인지라 버스 정류장에서부터 줄곧 5분간은 오르막이었다. 바닷가 근처 학교였지만 이 학교의 위치만큼은 어떤 해일이 와도 끄떡없을 정도였다. 마돈나처럼 세련된 파마를 한 미스 나 누나에 비해 저마다 큰 가방을 등에 짊어지고 낑낑대는 오르막길의 저 모범적인 여학생들은 내게 어떤 감정의 동요도 주지 못했다. 내가 나이에 비해 너무 많은 일을 겪다 보니 상당히 조숙한 탓이기도 했다. 하필 버스에서 둥근 뿔테 안경을 쓴 조금 통통하면서도 귀여운 외모의 여학생이 모종의 쪽지를 건네주기도 했지만, 지하 다방집 소년이 이 학교 민영식 교감선생님의 딸이자 전교 1, 2등을 오르내리는 모범생과 사귄다는 건 좀 무리라는 생각이 들었다.

아침부터 별별 생각에 머리가 복잡해 시큰둥하게 등교를 하는데 잠깐 서서 뭔가를 찾는 녀석의 뒷모습을 보게 되었다. 이름은 이경일. 인조반정으로 유명해진 명문가의 종손이다. 지금 같은 반이며 중학교 동창이자 중학교 내내 전교 1등! 지금 이 학교에서도 아까 그 둥근 뿔테 안경을 쓴 우리 학교 교감선생님의 딸 민소정과 전교 1, 2등을 다투는 그야말로 수재다. 키 크고 어깨 딱 벌어지고 명문가 종손답게 귀공자풍에 조상 대대로 백 칸이 넘는 한옥에 살았다. 더군다나 경일이 아버지는 D시의 구도심인 D항구 주변에 여러 채의 건물을 가지고 있었고 한참 개발 중인 신도심 땅은 거의 다 경일이네 문중의 소유라고 들었다. 최근 구도심 인근에서 발견된 온천수를 개발해 큰 온천탕 겸 모텔까지 만든다는 소문이 돌았다. 그러니까 대대로 그 집안은 D시의 유지였고 경일이 아버지는 언젠가 이 지역 국회의원 선거에 나갈 게 분명하다. 결정적으로 녀석은 귀가 작은 나보다 두 배는 크고 두터운 귀를 가졌다. 나름의 이유가 있어 늘 녀석의 뒷자리에 앉는데, 볼 때마다 역시 '귀가 크면 복이 많구나'라는 생각이 들었다. 나보다 100배, 아니 1000배는 더 복이 많은 게 분명한 명문가 종손이다.

이미 말했듯이 명색이 남녀공학인데도 여학생과 남학생 들은 각기 다른 건물에서 공부했다. 그야말로 생색만 낸 남녀공학. 헉헉대며 도착한 학교 입구에서 운동장을 바라보고 오른쪽에 있는 남학생 교사(校舍)로 들어섰다. 1학년 2반 푯말이 보이는 반 출입구까지 가는 동안 뻔히 경일인 걸 알면서도 아는 체를 않고 녀석 뒤를 가만히 따라갔다. 그런데 녀석이 슬쩍 뒤를 돌아봤고 먼저 인사를 했다.

"어, 성재야! 왔나."

"어, 어! 안녕, 경일아!"

"니 우짠 일이고? 일찍 왔네."

"으, 응."

경일이는 중학교 땐 참 친하게 지냈지만 학년이 올라갈수록 여러 모로 나를 주눅 들게 만드는 친구였다. 그래서 그런지 녀석한테 예전만큼 편하게 말을 하지는 않는다. 워낙 운동도 젬병인 데다가 공부도 하락세인 내가 지금 저 녀석보다 잘하는 것은 아마도 시도 때도 없이 그곳이 잘 선다는 것뿐일 것이다. 만약 그것조차 녀석에게 밀린다면 나는 학교 뒷동산에서 바라보이는 저 D항구 쪽 앞바다에 빠져 죽으리라 생각했다. 교실에 들어서자 녀석은 바로 책을 꺼냈고 나는 녀석의 뒷자리에 앉자마자 모자란 잠을 보충했다.

녀석의 뒤라면 만사 오케이! 키도 큰 녀석이 어깨도 딱 벌어지고 등판도 넓어서 머리를 이녀석 등에 바짝 들이민 채 팔꿈치를 안정적으로 책상에 꿰고 고개만 꾸벅거리지 않게 자세만 잘 잡으면 절대 선생님들에게 자는 모습을 들키지 않았다. 그런데 우리 반에는 나만큼 오전에 잠을 보충하는 친구가 있었는데, 툭하면 나도 놀라 잠이 깰 만큼 갑자기 코를 크게 곯았다. 아이들은 가뜩이나 해안가에 위치한 우리 학교에 갑자기 이북에서 잠수함을 타고 침투한 무장공비들이 나타나 '드르륵 드르륵' 기관총이라도 갈기는 게 아닌가 하고 깜짝 놀라곤 했다. 그만큼 강력한 코골이였다. 그래서 그랬는지 이 친구는 선생님들에게 걸릴 때마다 무지막지하게 맞았다. 선생님에게 사정없이 매를 맞는 이 친구를 볼 때마다 나는 왠지 미안한 마음이 들었다. 나는 사람의 마음을 읽는 능력이 있는지라 주파수를 선생님에게 맞추고는 자다가도 선생님의 눈초리가 느껴지면 언제 잤냐는 듯 시치미를 떼는 데 능수능란해서 자다가 걸려 맞은 적은 한 번도 없었다. 그러나 이 친구는 달랐다.

1교시에 왼손으로 필기를 하는 남자 수학 선생님은 수학 선생님대로 왼손에 찬 고가의 오메가 시계를 풀고 이 친구의 뺨을 갈겼고,

2교시 남자 국사 선생님은 '정의봉'(正義棒)이라고 써 있는 상당히 두꺼운 매로 정신 차리라며 엉덩이를 사정없이 팼다. 3교시에 상당히 나이가 있는 여자 영어 선생님은 젖꼭지를 꼬집거나 뒤통수를 세게 때렸다. 4교시에 덩치가 산만한 남자 공업 선생님은 그 두꺼운 양 손으로 양 뺨을 철썩철썩 때렸다. 우리 학교 남학생들은 다양한 이유로 다양한 방법에 의해 다양한 선생들에게 맞았다. 여학생들은 아무래도 우리보다 낫지 않을까 생각했다. 그래서 항상 여학생 반이 부러웠다. 한편으로는 잠이야 깨우면 될 일인데 꼭 저렇게 사납게 때려야 할까 하는 생각도 들었다. 학교 선생님들은 왜 저렇게 학생들을 쥐 잡듯 때릴까? 이 모든 체벌은 학생들의 미래를 위한다는 명분으로 행해졌다.

그 와중에 중학교 시절부터 선생에게 맞는 걸 단 한 번도 본 적이 없는 모범생인 데다가 얼핏 조선 왕가의 피가 흐른다는 경일이 녀석은 이대로만 가면 서울대 어디를 가도 남을 성적이라는 칭찬을 들었다. 그 말은 맞다. 이 녀석은 분명히 서울대 법대에 가고도 남을 녀석이다. 그리고 녀석은 태생부터 젠틀맨 그 자체였다. 같은 중학교에서 올라온 녀석들이 나를 두고 다방 하는 전라도년 아들이라고 뒷담화를 날려도 녀석은 꿈쩍도 하지 않고 중학교 때 친구로서 나를 참 잘 대해 주었다. 공부도 잘하는데 인격까지 아주 훌륭한 대인배였다.

그러나, 중학교 시절 나는 녀석이 가장 존경하는 사람이 자기 아버지라고 하는 말을 듣고서 녀석에게 좋았던 마음을 놓아버렸다.

그 이야기를 들으면서 아버지 얼굴도 모르는 나로서는 무척 마음이 상했기 때문이다.

우리나라 제2의 도시 바로 옆 작은 항구 도시인 D시는 옛날부터 바닷바람이 세기로 유명했다. 일제 강점기 때부터 여객선 터미널이 있었고 그 당시에는 일본으로 가는 배들이 많아서 그 시절이 오히려 더 좋았다고 하는, 지금은 한산하기 그지없는 쇠락한 항구 도시다. 물론 어촌으로 봐도 어획량이 그리 많은 곳은 아니었다. 그저 제주도처럼 바람이 많았다. 가만히 있어도 사람들은 바닷바람에 흔들렸다. 무슨 일인지 어획량이 자꾸 줄어 뱃사람이었다가 일을 놓는 사람들이 점점 늘었다. 그러자 바람은 일을 놓은 남자들을 더더욱 흔들어댔다. 그렇게 바람에 흔들리다 보니 마음도 같이 흔들리는지 사내들은 술과 여자와 노름에 빠졌다. 그래서 이 도시에 사는 아이들의 아비들은 있으나 마나 하거나 아이들 엄마를 때리며 돈을 찾는 쓰레기 같은 자들인 경우가 많았다.

그런데 무슨 일인지 D시에 크게 필요도 없어 보이는 시외버스 터미널이 들어섰고, 인근에 시장이 생기며 신도심이 개발되자 근처 논밭이 점차 상가와 주택가로 바뀌어갔다. 우리 다방집 손님들 말을 귀동냥하다 보니 70년대 중후반 D시 인근 해안가에 원자력 발전소를 건설하며 이런 개발이 덤으로 추진되었다는 얘기를 듣게 되었다.

지금 내가 살고 있는 지하실로 이사를 오고 나서 바로 주변 농사를 위해 만들었던 조그만 저수지가 메워졌고, 그 위에 큰 상가 건물이 지어졌다. 1층은 상가였고 2층에 큰 당구장이 들어섰고 3층과 4층에 D시라고 하면 바로 이름이 나올 정도로 유명해진 D카바레가 몇 해 전부터 영업을 시작했다. 큰 도시가 아니라서 사람들 눈을 피해 조용히 재미있게 놀 수 있다는 소문이 나 우리나라 제2의 도시에서 파마를 멋들어지게 한 중년의 여자들이 삼삼오오 택시를 타고 몰려왔다. 덩달아 제비족도 들끓었다.

그러는 사이 신도심 인근에서 농사를 짓던 사람들은 땅 판 값에 따라 졸부와 망부로 나뉘어갔다. 경일이네 문중은, 정확히 말해서 경일이 아버지는 더 큰 부자가 되었지만 그나마 자투리땅을 판 얼마간의 돈을 가지고도 사내들은 노름과 여자와 술에 더 깊이 빠져버렸다. 당장 우리 집인 수도다방을 찾았던 친구들의 아비들이 레지 누나들에게 했던 진상 짓을 내 두 눈으로 똑똑히 목격했던 바, 나는 남자 어른들의 진실을 너무 일찍 알아버렸다. 고작 커피 한 잔을 시켜놓고도 레지 누나들의 가슴을 툭툭 치며 만지거나 허벅지를 주무르거나 애써 껴안으려고 하거나 어깨에 팔을 감쌌다. 그리고 수시로 입을 맞추자는 헛소리를 했다. 아무리 지하실이라도 백주(白晝)에 뭐하는 짓인가 싶었다.

많은 친구들의 엄마들이 다방집 마담인 내 엄마를 그렇게 미워하는 이유야 뭐 대충 흔들리는 남편들로 인한 것이었지만, 친구들 역시 술집과 다방집을 했던 우리 집을 비롯해 여기저기 생긴 다른 술집이나 다방집 아가씨들을 못살게 굴던 제 아비들 때문에 마음고생을 했기에 사실 나도 별로 좋은 소리를 할 처지가 아니었다. 그래서 우리 집이 술집을 하던 시절 그 아비들이 남긴 외상값을 받을 생각도 하지 않았다. 대신 내실에 있는 사람 하나 들어갈 만큼 큰 금고의 서랍에는 그들이 맡기고 간 남성용 시계만 잔뜩 쌓여 있었다.

물론 내가 다니던 국민학교 선생들의 진상 짓 역시 엄마가 이 지하실에서 술집을 하던 때 이미 알게 되었다. 선생 중 하나는 미모가 뛰어났던 엄마에게 상당히 오랫동안 지분거리며 귀찮게 했다. 유부남이었고 그 선생의 아들도 내가 아는 아이였다. 그 아이가 날 보는 눈은 늘 서늘했다.

나는 군사부일체(君師父一體)의 그 스승 사(師)와 아비 부(父)에 대한 미련을 놓아버린 지 이미 오래다. 이제 남은 것은 군(君)이었는데…. 하필 신새벽에 학교에 와서 늘 그렇듯이 경일이 녀석 뒤에서 잠을 자는데, 3교시 미술시간에 자습을 하게 되었다. 여자 미술 선생님이 결혼을 이유로 그만두고 새로운 선생님이 아직 오지 않아서였다. 그래서 푸근히 더 잠을 청할 참이었다. 그런데 경일이의 짝 태현이가 갑자기 누가 묻지도 않았는데 자기가 대통령을 아작 내겠다는 과격한 말을 내뱉었다. 그 말에 잠이 퍼뜩 깼다. 이런 패기라니. 오, 훌륭한데!

그런데, 17년이나 산 태현이가 존경하는 인물은 누가 뭐래도 박정희 전 대통령이라는 것이었다. 녀석은 나랑은 별로 친하지 않았다. 구도심 D항구의 김 선주 아들이자 경일이와는 초등학교 동창이었고, 무엇보다 나보다 녀석의 공부가 훨씬 나았다.

뭔가 결심이나 한 듯 태현이는 박 전 대통령이 구국의 일념으로 5·16 군사 쿠데타를 일으켰고, 조국의 경제 발전을 위해 노심초사했으며, 반공을 기치로 국력을 배양하기 위해 10월 유신을 선포했다가 심복의 배신으로 목숨까지 잃었다며 열변을 토했다. 아무리 생각해도 박 대통령이 이순신 장군을 잇는 불굴의 영웅이라고까지 말했다. 더군다나 영부인 육영수 여사조차 괴한의 총격에 목숨을 잃었다고 했다. 지난 여름방학에 박목월 시인이 쓴 육영수 여사 평전을 읽으며 감동의 눈물을 흘렸고, 육 여사야말로 국모의 현신이었다고 생각한다고…. 그 순간 울컥했는지 녀석의 목이 잠겼다. 시종일관 태현이는 9시가 땡 하면 모든 TV 뉴스에 등장하는 지금의 대통령을 저주했다. 머리숱이 많은 박 대통령에 비해 현 대통령은 대머리라 늘 머리가 번쩍거린다고 비아냥거렸다. 체육관에서 대통령 선서를 할 때도 머리에서 빛이 나와 눈이 부셔 눈을 못 뜰 지경이었다는 흰소리까지 덧붙였다.

17년을 산 자기 머리로는 아무리 생각해 봐도 지금 대통령 그자는 자신을 키워준 박 대통령을 배신한 나쁜 자라고 했다. 태현이가 흥분을 했는데도 경일이는 마치 큰 산이나 된 듯이 가만히 녀석의 말을 듣고 있었다. 그러거나 말거나 제 말에 흥이 난 태현이는 저 대머리가 고귀하신 박 대통령의 자식들을 잘 돌보기는커녕 집에 가두다시피 했고, 또 마약을 하는 등 생활이 문란한 박 대통령 외아들의 비위 사실을 흘려 돌아가신 영웅의 명예를 더럽혔다고 분개했다.

나는 잠이 거의 달아나서는 이 친구가 어디서 이런 유식한 말들을 들었는지 궁금해지기 시작했다. D항구에 배가 여러 척 있는 선주를 아버지로 둔 유복한 친구였지만, 요즘 아버지가 급하게 배를 팔고 있다는 소문을 들은 모양이다. 태현이 아버지도 저 바닷바람에 흔들리고 있던 것이다. 녀석은 나름 박통 시절 잘나가던 아버지의 흔들림에 걱정이 앞섰는지, 지금 저 빛나는 머리를 한 대통령을 향해 큰 적개심을 품었던 것으로 보인다. 태현이는 그러면서 언젠가 저 빛나는 대머리를 자기가 꼭 보내버리겠다고 거듭 다짐했다. 이런 위험한 말씀을! 그나저나 초록은 동색 아닌가? 나는 전·현직 대통령 둘 다 쿠데타로 독재자가 된 비슷한 자들이라고 생각했다.

나는 잠이 덜 깬 채 문득 태현이 걱정스러워졌다. 태현이가 한다고 한 그 일은 아마도 내가 할 수 있는 종류의 일이다. 내가 상당히 오랜 기간 술집과 다방집을 하는 엄마와 살며 이 지하실로 배달되는 조·석간 5종 일간지를 매일 탐독한 결과, 군인이 민주주의에 반하여 쿠데타를 일으키면 그 국가의 국민들이 대단히 불행해진다는 것이 결론이었다. 박 통에 이어 독재를 하고 있는 지금 대통령의 쿠데타를 봐서도 나는 우리나라 대통령들을 향한 존경 역시 놓아버린 지 오래였다. 여러 모로 안쓰러운 태현의 말을 듣고 보니 정작 우리나라 대통령들의 정당성은 어디에 있는지 궁금해졌다. 지금 대통령도 정당성이 없으니 악착같이 아시안게임에다가 세계인의 축제인 올림픽까지 열심히 챙기는 것이란 생각에 이르렀다. 참! 나!

결론적으로 나는 군사부일체에서 임금 군(君)까지 놓아버렸다. 그러니까 나는 군사부(君師父) 모두 별로였다. 참 여러 모로 특이한 인간이라고 스스로를 생각했다. 만약 피터팬이 사는 나라가 있다면 진즉에 거기로 날아가고 싶었다. 나는 남자 어른이 되는 것이 무척이나 싫었다. 그러나 시간은 여지가 없었다. 열두서너 살부터 어김없이 그곳에 털이 났고 시도 때도 없이 서대는 바람에 지난 새벽에 일어난 소동처럼 부끄러운 일들이 연이었다.

종례에서는 역시 저 빛나는 대통령의 머리만큼이나 거의 대머리인데 옆머리를 길러 윗머리를 애달프게 덮어 더 측은하게 보이는 우리 담임 선생님께서 2학기 개학하자마자 친 첫 진단 모의고사 성적을 발표했다. 자기 아버지를 존경하는 경일이 녀석의 성적은 여전히 전교 1등이었고 나는 더 나빠졌다.

몇 년째 보아도 경일이는 참 재수가 없는 녀석이다.

...

아버지를 존경한다는 녀석의 말에 마음이 상하기 전까지 나는 녀석과 꽤 친하게 지냈다. 2년 전, 오늘 같이 청명한 가을날 오후였다. 중학교 2학년 무렵, 토요일이라 4교시를 마치고 하교를 하다가 마음 맞는 친구들과 우연찮게 녀석의 집에 놀러갔었다. 경일이의 집은 D시의 신도심이 내려다보이는 야트막한 동산 앞에 있었다.

그때는 내가 공부를 곧잘 하던 때였다. 평생 콘크리트로 지은 집에서만 살았던 나는 녀석의 집에 가서 참 놀라운 경험을 했다. 지금은 가톨릭 신부를 하겠다며 외지에 있는 고등학교로 진학한 창우와 유난히 호기심이 많은 병호도 같이 갔었다. 성격이나 외모나 모두 제각각으로 상당히 어울리지 않는 네 명이 의외로 중학교 시절 친하게 지냈다. 세 녀석 모두 그들에게 불편할 수 있는 나의 서울 말씨를 무난히 넘어가주었다.

한동안 버스를 타고 가다 경일이네 집 근처 버스 정류장에 내려 일성천이라는 작은 천(川)을 지나는 석조다리를 건너 얼마간 그 작은 천변을 따라 걸어가자 자그마한 동산을 뒤로 한 한옥이 보였다. 우선 나름 인조반정의 공신이며 왕가의 피가 흐르는 명문가의 종가인 녀석의 집은 아흔아홉 칸이라고 알려져 있지만 실제로는 백 칸이 훨씬 넘는 고택이라고 했다.

가을날 따사로운 햇볕이 비추어 솔잎이 은은히 빛나는 소나무가 숲을 이루어 고택 주변을 안정감 있게 둘러싸고 있었다. 배산임수(背山臨水), 딱 명당 터였다. 키 높은 솟을대문 앞에 섰을 때에는 위압감마저 들었다. 경일이는 아무렇지도 않게 그 대문을 몸으로 밀고 들어가 자기 집을 우리에게 안내했다. 우선 집안의 가장 큰 어른인 할아버지께 문안 인사를 드려야 한다고 했다. 또 집이 얼마나 큰지 안으로 들어갈수록 언덕까지 나왔는데, 거기에 샘물이 흘렀고 그 위로 세심정(洗心亭)이라는 현판이 걸린 정자도 있었다.

백 칸이 넘는다고 들었지만 정확하게 집의 넓이를 가늠하기는 어려웠다. 사랑채니 행랑채니 안채니 경일이가 설명을 했지만 알아듣기는 어려웠다. 다만 한옥에 딸린 마당마다 분재가 잘된 나무들이 어우러져 있었고 안채 마당에 정갈하게 놓인 갖가지 크기의 장독들도 청명한 가을볕을 받아 따뜻한 느낌을 주었다.

장독대 옆을 지나 키가 낮은 문을 통과하자 상당히 큰 마당이 있는 한옥 한 채가 또 나왔다. 큰 마당에는 잔디가 깔려 있고 자연스레 마당에 어울리는 연못도 있었다. 그 연못 중앙에 작은 섬이 있었는데 아주 오래된 향나무 한 그루가 세월의 영향인지 몰라도 무슨 뱀처럼 구불구불 구부러져 자라고 있었다. 다른 곳은 다 온화한 분위기였는데 유독 이 향나무만 분위기가 아주 사나워 인상적이었다.

연못에는 갖가지 색의 잉어들이 한가롭게 놀고 있었다. 다른 한옥과 달리 검은 칠을 한 나무 기둥마다 흰 칠을 배경으로 파란색 한자(漢字)가 적혀 있었다. 도저히 제대로 읽을 수 없이 흘려 쓴 한자들이었다. 단을 쌓은 계단에 올라서니 섬돌 위에 흰 남자 고무신이 단정히 놓여 있었다. 우리는 신발을 벗고 대청마루에 올랐다. 앞으로는 연못이 내려다보이고 뒤로는 잘 꾸며진 화단이 시원하게 바라보이는 대청마루는 이 고택에서 본 풍광 중에서도 단연 일품이었다.

경일이 대청마루 우측의 사랑방에 대고 먼저 뭐라 말을 고하고 방문을 열자 작지만 단단한 체격의 할아버지가 누워 있었다. 이 대갓집의 가장 높은 분인 경일이 할아버지였다. 일제 강점기 때 꽤 높은 관리를 지냈다고 들었다. 나는 그게 무슨 뜻인지 나중에야 알았다. 우리가 그 방에 들어서고 할아버지가 병풍을 뒤로한 채 정좌를 하자 남모를 긴장감이 흘렀다. 할아버지는커녕 아버지도 없이 자유분방하게 살던 나로서는 두 번 다시 이 집에 오기는 힘들겠다고 생각했다. 중 2 사내아이 넷이 가방을 내려놓고 죽 늘어서서 넙죽 절을 했다.

나는 어쩔 바를 몰라 두 번 절하려 했는데 마침 옆에 있던 창우가 얼른 나를 잡았다. 그 바람에 살짝 비틀거렸다. 그런 나를 잠시 매섭게 쏘아보던 작고 단단하게 생긴 할아버지는 경일이에게 물었다.

"갱일아, 니 친구들이가?"

"네, 할아부지!"

"집에 손으로 왔으니 부족함 없이 잘 대해야 된데이."

"네, 알겠습니더."

"됐다. 고마 가라."

그 말을 남기고 나를 한 번 더 쏘아보더니 작게 혀를 찼다. 할아버지는 작은 눈이었지만 상당히 날카로운 눈빛으로 계속 나를 쏘아보았다.

종갓집 맏며느리인 경일이 어머니는 과연 대가를 이끄는 풍모였다. 한복을 입은 넉넉한 풍채에 인자하면서도 기품이 깃든 얼굴은 내가 사는 다방집에서는 보기 드문 관상이었다. 갑작스러운 아들 친구들의 방문에도 표정 하나 변하지 않고 한창 먹성 좋은 사내

아이 넷의 밥을 손수 챙겨주었다. 열다섯 살 인생을 산 당시까지 나는 그렇게 넉넉한 밥상을 받은 적이 없었다. 경일이 어머니는 일하는 아주머니 한 분과 큰 상을 들고 경일이의 방으로 밥상을 직접 날라주셨다.

"마이 무그레이. 너거들 때는 한참 마이 묵어야 하는 기라. 알았제."

"네, 감사히 묵겠심니더!" 일동이 외쳤다.

"야! 야! 경일에이, 필요한 거 있으면 이 엄마를 불러라. 알았제, 그카고⋯ 쟈는 이름이 뭐꼬? 참말로 곱상하게 생겼네."

"어무이, 사내아한테 와 곱상하다 캅니까! 쟈가 성재라니까요. 내가 전뻔에 말했던 아가 야임니더."

"아, 쟈가 성재가? 와! 성재야이, 반갑다이. 니가 우리 경일이 마이 도와준다 카든데 앞으로도 잘 좀 부탁한데이."

나는 뜻밖에 경일 군 모자의 대화에 불려나와 밥을 먹으려다 말고 자세를 고쳐 앉으며 대답했다.

"아! 네, 네, 경일이 어머니."

"어서 묵그라. 그래 나는 이마 가볼꾸마. 밥 다 무그면 밖에 내놓고. 알았제~ 아드님아!"

"아, 알았심니더!"

서로에게 모종의 비밀과 긴장감을 숨긴 채 살아가는 우리 모자 사이에 비해 이 모자의 대화는 보기에도, 듣기에도 참 좋았다. 나로서는 내 엄마와 서로 풀어야 할 비밀이 너무 많았다. 솔직히 말하자면, 고색창연한 백 칸 넘는 이 고택보다 이 모자간의 대화가 나는 더 부러웠다.

한참 식성 좋은 아이들 네 명이 먹기에 넉넉한 밥상에는 갖가지 나물 반찬에 그 비싼 조기구이에 쇠고기 산적과 각종 전, 토란이 들어간 무국과 김치가 놓여 있었다. 경일이 말로는 마침 어제가 증조할아버지 기제사였다고 했다. 종가라 제사가 많은 것이다. 특히 유구한 세월을 이어온 종갓집 김치는 우리 집 김치에 비해 백배는 덜 매웠지만 남다른 감칠맛이 있었고, 어젓과 파래가 들어가 상당히 시원한 맛이 났다.

천고마비의 계절에 김이 모락모락 나는 갓 지은 밥을 한 술 떠 입에 넣으니 천국이 따로 없었다. 이런 밥을 매일 먹는 경일이 녀석은 하늘의 축복을 받은 것이다. 친구들은 경일네 집밥에 감탄사를 연발하며 신나게 먹기 시작했다. 정신없이 갖가지 반찬과 밥을 입 안 가득 욱여넣고 무국을 한 술 떠 입에 넣었는데 급하게 삼키느라 사래가 걸려 사정없이 기침을 시작했다.

손으로 입을 막았는데도 밥알이 온 방안으로 난사됐다. 경일이에게 미안할 틈도 없이 숨이 턱 막혀왔다. 숨이 막히니 눈알이 튀어나올 것만 같았다. 마침 경일이가 등을 세게 두드려주었다. 다행히 숨구멍에 넘어갔던 밥알이 튀어나왔다. 숨이 돌아왔고 살 것 같았다. 밥을 먹다가 죽을 뻔한 것은 그때가 처음이었다. 경일이는 싫은 내색도 하지 않고 자기 방 구석구석 떨어진 내 밥알을 주었다. 녀석에게 고마웠다. 한편 간혹 내가 마음속에서 벌이는 목숨을 건 대결이 아니라도 이런 일로 죽는 게 어디 먼 일은 아니라는 생각이 들었다.

어느 정도 내가 안정이 되자 녀석들은 측은한 눈빛으로 괜찮냐고 물었다. 먹성이 좋을 때라 그런지 내가 이제 괜찮다고 말을 하자마자 녀석들은 또다시 스테인리스로 도금한 밥그릇에 코를 박고 맹렬히 먹어대기 시작했다. 나는 겨우 죽다 살아나 헛기침을 하며 물을 몇 번이나 마셨더니 물배가 차 더 이상 많이 먹지 못했다. 그나마 좀처럼 먹기 힘든 그 비싼 조기구이는 이미 거덜이 난 터였다.

밥상을 치우고 나서 경일이 방의 뒷문을 여니 안채 뒤뜰이 보였다. 거기에 있는 매화나무나 소나무, 왕벚나무 등 갖가지 나무들이 따듯한 가을볕을 받고 있었다. 맨날 취객을 상대해야 하는 나는 이런 평화로운 풍경이 너무 좋았다. 지하실에서 평생 살 것은 아니니 언젠가 이런 곳에서 살아봐도 좋겠다 싶었다.

한동안 뒤뜰 풍광을 즐기고 있는데 아이들끼리 마돈나와 신디로퍼 중 누가 더 섹시한지를 비롯해 이런저런 야한 농담을 하던 중 '꺼억' 하고 트림을 길게 하던 병호가 갑자기 뭔가 생각이 난 듯 자기에게 아주, 아주 좋은 사진들이 있다며 보여줄까 말까를 물었다. 당연히 아이들은 보여달라고 했다. 천주교 신부를 하겠다는 창우의 눈빛이 유난히 빛났다.

유달리 호기심이 많은 병호는 경일이 방의 방문을 다 닫더니 이내 어둑하고 끈적끈적한 분위기를 만들었다. 그리고 자기 가방 깊숙한 곳에서 무슨 보물을 꺼내듯 딱딱한 종이에 인쇄된 컬러 사진을 보여주었다. 사진은 서양 여성의 음부를 적나라하게 보여주고 있었다. 학교에서 걸리면 최소 정학인데, 병호의 호기심이 참 대단하다고 생각했다.

모범생인 데다가 늘 전교 1, 2등을 다투는 경일이의 표정도 생전 처음 무언가를 본다는 긴장감을 감추지 못해 달아올랐고, 천주님을 섬기는 신부가 되고자 하는 원대한 포부를 가진 창우 역시 중 2 사내아이의 본능을 억누르진 못했다. 창우 녀석은 얼마 전에 수음 따위는 절대 하지 않겠다고 내게 맹세까지 했었다. 그래서 그런지 뚱뚱한 체격의 창우는 식은땀을 흘리며 입을 멍하게 벌리고는 얼음처럼 얼어붙어 있었다. 눈을 어디에 두어야 할지 모르겠다는 표정으로 허공을 바라보다 매우 어정쩡한 자세로 힐끗 힐끗 사진을 훔쳐보았다.

공부만 빼고 여러 곳에 관심이 많았던 병호는 자신이 친구들에게 뭔가 큰 선심을 쓴다는 듯 의기양양한 표정으로 자기 집에 놀러오면 더 많은 사진을 보여줄 수 있다고 했다. 그러면서 이번에 어렵게 구했다면서 야한 포즈의 서양 여자 사진이 가득한 도색 잡지 여러 권을 꺼냈다.

"우와!"

아이들은 처음 보는 것이라 그런지 감탄사를 내뱉으며 눈동자가 휘둥그레졌다. 다만 나는 그 잡지 중 하나를 펼쳐들고 거기 있는 음란한 사진들을 보며 당연히 처음 볼 뿐만 아니라 매우 호기심에 차 있다는 표정연기를 해야 했다. 세월의 흐름이 고스란히 담긴 이

고풍스런 전통 한옥에서 서양 여성의 적나라한 음부와 나신을 보는 중 2 사내아이들이라니, 그렇게 어울리는 그림은 아니라고 생각했다. 싸구려 샹들리에 조명이 음침하게 내려다 비치는 담배연기 자욱한 퇴폐적 분위기의 지하 다방집이라면 또 모를까. 아니면 내 방, 그러니까 낡은 철제 책상 위 스탠드의 백열등이 고작인 껌껌하고 곰팡내 나는 다방집 내실 옆 쪽방이 더 낫지 않을까 하는 생각이 들었다.

내가 사는 지하실은 다방으로 전업하기 전까지 술집이었다고 이미 말했었다. 술집 장사라고 해 봐야 아가씨들과 사내들이 젓가락을 두드리며 목청껏 '니나노~' 노래를 부르고, 뽀뽀를 하고, 서로의 가슴을 주무르고, 치마를 뒤집고, 담배를 피우고, 노름을 하고, 시비가 붙고, 주먹질하며 싸우고, 춤을 추고, 맥주를 박스째 들여놓고 끝도 없이 퍼마시는 게 고작이었다. 엄마는 하루 종일 맥주병을 치우고 안주를 만들어내야 했다. 술집 홀 한 구석에 맥주 박스가 쌓여가면 그만큼 매상이 올랐다는 증거였다. 하지만 문제는 외상이었다. 아마 외상 술값을 다 받았으면 우린 다방집 3층 건물을 통째로 샀을지도 모른다.

당시에는 내실 옆 쪽방을 만들기 전이라 내가 잠을 자던 내실에서 노름판이라도 벌어지면 늦은 밤이 돼 졸음에 겨운 나는 그 떠들썩한 노름꾼들 옆에서 나의 기계 유모였던 다리가 넷 달린 금성 자바라 TV를 보다가 쪼그려 잠이 들었다. 통행금지가 있던 시절이라 노름꾼들은 셔터를 내리고 밤을 새며 화투를 쳤다. 잠결에도 광주에서 난리가 나 사람들이 많이 상하고 죽었다고 말하던 소리는 똑똑히 기억이 난다.

그런데 우리 집을 거쳐 간 많은 술집 아가씨들 중 취하기만 하면 옷이란 옷은 팬티까지 다 벗고 자는 누나가 있었다. 나로서는 그 누나가 술에 취해 술집 내실에서 옷을 모두 벗고 잠을 자면, 혹시라도 누가 볼까 하여 어쩔 도리 없이 이불이라도 덮어주어야 했다. 이름이 잘 기억나지 않는 그 누나는 광주가 고향이라고 했다. 누나는 아주 짧은 머리에 눈 화장을 짙게 했고 항상 검붉은 루주를 입술에 발랐다. 그리고 팔 안쪽에 담뱃불로 지진 흉터가 여럿 있었다. 엄마는 누나에게 이런 거 자꾸 하지 말라고 조용히 타일렀었다. 누나는 미안한 표정으로 그저 "알았어요, 마담 언니"라고만 했다. 담배를 끊임없이 피워댔지만 심성이 착하고 고왔다.

12월인데도 누나는 몸이 더운지 수시로 이불을 걷어차고 몸부림을 쳤다. 결국 나는 그 누나의 음부를 보고 말았다. 적나라하게…. 안타깝게도 누나의 허벅지 안쪽에도 담뱃불로 지진 흉터가 있었다. 나는 왜 누나가 그런 자학을 했는지 아니면 어떤 일을 당한 것인지 그때는 미처 이해할 수 없었다.

초등학교 4학년 겨울방학이 막 시작한 무렵이었다. 그날 내실에서 작은 조개를 닮은 누나의 음부를 두 엄지로 벌린 채 마치 산부인과 의사처럼 말없이 노려보고 있는 나를 엄마가 보고 말았다. 과학 수업 시간에 현미경으로 체세포를 들여다보듯 누나의 곱슬곱슬한 음모를 한 가닥 한 가닥을 헤치며 찾은 누나의 그곳은 따듯하고 부드러우며 약간은 끈적이는 느낌이었다. 여성의 검붉은 바깥 주름부터 분홍빛을 띤 작은 주름까지 세밀히 살피고 있는데 느닷없이 내실의 미닫이문이 열렸고 엄마와 눈이 딱 마주쳤다.

무엇보다 나는 지금도 그때 엄마의 표정을 잊을 수 없다. 그것은 말로 형언할 수 없는 참담함이었다. 엄마는 만취해 누워 있는 누나 옆에서 다시는 누나나 다른 여자의 몸을 함부로 만지거나 보면 안 된다고 내게 다짐을 받았다. 나는 더 이상 무슨 말을 할 수 없어서 아주 미안한 표정으로 그저 알았다고 했다.

그 뒤로 나는 홍합은 공짜로 줘도 먹지 않게 되었다. 웬일인지 자꾸 그때 엄마의 참담한 표정이 떠올랐기 때문이다. 다음날 아침 일찍 술이 깬 누나와 나를 내실로 부른 엄마는 누나에게 자초지종을 설명했다. 그리고 내게 누나에게 사과를 하라고 했다. 나는 미안하다고 고개를 숙이며 사과했다. 그러거나 말거나 누나는 매우 날카로운 눈빛으로 나를 노려보았다. 차마 누나를 쳐다볼 수 없었다. 엄마 역시 누나에게 미안하다고 말했다.

엄마는 누나에게 내 뺨을 세게 후려치라고 했다. 누나는 나를 매섭게 쏘아볼 뿐 때리지는 않았다. 그 눈빛을 보고 나는 처음으로 '경멸'이라는 단어를 떠올렸다. 엄마는 누나의 손을 들어 있는 힘껏 내 뺨을 후려쳤다. 후덕해진 지금과 달리 당시에는 마냥 가냘프던 엄마의 몸 어디에서 그런 힘이 나왔는지 모른다. 눈에서 별이 번쩍 하며 나는 내실 바닥에 그대로 처박혔고 코피가 터졌다. 엄마에게 직접 맞았다고 하기는 뭐하지만, 그 뒤로 다시 엄마에게 맞지는 않았다. 내가 휴지로 쌍코피를 닦아내는 동안 엄마는 그 누나에게 한 달 치 월급을 미리 주며 이제 술집은 더 이상 하지 않겠노라 말했다. 그날로 누나는 짐을 싸 우리 집을 나갔다.

그 일이 있고 얼마 후 엄마는 개업한 지 2년밖에 안 된 술집을 기어이 다방집으로 바꿔버렸다. 한편으로는 술집이나 다방집이나 뭐가 다를까 싶었다. 엄마 말로는 나 때문이기도 하지만 지긋지긋한 술집 외상 장사보다는 다방집 현찰 장사가 더 낫기 때문이라고도 했다.

엄마는 다방집 인테리어 공사에 그 큰 어항이며, 의자며, 방석이며, 카운터며, 삼성 이코노 컬러 TV며, 각종 다방 자재와 재료에 드는 비용을 다 일수 빚을 내서 해결했다. 그 일수 빚이 얼마나 많았는지 몇 해가 지나서야 다 갚을 수 있었다. 그러나 주변에 다방이 많이 생겨 장사가 잘 안 되는 요즘 일수 빚을 받으러 다니는 김씨 아줌마가 다시 우리 다방집에 들르기 시작했다. 벌이도 시원찮은데 하루 5000원은 적은 돈이 아니다. 내가 없는 용돈을 아끼고 모아 매주 올림픽복권을 사는 것도 실은 매일 도장을 찍어야 하는 일수 아줌마의 수첩이 너무 보기 싫기 때문이다.

다시 이 유서 깊은 고택으로 돌아와 곰곰이 생각해 보니 중 2쯤 돼서야 비로소 사내아이들이 이런 데 관심을 갖는구나 하는 생각이 들었다. 그러나 이 대갓집에 들어서서 가장 잊히지 않는 것은 서양 여성의 적나라한 음부 사진이나 종갓집 모자간의 정겨운 대화가 아니라 대갓집 할아버지가 나를 쏘아보던 그 눈빛이었다. 그것은 하찮은 예의조차 제대로 알지 못하는 아랫것들을 쏘아보는 눈빛이었다. 대접할 손님과 그렇지 않은 상것을 구분하는 눈빛이다. 광주에서 온 누나가 나를 쏘아보던 것과는 질적으로 전혀 다른 '경멸'을 뜻했다. 과하게 컬러가 증폭된 서양 여자의 누드를 사진으로 보는 내내 나는 이 집 할아버지를 어떻게 처리해야 하나를 고민했다. 혹시나 경일이 엄마가 오시지나 않나 귀를 쫑긋 하고 숨을 죽인 채 병호의 도색 잡지에 열중하는 아이들 틈에서 나는 내 속에 꿈틀거리는 살의를 숨겨야만 했다. 아주 잠깐 창우와 눈이 마주치긴 했지만 어색하게 웃으며 무마했다. 녀석은 여전히 식은땀을 흘리고 있었고 숨까지 거칠게 쉬었다.

그즈음 나는 사람의 마음속에 들어갈 수 있는 내 능력과 내가 가진 아주 어두운 본능에 회의하고 있었다. 처음 헤르만 헤세의 《데미안》을 읽으며 나는 전율했다. 이야기의 주인공인 싱클레어보다 데미안이라는 인물이 나와 매우 흡사하다는 생각이 들었다. 나는 중학교에 입학하기 전까지 싱클레어가 바라본 데미안처럼 여자인지 남자인지 모를 정도로 곱상하게 생겼다는 말을 자주 들었다. 또한 아시다시피 이런저런 이유로 나는 나이에 비해 놀랄 만큼 조숙했다.

나의 조숙함과 별개로 경일이와 친하게 된 계기가 있었다. 공부를 특출 나게 잘하던 경일이를 아주 못살게 굴던 태진이라는 녀석의 마음에 내가 들어가 경일이를 다시는 괴롭히지 못하게 만들었기 때문이다. 지금은 오히려 내가 경일이에게 여러 모로 주눅이 들었지만, 중학교 시절 그 일 이후 경일이는 내게 많이 의지했다. 다른 두 친구 역시 비슷한 일로 나와 친하게 되었다. 그러나 중 2 무렵 데미안이라는 소설 속 인물을 만나면서 나는 내 속에 있는 악마 같은 본능이 무엇인지 처음으로 진지하게 생각하게 되었다. 결국 나는 아프락사스! 선과 악 그리고 죽음을 같이 담고 있는 그 신을 계속 고민할 수밖에 없었다.

때마침 어디선가 고양이의 날카로운 비명소리가 들렸다. 그 소리는 내 속의 어떤 욕망의 불길 또는 악마 같은 본능에 확 기름을 끼얹었다. "쥑이제!" 하고 침을 튀기며 외치는 병호의 고성에 다들 고개를 끄덕이던 참이었다. 성에 관한 호기심으로 충만한 친구들이 서양 여성의 특정 신체 부위에 과하게 몰입하고 있을 때 나는 기어이 눈을 감을 수밖에 없었다. 마침내 내 속에 있는 어둠의 본능이 나를 이기고 말았다. 경일이의 조부가 나를 바라보던 그 차디찬 경멸의 눈빛을 나는 더 이상 참을 수 없었다.

그 노인의 마음속에서 나는 처음 경일이네 집에서 봤던 솟을대문과 비슷하게 생긴 대문 앞에 서 있있다. 그 대문은 매우 거대해서 마치 하늘 끝까지 올라갈 기세였다. 나는 붕 날아올라 그 한옥의 전경을 하늘 위에서 내려다보았다. 지금 그의 가족이 사는 백 칸 고택보다 열 배는 더 넓었다. 거대한 한옥이 여기저기 자리 잡고 있었다. 그 모습은 커다란 궁궐 같기도 했다. 황혼의 햇살은 그 넓디넓은 한옥을 고루 비추고 있었다. 그런데, 엄청나게 넓은 궁궐 한가운데 있는 거대한 사각형의 연못에서 황혼의 햇살을 받아 뭔가 반짝이는 것을 발견했다.

그곳으로 날아가 보니 연못 중앙에 자리 잡은 상당히 넓고 둥근 섬 위에 황금빛으로 번쩍이는 거대한 능구렁이 한 마리가 똬리를 튼 채 잠들어 있었다. 용이라고 하기엔 너무 뱀 같았고 이무기라고 하기에도 뭔가 모자란 느낌이었다. 내가 날아가 그 섬에 내렸을 때도 그 황금빛 능구렁이는 꿈쩍도 하지 않고 잠을 잤다.

구렁이의 얼굴 바로 앞까지 다가갔다. 그때, 구렁이가 혀를 날름댔다. 인기척을 느꼈는지 반응을 보였다. 누런 눈을 번쩍 치켜뜨더니 나를 노려봤다. 소름 끼치는 눈이었다. 나는 어릴 때부터 두려움을 잘 못 느꼈다. 하지만 노인의 목숨을 앗아보겠다고 그 마음속까지 들어왔으나 막상 이 황금빛 나는 거대한 능구렁이를 어떻게 해치워야 할지 막막했다. 이전 상대들과는 체급 자체가 달랐다.

잠깐이나마 다 포기하고 이 노인의 마음속을 빠져나와야 하나 망설였다. 잠시 주춤하고 있는데 거대한 구렁이의 소름 끼치는 눈이 좀 전에 이 마음의 주인이 나를 노려보던 경멸의 눈빛 그대로를 담고 있었다. 경멸은 상대가 자신보다 하찮다고 느낄 때 보이는 감정이다. 또는 사회 규범이나 법을 심하게 어겼을 때 사회 구성원들이 보이는 모종의 징벌에 가깝다. 비록 실수는 했지만 내가 상대를 업신여기지 않았는데 그가 나를 경멸할 이유는 없다고 생각했다. 경멸도 자주 하면 버릇이 되며 경멸을 통해 상대에게 상대적 권력을 행사하려는 것 역시 폭력이라고 생각했다.

그때였다. 순간 거대한 구렁이가 먼저 그 큰 아가리를 벌려 나를 공격해 왔다. 순식간에 일어난 일이었다. 생각보다 움직임이 매우 민첩했다. 급하게 옆으로 피하며 하늘로 날아오르지 않았다면 일격을 당했을 찰나였다. 지금까지 내가 알아낸 이 마음속 게임의 룰은 상대에게 패한다면 아마도 나 역시 내 목숨을 내놓아야만 한다는 것이다. 그래야 공평하다. 그러니 남의 마음속에 들어가는 일은 나에게도 위험천만한 일이었다. 함부로 할 일은 아니었지만 지금까지는 제대로 된 상대를 만나지 못했다. 그런데 용도 아니고 이무기도 아닌 이 황금 구렁이는 상당히 강력했다.

일단 거대한 구렁이는 내가 피한 것이 분했는지 고개를 바짝 쳐들고 '케에에액!' 거대한 소리를 내며 흥분하기 시작했다. 구렁이가 몸을 일으켜 스프링처럼 몸을 튕겨 날아올라 내가 떠 있는 위치까지 거침없이 공격해 왔다. 얼핏 이 구렁이가 날기도 하나 생각하던 찰나였다. 황혼에 비쳐 반사된 구렁이의 금색 광선을 눈에 맞아 잠깐 시야가 어두워졌다. 그리고 막상 여기까지 튀어오를 거라고 예상치 못한 구렁이의 타격으로 나는 상당히 강한 충격을 받았다. 그대로 공중에서 떨어졌고 깊은 연못 아래로 빠져들었다.

거대한 구렁이가 나를 따라 연못 속으로 들어오는 엄청난 소리가 들렸다. 물속에서는 구렁이의 움직임이 더 유연했다. 나는 연못 바닥에 그대로 가라앉았다. 잠시 이대로 죽을 수 있겠다고 생각했다. 구렁이는 유유히 나를 향해 다가왔다. 거대한 녀석의 머리를 정면으로 바라보게 됐다. 나는 이제 정말 죽는다고 생각했다. 좀 전에 밥을 먹다가 사레들려 죽을 뻔했었지만 이때는 정말 죽는 줄 알았다.

구렁이가 나를 향해 거대한 아가리를 벌렸을 때였다. 어디선가 거대한 하얀색 잉어 한 마리가 바짝 약이 오른 그 구렁이의 대가리를 강력하게 들이 받았다. 그러자 잠시 충격을 받은 구렁이는 그 거대한 하얀 잉어를 공격하기 시작했다. 구렁이에 칭칭 감긴 잉어는 구렁이의 공격에 속수무책으로 당했고 꿈틀대며 반항하다 점차 힘을 잃어갔다. 그리고 나는 그 구렁이에게서 여전한 경멸의 눈빛을 보았다. 나는 분노했다. 분노는 곧 나의 힘이 되었다. 그러나 여기서는 그를 이길 수 없었다.

발로 연못의 바닥을 찼다. 쿵 하는 묵직한 소리와 함께 연못을 치솟아 하늘로 날아올랐다. 아직은 해가 지지 않았다. 요동치는 연못을 지켜보고 있었는데 바로 그때 거대한 구렁이가 나를 따라 튀어올랐다. 그러나 그 공격의 속도에 적응이 되기 시작했다. 빠른 공격이었지만 이제 그 공격을 피하는 것이 그리 어렵지 않았다. 다음 공격을 더 쉽게 피하자 더욱 흥분한 구렁이는 철옹성 같던 궁궐 따위가 부서지는 것은 아무 상관이 없다는 듯 거칠게 나를 쫓았다.

해가 지평선을 천천히 넘어가는 가운데 거대한 한옥들이 황금빛 능구렁이의 움직임에 거침없이 부서져 나갔다. 나는 이리저리 어떻게든 구렁이의 공격을 피했고, 마치 궁궐처럼 보였던 많은 한옥과 담장과 정자와 나무들이 처참히 부서지기 시작했다.

결국 정신없이 나를 쫓던 구렁이는 하늘을 찌를 듯한 거대한 솟을대문을 무너뜨리고 한옥 밖으로 나왔다. 그런데 놀라운 일이 벌어졌다. 어이없게도 황금빛 능구렁이가 순식간에 사라져버린 것이다. 깜짝 놀라 자세히 보니 너무나 작아져버린 것이었다. 그나마 빛나던 황금빛조차 잃어버렸다. 거대한 한옥 안에서 그토록 거대했던 황금빛 능구렁이는 한옥을 부수고 스스로 집 밖으로 나오자 고작 길쭉한 야구방망이 크기의 검은색 능구렁이로 전락했다.

나는 하늘에서 천천히 내려와 그 구렁이 앞에 섰다. 여러 차례 성인 남자들의 마음속에 들어올 때마다 느끼는 것이지만, 아무리 허세가 강해도 그들이 보이는 마음속 풍경은 매우 처량한 느낌이었다. 능구렁이는 작아진 후에도 여전히 경멸하듯 나를 바라보았다.

더 이상 저 눈빛을 용납할 수 없었다. 나는 구렁이의 뒤로 가서 목 부위를 부여잡았다. 능구렁이는 아랑곳하지 않고 몸부림을 치며 거칠게 내 오른 팔뚝을 감았다. 여전히 강력한 힘이 느껴졌고 상당히 고통스러웠다.

"아~~~~ 으~~ 악!"

아마도 곧 팔뚝이 으스러질지 모를 일이었다. 녀석은 내 팔뚝을 으스러뜨리고 나서 기어이 내 목을 감을 것이다. 작아졌다고 상대를 얕봐서는 안 될 일이었다는 후회가 밀려왔다. 더 이상은 두고 볼 수 없었다. 다른 한 손으로 구렁이의 머리 부위를 잡고 있는 힘껏 비틀어버렸다. 마음속에서 내가 느끼는 분노만큼 육체의 힘도 같이 강해졌다. 한동안 나는 내 팔을 조여오는 구렁이의 최후 일격을 버텨야 했다. 그 구렁이도 나와 똑같은 힘을 느끼고 있었다. 마침내 구렁이의 대가리가 몸통에서 떨어져 나갔다. 그것으로 끝이었다. 아름다운 황혼은 이미 사라졌다. 결국 모든 것이 허망한 어둡고 컴컴한 밤이 되었다.

내가 감았던 눈을 떴을 때 아이들은 무슨 일이 일어났는지 전혀 눈치 채지 못했다. 누구도 내 눈동자가 고양이 눈동자처럼 변했다가 돌아오는 것을 보지 못했다. 셋 다 서양 도색 잡지에 얼굴을 바짝 들이밀고 앉아 있었다. 방안은 온통 모종의 열기로 후끈 달아올라 있었다. 다만 아까 눈을 마주쳤던 창우가 어딘지 모르게 어색하게 굳은 표정을 하고 있었다. '혹시 눈치를 챘나?' 하는 생각도 들었지만, 성직자를 되려는 친구니 그런가 보다 하고 대수롭지 않게 생각했다.

경일이 할아버지와의 모진 대결로 나는 얼굴이 하얗게 질린 채 땀을 많이 흘렸다. 살짝 팔소매를 걷어 보니 오른 팔뚝 전체에 능구렁이가 감았던 자국이 마치 문신처럼 그대로 남아 있었다. 누군가 인기척을 내자 나는 얼른 소매를 내렸다. 문밖에서 경일이 어머니의 목소리가 들려왔다.

"야들아, 과일 묵어라."

경일이 어머니의 인기척에 아이들은 잠깐 사이 난리 법석을 떨었다. 방안의 열기를 만들어내던 모든 것이 병호의 가방 안으로 들어가는 데 딱 5초가 걸렸다. 뒷문까지 활짝 열렸다. 어머니가 방문을 열자 모두 아무 일 없는 듯 시치미를 뚝 떼었다. 과일을 먹고 얼마 지나지 않아 곧 저녁때가 되었고 경일이 어머니는 저녁밥도 먹고 가라고 했다.

"저녁은 묵고 가야지. 아무리 바빠도… 어잉, 이 사람들아!"

나는 미리 집에 말을 하지 않고 왔기 때문에 더 어두워지기 전에 가야 한다고 했다. 다른 아이들은 토요일이니 차라리 집에 전화를 하고 하룻밤 자고 가자며 아쉬운 표정을 지었지만 결국 평소와 다르게 유난히 완강한 내 눈치를 살피더니 같이 따라 나왔다. 대갓집 앞을 흐르는 일성천을 따라 걸어 나오다가 뒤를 돌아보니 종갓집 고택을 은은히 둘러싸고 있던 소나무 숲이 피처럼 빨간 황혼으로 물들고 있었다.

조선 왕가의 피가 흐르는 명문가 종손인 경일이는 주말을 지나고 등교하지 않았다. 나는 경일이에게 왜 학교에 나오지 않았냐고 묻지 않았다. 또한 그 뒤로 경일이가 사는 고택에는 두 번 다시 가지 않았다. 그날, 지하 다방집에 돌아와 보니 홀 중앙에 자리 잡은 큰 어항에 다방집을 시작하면서부터 내가 하루같이 밥을 주며 키운 가장 큰 하얀 잉어가 죽어 있었다. 능구렁이가 남긴 내 팔뚝의 시꺼먼 자국은 얼마 후 사라졌지만, 내 속에 어두운 본능이 생길 때면 슬그머니 문신처럼 금빛 자국이 되어 꿈틀대곤 했다.

4

어느새 그날로부터 2년여가 흘렀다. 상황은 아시다시피 나는 이 지하 다방집에 계속 살고 있고 무슨 인연인지 고등학교에 와서도 경일이의 등에 신세를 지며 모자란 아침잠을 보충하고 있다. 86 아시안게임을 일주일쯤 앞둔 일요일 오전, 나는 늦잠을 자려고 했다. 학교에서야 늘 마음 졸이며 조는 게 일이라지만 집에서야 일요일 아니면 언제 또 늦잠을 자겠는가? 나는 오전에는 도저히 힘을 못 쓰는 다방집 도련님이다. 토요일 오전 수업 내내 경일이 녀석 뒷자리에서 잠을 너무 푹 잔 나머지 밤에 잠이 안 와 AFKN에서 하는 〈소울 트레인〉까지 보고서야 어렵사리 잠이 들었다.

그런데 어렵게 잠이 든 간밤 꿈에서 중 2 때 경일이네 고택을 다녀온 토요일 저녁 다방집 어항에서 죽어 있던 하얀 잉어가 백룡이 되어 태양이 떠오르는 바다에서 승천하는 모습을 보았다. 아니 특이하게 이 용은 내가 자기를 묻어준 D시 항구 인근 바닷가 절벽 앞 푸른 바다 위를 힘차게 물을 튀기며 날아올랐다. 나는 절벽 위에서 그 광경을 벅찬 감정으로 바라보았다. 문득 200미터에 가까운 거대한 백룡이 시야에서 사라졌다. 그리고 조금 후 절벽 위로 솟구쳐 올라 내 바로 앞에 서더니 기어이 나와 눈을 마주쳤다. 내 키 크기의 얼굴을 한 용이 내뿜는 콧김에 온몸이 젖었지만 분명 용맹한 기운을 띤 용의 눈은 의외로 따뜻하게 나를 바라보았다. 거대한 백룡이 내게 무슨 말을 하려는 찰나 잠에서 깼다. 분명 용꿈이다. 이것은 복권을 사야 한다는 명백한 증거다. 이따 오후에 집 근처 시립 도서관에 가면서 복권 한 장 사야겠다. 그런데 이상하게 용의 따뜻한 눈빛이 잊히지 않고 계속 떠올랐다.

일부러 그런 것은 아닌데, 그 큰 잉어가 죽고 난 이후 우리 다방집에서는 더 이상 잉어를 키우지 않았다. 몇 해에 걸쳐 정성 들여 키웠고 상당한 크기로 자라 우리 다방집의 무게중심을 잡아주던 잉어였다. 그날 저녁 잉어가 죽어 있는 모습을 보고 나는 잉어가 위험에 처한 나를 구하고 목숨을 잃은 것이라고밖에 생각이 들지 않았다. 다음날 새벽 일찍 나는 버스를 타고 구도심 항구 옆 바닷가 절벽 근처에 그 고마운 잉어를 고이 묻어주었다. 당시 잉어를 묻으면서도 오른 팔뚝에 통증을 느꼈다. 팔에 난 시꺼먼 멍도 그렇고 마음속 일이 어떻게 바깥 세계에 영향을 주었는지 이해하기 힘들었지만, 점차 마음속 일이 마음속에서만 끝나고 마는 것이 아니라는 사실을 깨닫게 되었다.

잉어를 묻고 부디 다음 생에는 바다의 용으로 태어나길 빌어주었다. 그런데 간밤의 꿈은 그 잉어가 내 기원대로 바다의 용으로 다시 태어난 게 아닌가 싶을 정도로 상서로운 꿈이었다. 그래, 바로 이거야. 500원짜리 올림픽복권이다. 3000만 원이던 당첨금은 이제 무려 1억 원이 되었다. 예전에는 주택복권이었는데 어느 날인가부터 올림픽복권으로 이름이 바뀌었다. 뭐든, 그 돈이면 엄마랑 이 다방집을 벗어나 경일이네 고택까지는 아니더라도 지하가 아닌 지상에 번듯한 집, 아니 예전에 잠시 살았던 잠실의 주공아파트 정도는 다시 갖게 되지 않을까 싶었다. 내가 특별한 능력이 있다손 치더라도 또 그런 능력 때문에 어떤 목마름에 시달리기는 하지만, 열일곱 살 먹은 소년이 할 수 있는 생각은 고작 거기까지였다.

그리고 늘 신기하게 생각하던 것은 어딜 가나 고양이들이 나를 반겨주었다는 점이다. 서울 하고도 잠실에 새로 생긴 주공아파트에 살 때도 놀이터에서 혼자 놀 때면 어디서 왔는지 모를 길고양이들이 같이 놀아주던 기억이 있다. 황금색 마징가제트를 한 손에 꼭 쥐고 길고양이들과는 주로 코를 마주치는 것으로 안부 인사를 나눴다.

녀석들은 진정으로 내 안부를 걱정하는 듯했다. 부모 없는 아이들과 시설에서 생활할 때도 그랬고 D시로 오기 전 잠시 우리나라 제2의 도시에 있는 한 시장에서 살 때도 그랬다. 언제나 고양이들은 보이지 않게 내 주변을 맴돌았고 내게 모습을 드러냈을 때는 무척이나 친절했다. 여기 D시에서도 가끔 우리 다방집으로 고양이들이 방문하곤 했다. 둘이 같이 오기도 하고 한 마리씩 오기도 했다.

간혹 오늘 같은 일요일 아침에 엄마나 레지 누나가 목욕탕엘 가서 다방집 홀에 혼자 자고 있을 때면 다방집 문을 탁탁 치고 야옹거리며 나를 깨웠다. 잠결에 문을 열어주면 한동안 다방집 홀에서 놀다가 어항 물을 할짝거리며 마시고는 나와 코를 맞추고 이 다방집을 떠났다. 그러면 기가 막히게 엄마와 레지 누나가 목욕탕 냄새를 듬뿍 풍기며 다방집 문을 열고 개선장군들처럼 들어왔다.

흔치는 않지만 고양이가 깨우지 않는 일요일도 있는데 그러면 대개 좀 더 늦잠을 잤다. 하지만 엄연한 다방집 마담인 엄마는 목욕탕엘 다녀와 일요일에도 가능한 한 9시 반이면 다방집 문을 열었다. 잠이 부족한 나는 대충 홀을 정리하고 내실 옆 쪽방에 가서 다시 잠을 청하곤 했다.

항상 특이하게 생각했는데, 엄마는 다방집 내실에서 잘 때면 언제나 내실 형광등을 켜놓고 잤다. 아무도 불을 켠 채 잠을 자라고 얘기하지 않았지만 불문율처럼 그렇게 했다. 아마도 엄마는 잠이 깼을 때 아무것도 보이지 않는 것에 대한 두려움이 있었던 것 같다. 그래서 그랬는지 미리가 굵어지고 나서부터는 임마랑 따로 자기 시작했다. 나는 불을 끄고 자는 것을 좋아했다. 그리고 이미 말했듯이 엄마가 있는 내실 방에는 다이얼을 돌려야 열 수 있는 꽤나 든든하고 큰 금고가 있었다. 그 금고에는 외상으로 맡아둔 시계들이 들어 있었는데 간혹 나는 그 금고에서 이상한 점을 느끼곤 했다.

내실 서랍장 옆에 있는 철제 금고는 문을 열면 정말 사람 하나는 너끈히 들어갈 만큼 컸다. 국민학교 고학년 때였던 것 같은데, 가끔 잠을 자다 깨 엄마가 안 보이면 어디를 갔나 찾게 되었다. 그런데 어쩌다 그 금고의 문이 스르르 열리고 엄마가 나오는 장면을 비몽 사몽간에 본 기억이 나기도 했다. 그래서 흔치 않게 엄마에게 왜 금 고에서 나왔느냐고 물으면, 엄마는 네가 꿈을 꾼 거라고 우겼다. 엄 마는 내가 어릴 때부터 종종 그런 말을 하곤 했었다고 걱정스레 말 했다. 잠시 억울했지만 그럴 수도 있겠다 싶어 그냥 넘어갔다. 그리 고 시설에 다녀오고 나서부터는 예쁜 엄마의 말을 더 열심히 잘 듣 는 편이었다. 다시는 그런 곳에 가고 싶지 않았기 때문이다.

뭐가 됐든 일요일 아침 9시 반쯤이면 목욕탕에 다녀온 엄마가 문을 열기도 하고, 그 전에 고양이들이 왔다가기도 하고, 일찍 잠이 깬 할아버지 손님들이 쌍화차를 드시러 와서는 문을 '톡톡' 두드리 기도 하기 때문에, 나는 홀에서 더 잠을 잘 수는 없었다. 간혹 엄마 가 목욕탕에 너무 오래 머물다 오게 되면 내가 그 할아버지들에게 쌍화차를 만들어서 대접해야 했다. 할아버지들이나 나나 엄마를 기다리다 보면 성미가 급한 정씨 할아버지가 성화를 낸다.

"이 마담 와 이래 안 오노?"

"…"

"허허~ 쌍화차 한 잔 마실라 카니까 와이래 어렵노!"

"쌍화차 드려요, 어르신?"

"니가 끓인다꼬?"

"네."

"자고로 차는 여자가 끓이내야 맛있는 긴데….."

"드리지 말아요, 어르신?"

"아, 아이다. 험, 험~ 다방집 3년이면 개도 커피를 끓인다카더만, 함 끓이 내봐라."

"네!"

쌍화차! 어떻게 만드느냐면… 음… 우선 엄마가 다방 물품을 주로 거래하는 재료상에서 가져온 쌍화차 원액 병을 주방 싱크대 위 선반에서 찾는다. 거기서 원액을 크게 한 숟가락 정도 떠내어 차 한 잔 정도의 물을 담을 수 있는 양은 이브리크(밑변 6센티, 높이 7센티 정도의 길쭉한 손잡이가 달린 작은 양은그릇인데, 여기에 커피도 끓여내고 유자차나 율무차, 또 생강차 가루에 넣을 물도 끓였다. 한 잔 정도의 물을 끓이기 딱 맞춤이어서 우리 다방집 만능 용기로 사용했다)에 담는다. 여기에 적량의 물을 부어 풀어주면서 2구짜리 가스레인지 위에서 끓였다.

쌍화차 원액을 풀어둔 물이 어느 정도 끓어오르기 시작하면 물을 조금 더 붓고 잣과 호두 그리고 땅콩가루를 뿌리고 나서 미리 썰어둔 대추를 넣고 물이 완전히 끓고 나면 가스레인지의 불을 끄고 설탕을 넣어 단맛을 추가해 나름 옥색 청자 찻잔인 데다가 승천하는 용 문양까지 새겨진 기품 있는 쌍화차 전용 잔에 부어 내었다. 그리고 무엇보다 가장 중요한 과정이 남는데, 바로 계란 노른자 올리기 신공! 신선한 날계란에서 계란 노른자만 정확히 솎아내 쌍화차 위에 올리는 고급 기술이다. 만약 동그랗게 계란 노른자를 올리지 못하면 실패. 처음부터 다시 해야 한다. 이건 쌍화차의 생명 같은 것이다. 화룡점정이라 하던가! 아, 국민학교 4학년을 마무리하는 마지막 봄방학이 되기 전부터 다방집 도련님이 된 나 역시 여러 번의 실패를 맛본 끝에 쌍화차에 완벽하게 동그란 노른자를 올릴 수 있게 되었다.

요즘처럼 환절기가 되거나 몸이 허할 때면 나를 위해 쌍화차를 끓여 마시기도 했다. 한약 냄새가 나긴 하지만 일단 맛있고 먹고 나면 웬일인지 힘이 났다. 계란 노른자의 비린내가 싫은 손님은 노른자를 빼달라고 하면 된다. 그런데 지금까지 우리 다방집에 온 손님 중에 계란 노른자를 빼달라고 한 손님은 몇 해 간 본 적이 없다.

다방집 마담인 엄마는 아침에 일어나자마자 무조건 큰 주전자에 물을 가득 붓고 펄펄 끓였다. 엄마가 없을 때는 내가 물을 끓였다. 다방 재료를 주문할 때면 엄마는 꼭 2킬로그램짜리 대용량 마스터 원두커피와 브랜드 원두커피를 동시에 시켰다. 이 원두가루가 우리 다방집이 돈을 버는 가장 밑바탕이 되었다. 이 커피 원두가루는 업체에서 주는 각각의 큰 원통형 깡통에 담아 플라스틱 뚜껑을 꼭 닫아서 밀폐해 보관해야 했다. 한번 개봉된 원두가루는 밀폐해 관리하는 것이 무엇보다 중요했다. 우리 다방집이 매번 드립 커피를 파는 것은 아니었으니 가능한 한 커피 원두 특유의 향이 날아가면 안 되기 때문이다.

매우 큰 스테인리스 주전자의 물이 맹렬히 끓어오르면 가스레인지의 불을 껐다. 그리고 업소용 대용량 빨간색 플라스틱 드립퍼에 그에 맞는 대용량 종이필터를 넣고 두 종류의 원두커피 가루를 빨간색 플라스틱 컵으로 각각 두 컵씩을 넣고 끓는 물을 부어 둥근 모양의 대용량 유리 커피포트에 커피를 내렸다. 그렇게 우려낸 커피를 아까 말한 수도다방 전용 양은 이브리크에 한 번 더 끓여서 하얀색 커피 잔에 부은 후 설탕 두 스푼, 커피 프림 두 스푼을 아끼지 않고 듬뿍 넣어 다방집 손님들에게 대접했다. 이것이 우리 다방집 커피 제조법이다. 손님의 취향에 따라 크림과 설탕은 더하면 더했지 빼는 법은 없었다. 이것 역시 우리 다방집의 인심이었다. 지금까지 우리 다방집 커피를 그냥 오리지널로 먹는 사람은 보지 못했다. 무엇보다 우리 다방집 커피의 특징은 끓는 물을 붓기 전에 꼭 꽃소금 한 꼬집을 원두커피 가루 위에 뿌린다는 것이다. 정확한 이유는 모른다. 다만 엄마는 꽃소금을 아주 조금이라도 넣었다. 물론 나도 그렇게 했다. 그래서 그랬는지 우리 다방집 모닝커피는 D시 신도심에서 최고라는 소문이 나기도 했다.

언젠가부터 일요일 늦은 아침이면 우리나라 제2의 도시에 있는 큰 국립대학에서 강의를 하다 은퇴하고 D시의 신도심으로 이사를 왔다고 하는 팔순에 가까운 노교수님이 우리 다방집 쌍화차를 마시러 오곤 했다. 동네 다른 할아버지들도 그랬지만 이분도 일요일 아침마다 똑같은 시간에 와서 똑같은 쌍화차를 마셨다. 연세를 많이 잡수셔서 그런지 말을 많이 하지는 않았고, 손에 힘이 없어 보여서 혹시라도 뜨거운 청자 찻잔을 놓치는 건 아닌지 조마조마하게 바라볼 때도 있었다. 노신사는 조그만 체구에 단정하게 이발한 빽빽한 흰머리를 8대 2로 가르마를 하고 보라색 보타이를 한 회색 양복을 차려입었다. 노신사가 두 손으로 뜨거운 쌍화차 잔을 들고 작고 야무진 자신의 입에 대고 마시기까지의 느리고도 정교한 손 떨림과 입을 오므렸다 펴는 행위의 거듭된 반복은 몇 천만 달러나 들인 〈인디아나 존스〉나 〈람보〉 같은 초특급 할리우드 액션 영화 시리즈에서나 볼 수 있는 스릴하고는 비교도 할 수 없을 만큼 아슬아슬했다.

그래서 그 교수 할아버지가 한 주라도 안 오면 어디 아프신가 하다가 또 그다음 주에 오면 가슴을 쓸어내리며 마음을 놓고는 했다. 손님과 주인의 관계에서 서로 안부를 챙기는 것은 그리 나쁜 일이 아니다. 그분은 전형적인 학자의 모습이었고 보통은 조용히 다방집 큰 어항 옆에서 신문이나 책이라도 읽고 계셨다. 그러면 어느새 다방집 전체로 그 지적인 분위기가 은은히 풍겨나갔다. 하필 다향만당(茶香滿堂)이라는 글자가 액자로 표구되어 벽돌 벽지를 바른 맞은편 벽 중앙에 걸려 있었다.

보통 우리 다방집의 일요일 아침을 때때로 학식 높으신 교수 할아버지와 함께 차분하게 시작한다 치면, 토요일 밤의 다방집은 그와 상반된 열기로 가득 차곤 했다. 그래서 토요일은 상황에 따라 아주 늦게까지 문을 열기도 했다. 아시다시피 몇 해 전 우리 다방집 맞은편에 소위 카바레라는 게 생겼고 이제는 제법 그 카바레에 손님들이 북적였다. 미용실에서 상당한 돈을 들여 제대로 파마머리를 한 중년의 여성들이 D시의 세찬 바닷바람을 맞으러 삼삼오오 택시를 타고 그녀들만의 해방구를 찾았다.

그러다 보니 토요일 오후 학교에서 자습을 하다가 저녁 무렵이 되어 우리 다방집에 들어서면 참 가관도 아니었다. 카바레의 댄서들이나 번쩍번쩍 윤이 나는 구두와 칼같이 주름이 잡힌 바지를 입어서 오히려 제비족임이 분명한 남자들이나 정말 춤바람이 난 중년의 여성들이 모여 진한 향수냄새와 뿌연 담배연기로 모두 함께 동화되었다. 정말이지 토요일 밤의 열기가 충만한 이 시간의 다방집은 D시에서는 자주 볼 수 없는 톡식(toxic)하면서도 매우 선정적인 장소가 되었다. 또 한편으로는 한껏 멋을 내 천천히 내뿜는 여자들의 담배연기와 남녀의 눈빛이 오가는 농염한 움직임으로 아주 매혹적이면서 몽환적이기도 했다.

거기다가 내가 중학교에 입학했을 무렵부턴가 벽돌깨기나 갤러그 같은 전자오락기가 다방집에도 들어왔다. 얼마 전에는 7이라는 숫자가 나란히 이어진 줄이거나 대각선으로 이어진 줄이거나 하여튼 세 개가 연달아 맞으면 100원짜리 동전이 우수수 쏟아지는 전자 슬롯머신 같은 사행성 게임기가 슬그머니 구석자리를 차지했다. 벌금을 맞을 수도 있는데, 장사가 안 되는 탓에 엄마가 무리수를 두었다. 더군다나 매우 섹시한 금발의 여자 카우보이의 옷을 하나씩 벗기는 6단계의 카드 게임은 맞추기만 하면 배팅 액을 두 배로 만들어주었다. 물론 실패하면 배팅 액을 모두 잃었다. 이런 오락기들에서 나는 전자음과 동전 떨어지는 소리는 우리 다방집 특유의 분위기에 불법적이고 퇴폐적인 분위기까지 덧붙였다.

사내들은 뭐가 신기해서인지 돈을 딸 수도 있지만 결국 다 잃을 수밖에 없는 이 슬롯머신의 옷 벗기기 카드 게임에 빠져들었다. 당연히 손님들은 단 한 명도 끝까지 맞추지 못했고, 나는 다방집 도련님 특유의 오기와 특권으로 무수한 도전 끝에 이 게임의 끝을 봤다는 말만 해두겠다.

어쨌든 이 기계에 돈을 잃어준 손님들 덕분에 가끔 근처 신협에 십 몇 만 원어치 100원짜리를 들고 가 모두 1만 원짜리 지폐로 바꿔 오기도 했다. 그렇게 밀린 고등학교 등록금과 매일 도장을 찍어야 하는 일수를 해결했다. 고마운 일이었다.

아무리 돈을 많이 잃어서 내 등록금 해결에 도움을 준다고 해도 다방 구석에 앉아 게임기 위에 동전을 수북이 쌓아놓고 담배를 뻑뻑 피우며 슬롯머신의 단추를 연신 신경질적으로 누르는 저 사내(배씨라 불리는 사내인데 내가 좀 싫어한다. 비열한데다가 음흉한 구석까지 있어서 그가 다방집에 들어서면 괜히 긴장이 되는 인간이다)까지 더한 이 다방집이 내뿜는 토요일 밤의 열기는 D시에서 좀처럼 누릴 수 없는 환락의 축소판이었다. 결국 일주일 중 이 시간이 되면 담배연기까지 느리게 흘러가는 것처럼 느껴질 정도로 우리 다방집은 세상과는 판이하게 다른 묘한 곳으로 변했다. 그래서 토요일 저녁 귀가를 할 때면 '와!' 하며 우리 다방집이 만들어내는 분위기에 깜짝 놀라곤 했다. 아무리 곧 86아시안게임을 개최하는 데다가 전 세계적으로 대한민국을 알릴 올림픽을 앞둔 덕에 주택복권 대신 올림픽복권까지 파는 나라라지만, 바닷가 소도시 다방 치고 우리 집 분위기가 너무 세련된 게 아닌가 문득 자랑스러운 마음까지 들었다.

가끔 먼 이곳까지 공연을 오는 백남봉 같은 연예인을 우리 다방집에서 보기도 했다. 백남봉 씨는 내가 우리나라 제2의 도시에 온지 얼마 안 돼 엄마랑 시내 유명 돼지국밥집에 갔다가 옆자리에서 본 적이 있어서 더욱 반가웠다. 아시다시피 나는 수줍음이 많은 성격이라 말 한마디 붙이지 못했다.

뭐 어쨌든, "아이고, 이 집 도련님 오셨네. 안녕!" 나를 보자 이런 말을 아무렇지도 않게 하는 성전환 여성을 본 것도 요즘 일이었다. 무대복을 입지는 않았지만 딱 보기만 해도 댄서라고 알아차릴 만큼 화려한 차림새의 여성 여러 명이 우리 다방집에 오곤 했는데 유독 그녀만은 정말 튀었다. 그녀는 화장이 아주 진했고(그녀의 맨얼굴은 상상이 되지 않았다), 담배를 많이 피웠고, 여자인지 남자인지 헷갈렸고, 옷이 무지 화려했으며, 목소리가 허스키했고, 몸매는 정말 예뻤다. 학교에서 돌아와 가방을 메고 다방집 홀을 지날 때, 마침 그녀가 내 앞에서 허리를 숙여 바닥에 떨어진 얇디얇은 담배 개비를 긴 손톱을 이용해 주울 때 거의 자신의 유방을 드러낼 뻔했다. 그때 나는 입을 막고 비명을 참았다. 그녀의 선홍빛 젖꼭지가 살짝 보였기 때문이다.

자신의 가슴에 시선이 꽂힌 나와 눈이 마주치고도 전혀 아무렇지도 않은 표정의 그녀가 길 건너 카바레에서 매일 공연을 하는 '엘라'라는 스트립댄서라는 것을 나중에 알았다.

"춤은 춰야 늘어, 야."

그녀가 다른 무희들에게는 전라도 억양으로 이야기했다.

"넌 연식이 되잖해. 좀 있음 늘어~."

"어머, 고마워요 언니."

"내가 전라도 쪽은 절대 공연을 안 가야~."

"왜요 언니?"

"우리 부모님이 내가 이런 거 하는 줄 알면 어쩌쓰겄냐. 부모님 모르는 거시 낫지."

"뭐 우리도 그렇잖아요 언니. 친구 안 만난 지 진짜 오래됐어요."

"야, 친구 만나봐야 할 야그가 없어~ 야."

"뭔 재미가 있겄냐."

"아, 맞아요. 다 결혼들 해갖고 즈그 아그들 야그만 허니께."

"어짜쌌든 지금 니들 스스로 이겨내야 혀. 춤을 하는데 옷 벗는 건 암것도 아녀! 춤사위만 괜찮으면 괜찮해. 너는 춤추는 게 좋잖혀."

"맞아여, 언니. 무대에서 재밌지 않으면 뭣하러 이 고생을 한다여."

"이거슨 누가 시켜서 그런 거이 아녀. 춤추는 게 디지게 재밌어야 한다니께."

사람은 겉으로만 보면 안 된다는 것을 이들의 대화에서 절실히 느꼈다. 무지 진한 화장에 싸구려 향수 내음이 진동했지만, 결국 이들은 춤을 사랑했고 무대를 사랑했다. 그녀와 춤에 관한 진지한 대화를 나누는 나머지 두 후배 여성들이 훨씬 더 섹시하고 아름다웠지만 나는 그녀, 엘라에게서 눈을 뗄 수가 없었다.

트랜스젠더인 그녀가 아무리 진하게 화장을 했어도 그녀의 체취를 맡으면 나는 그녀가 남자였던 시기의 영상을 떠올릴 수 있었다. 내 마음속에서 그녀의 인생이 빠르게 스쳐 지나갔다. 순식간에 그녀가 그였던 시절의 고뇌가 펼쳐졌다. 고등학교 시절 복싱선수였던 그는 같은 체육관의 동성 친구를 좋아했고, 고백했고, 당연히 거절당했다.

군대를 다녀온 후 복싱처럼 스텝을 밟는 이 세계에 발을 디뎠고, 어렵사리 일본까지 가서 댄서로 일하며 악착같이 돈을 모아 기어이 그녀가 되었다. 어린 일본 남자와 동거를 하다가 몇 해 전 한국에 돌아온 것은 그녀의 연애가 파탄이 났기 때문이었다. 지금은 여기 스트립댄서 후배들과 팀을 이뤄 서울을 비롯해 여러 도시를 순회하고 있었고, D시의 카바레도 한국을 떠나기 전 우리나라 제2의 도시에서 댄서와 웨이터로 알게 된 D카바레 영업부장과의 인연이 작용했다. 언제 봤는지 다방집에 들어가는 나를 보고는 우리 다방집 단골이 되었다. 내가 그녀의 옛 일본 애인과 비슷한 분위기라는 이유였다. 그녀는 나를 제대로 도련님이라 불렀고 나는 그녀를 보면 그저 수줍어 얼굴이 붉어졌다.

서울도 아닌 전라도에서 온 다방년의 아들이라는 꼬리표를 달고 살지만, 이 답답한 바닷가 소도시에 우리 다방집 같은 해방구도 없다고 자부한다. 지하 다방집이라 여러 단점이 있지만, 또 이런 장점도 있기 마련이다. 하긴 이곳 D시가 우리나라 제2의 도시에 한 구로 포함될지 모른다는 이야기가 조금씩 들려왔다. 그게 뭔들…

아무리 우리 다방집 주소가 우리나라 제2의 도시가 된다 한들 여기가 서울이 되는 건 아니지 않은가! 여우가 태어난 곳을 향해 머리를 두고 죽듯 언젠가 나는 내가 태어난 서울로 돌아가리라 다짐했다.

아차차! 그런데 토요일 밤 11시 반을 전후해서 이 모든 것이 유령처럼 홀연히 사라졌다. 그때부터 나는 뿌연 담배연기와 향수 냄새와 여러 브랜드의 화장품 냄새와 포마드 기름 냄새와 인간 본연의 체취들을 환기시켰다. 마음속 어둡고 눅진 기억들이었고 내가 감당할 만한 일들도 아니기에 서둘러 환기를 시켰다. 그러고 나면 밤 12시가 넘어서 남녀 단둘이 오는 아베크족 연인들이나 코가 빨개지도록 술에 취한 아저씨들이 들리곤 했다. 평소와 다름없이 이런 취객 아저씨들과 실랑이를 하는 소란한 밤을 맞이한다. 이 지긋지긋한 시간이 흘러 어찌어찌 상황이 정리되면 AFKN의 〈소울 트레인〉에서 나오는 경건한(?) 흑인음악과 춤으로 토요일 밤을 마감했다. 어쩌다 나도 모르게 흥에 겨워 다방집 플로어에서 춤을 췄다는 사실은 아무도 모르는 나만의 비밀이다.

...

일요일 오전에 시간대 별로 오시는 쌍화차 할아버지들이 가고 나면 엄마는 늦은 아침 겸 이른 점심을 챙겨주었다. 오늘은 엄마랑 같이 목욕탕에 갔다 와서 그런지 엄마와는 뭔가 다른 미스 나 누나의 샴푸 냄새가 유난히 마음을 흔들었다. 그런데 또 나의 그곳이 신호를 보내왔다. 하필 금요일 밤에 입었던 그 부끄러운 추리닝 바지 그대로인데, 주인의 참담한 심정을 무시한 채 녀석은 오만방자하게 텐트를 쳤다.

누가 보든 말든 나 혼자 무척 민망했다. 팝 가수 마돈나만큼이나 자신만만한 미소를 띤 미스 나 누나와는 절대 눈을 마주치지 않으려고 노력했다. 미스 나 누나도 금요일 심야의 곤란한 소동 때문인지 오늘은 우리 다방집 김치에 손도 대지 않았다.

엄마가 갑자기 "김치도 먹어 봐, 미스 나야" 하자 깜짝 놀란 미스 나 누나는 "아, 네, 마담 언니" 하며 슬그머니 고춧가루가 듬뿍 묻은 그 매운 김치를 들었다 놓았다. 그러면서 은근슬쩍 누나가 나를 보고 살짝 미소를 짓는 게 아닌가? 나는 눈을 내리깔고 엄마 특유의 김치에 돼지고기와 비계를 넣은 김치찌개까지 곁들여 밥을 먹었지만, 밥이 어디로 들어가는지 모르게 입에 들이부었다.

밥을 다 먹고는 여전히 텐트를 친 바지 때문에 부득이하게 양주머니에 손을 불룩하게 집어넣은 상당히 불량한 자세로 잘 먹었다는 말을 남겼다. 허리를 어설프게 뒤로 뺀 채 엉거주춤하게 내실로 향하는데 엄마가 나를 불렀다.

"성재야, 너 어디 아파?"

하필 미스 나 누나 바로 옆에 서게 되었다. 누나의 시선이 딱 내 추리닝 바지 중간 어디쯤 머무는 것만 같았다. '아, 제발… 이 상태를 들키면 안 되는데'라고 생각하며 어찌할 바를 몰라 하다가

"아, 아니! 허리가 좀 아파서" 하면서 어쩔 수 없이 손 하나를 빼 허리를 탁탁 쳤다.

"공부 너무 열심히 하지 마, 아들."

헉, 공부라니! 공부는 그다지 열심히 하지도 않는데…. 문득 이렇게 고생을 하며 나를 학교에 보내주는 엄마에게 미안한 마음이 들었다.

"엄마, 그래도 나 지금 도서관 갈 거야."

그러자 엄마가 특유의 하이 톤으로 대답했다.

"어머~ 기특하네, 우리 아들."

뭐에라도 쫓기 듯 후다닥 서둘러 가방을 챙겨 집을 나섰다. 약 10분 정도 걸어서 D시 유일의 시립 도서관으로 향했다. 아, 그 전에 다방집 건물 뒷마당 쪽으로 큰 주차장이 자리 잡고 있는 시외버스 터미널 앞 복권 판매대에 가서 꼬깃꼬깃 접어둔 500원짜리 지폐를 꺼내 복권 한 장을 샀다. 1억 원의 희망! 여전히 삼색의 털이 짧은 고양이 한 마리가 멀찍이 나를 따라왔다. 언제나 그랬던 것처럼.

무조건 많이 들어가는 프로스포츠 가방(너무 책을 많이 넣어서 가방과 끈을 연결하는 삼각형 금속 고리가 휘어지기까지 한)에 성문 종합영어니 수학의 정석이니 국어 참고서니 가득 책을 챙겨갔지만 도서관에서 학교 공부는 눈에 잘 들어오지 않았다. 이 근방에서 공부 좀 하는 아이들이 가득 모인 고등학교에 입학하고 매달 시험을 볼 때마다 내 성적은 곤두박질쳤다. 그렇다고 공부 잘하는 아이의 마음에 들어가 답안을 훔치는 비겁한 짓은 하지 않았다. 적어도 그러고 싶지는 않았다. 여러 모로 시큰둥한 고등학교 생활이었다.

나는 도서관에 갈 때마다 도서관 앞 공터에 있는 큰 버드나무가 센 바닷바람에 유려하게 흔들리는 모습이 참 멋있다고 생각했다. 마치 무슨 영화에 나오는 느린 화면을 보는 것 같다고 생각하며, 넓은 공터 겸 주차장을 지나 도서관 열람실에 자리를 잡고 앉았다. 잠깐 앉아 한숨을 내쉬다가 자연스럽게 도서관 서가로 갔다. 평소에 나는 도서관에 오면 서가에 있는 책들을 닥치는 대로 읽었다. 물론 중학교 2학년 이후 내게 고민을 안겨준 《데미안》도 여기에서 읽었다. 그런데 의외로 여기 서가에는 야한 책도 많았다. 월탄 박종화의 《여인천하》는 읽을수록 야한 장면이 많이 나와서 도저히 책을 놓을 수가 없었다. 헨리 밀러의 《북회귀선》도 얼마 전에 읽었는데, 파리 도심의 성 쉴피스 성당이나 뤱느가나 몽파르나스가에 대한 설명을 읽으며 막연히 프랑스 파리라는 도시를 동경하게 됐다. 그러나 헨리 밀러는 이 도시를 마치 매춘부 같다고 비유해 나를 깜짝 놀라게 했다. "첫 5분은 좋지만"이란 표현도 썼다. 어떻게 천하의 불란서 파리를 두고 이런 모욕적인 인사를 할 수 있나 기가 막혔다. 하지만 뭔가 솔직한 자기고백이라는 점은 마음에 들었다. 나는 언제나 마음 편히 이런 솔직한 자기고백을 할 수 있을까? 나는 평생 안고 가야 할 비밀이 너무 많다. 나의 엄마, 어딘가 있어야 할 나의 아빠, 그리고 나의 비밀까지, 말하지 말아야 할 비밀과 비밀들.

정작 이 책은 읽자마자 엄청 야했다. '타냐…'로 시작하는 성적

묘사는 지금까지 읽은 어떤 소설보다 적나라했다. 마치 AFKN 중계에서 봤던 인디애나폴리스 500마일 자동차 경주대회에서 굉장히 섹시한 빨간색 스포츠카가 굉음을 내며 피니쉬 라인을 향해 폭발적으로 마지막 질주를 하는 그런 느낌이었다. 그런데, 도서관 누구도 19세 미만인 내가 이 책을 읽는 것을 말리지 않았다. 그 누구도. 책은 무조건 좋은 거니까. 그렇지! 그래서, 하라는 공부는 안 하고 책을 읽었다. 그것도 매우 야한! 하긴 나는 이미 상당한 고가의 삼성 비디오 플레이어가 있는 다방집에 사는 덕에 별별 비디오를 다 보기도 했다. 딱히 포르노라고 할 순 없지만 당시 보기 힘들었던 야하고 잔인한 일본 비디오까지 봤다. 일본이 가깝다 보니 그런 비디오들이 쉽게 배로 들어오는 것 같다.

중세 시대, 기모노를 입은 일본 여성이 길을 가다 비가 오니 어딘가 비를 피해 들어갔다가 만난 무사와 갑자기 엄청 사실적으로 정사를 나누는데 곧 이어지는 장면에서 그 일본 무사가 다른 무사와 만나 1대 1로 정면 승부를 벌인다. 엄청 인상을 쓰던 그 일본 무사가 순식간에 상대방의 머리를 댕강 자르면 패자의 목에서 피가 심장의 박동에 맞춰 주기적으로 솟구쳐 나오는 장면 역시 매우 사실적이었다.

또는 느닷없이 고개가 꺾인 채 다리를 질질 끌며 걷는 일군의 외국인들이 등장해 감옥에 갇혀 있던 사람들의 내장을 파먹거나 혀를 뽑아 먹는다든지 정말 별별 희한하고 이상하고 역겨운 비디오들도 있었다. 이런 영화들은 죄다 우리나라 극장에서는 보기 힘든 것이었다. 분명 이런 영화를 극장에서 보다가 학교 선생들에게 걸렸으면 나는 정학을 받았을 것이다. 그런데 나는 내가 사는 다방집에서 이런 비디오를 봤다. 이게 뭐지 싶었지만 정확하게 사실관계를 밝히자면 나는 평소 집에서 보는 이런 희한하고 괴상한 영상들보다는 차분히 도서관 서가에 앉아 야한 책을 읽는 게 더 좋았다. 눈으로 보는 것보다는 글을 읽고 상상하는 게 더 마음에 다가왔다.

그런데 《북회귀선》을 읽다가는 내용이 너무 적나라해서 자꾸 옆사람 눈치를 보게 되었다. 그런 것만 빼면, 나는 도서관 서가를 산책하며 이런 저런 책을 즉흥적으로 뽑아 읽는 것을 좋아했다. 우연히 《희랍인 조르바》를 읽게 된 것도 바로 오늘이다. 열람실에 가방을 던져두고 천천히 서가 여기저기를 둘러보다 운명처럼 이 책을 만났다. 내가 좋아하는 책상에 앉아서 책을 펼쳤다. 그 자리에서는 서가 출구가 긴 책장 사이로 보였다. 창가 바로 옆이라 작은 호수가 보여 마음에 드는 자리였다. 읽기 시작하니 책이 술술 잘 읽혔다. 니코스 카잔차키스라는 작가의 이름도 난생 처음 들어봤지만, 책을 읽는 순간 이 평범치 않은 그리스 남성에게 빠져들었다.

이미 여러 번에 걸쳐 말했듯이, 나는 남들은 모르지만 조금만 집중하면 사람의 마음속에 들어갈 수 있다. 한술 더 떠 다방에 오는 손님들의 체취를 느끼면 손님의 과거 인생이 영상으로 빠르게 보이기까지 했다. 간혹 사람의 마음을 조정할 수 있다는 사실을 알게 된 것은 초등학교 고학년 때였다. 문제는 내가 어떤 분노에 사로잡힐 때마다 내게 분노를 일으킨 사람의 마음에 들어가 무슨 수를 쓰든 그의 목숨을 제거하고 싶은 강한 욕망에 사로잡힐 때가 있다는 것이다. 울 엄마가 여기 D시까지 흘러 들어오게 된 이유 역시 그 분노와 강렬한 욕망 때문이었다.

내가 잠시 머물렀던 시설에서 백발의 원장이 죽고 며칠 지나지 않아 엄마의 하이힐 소리가 다시 들렸을 때 나는 무척 안심이 되었다. 엄마는 나를 데리고는 곧바로 우리나라 제2의 도시로 쫓기듯 내려와 선술집을 열었다. 왜 거기까지 가야 했는지 그 저간의 사정을 나는 잘 모른다. 분명한 사실은 지금으로부터 10여 년 전인 일곱 살 무렵 무척 많은 일들이 나와 엄마에게 일어났다는 것뿐이다.

엄마와 내가 우리나라 제2의 도시에 내려와 처음 자리 잡은 곳은 가파른 산등성이에 단층집들로 빼곡한 어느 동네를 관통하는 2차선 도로 주변이었다. 초겨울이었는데도 서울에 비해 따듯했고 눈도 잘 내리지 않았다. 확실히 눈은 드물게 내렸다. 도로를 따라 양옆으로 상가를 이루는 작은 시장이 있었는데 그 시장 상가 1층을 엄마 손을 잡고 따라 들어갔던 기억이 난다. 달랑 방 하나 있는 2층에서는 살림을 살았고, 시멘트 계단을 내려오는 1층에서는 막걸리를 파는 선술집을 했다. 이 선술집에 살면서 근처 국민학교에 입학해 2학년까지 다녔다.

그런데 '고향집'이라는 이름의 선술집을 하던 엄마를 짓궂게 괴롭히거나 지분거리던 남자 손님들이 우리 선술집 근처나 자기 집에서 하나 둘 죽어나가면서 우리 술집에 대한 소문이 고약하게 나기 시작했다. 누군가 내가 요물이라고 말했다. 엄마가 하던 선술집 근처에 단독 주택 2층을 통째로 빌려 요란하게 점집을 하던 50대 초반의 무당이 우연히 우리 술집 앞을 지나다 나를 보고는 벌벌 떨었던 것이 문제였다. 당시 우리나라 제2의 도시에서 점 잘 보고 용하기로 소문이 나 세상 무서울 것 없었던 중년의 무당이 서울서 내려온 갓 아홉 살 먹은 예쁘장하고 깡마른 사내아이에게 벌벌 떨었으니, 시장 인근에 내가 요물이라는 소문이 날 수밖에 없었다.

그것과는 별개로 사실 내게도 책임이 없는 것은 아니다. 30대 초반에 아이 하나 딸린 미모의 서울 여자가 시장 상가에 세를 얻어 2층에서 어린 사내아이를 하나 키우며 1층에서 각종 전과 나물 같은 서울식 제사 음식을 안주로 막걸리를 파는 선술집을 하니 당연히 치근덕거리는 사내들이 없을 리 만무했다.

그때 당시 잠을 자다 깨 양은으로 된 막걸리 잔이 떨어지는 소리가 하도 요란해 허겁지겁 1층에 내려간 적이 있다. 내려가 보니 술이 취해 엄마를 뒤에서 붙잡고는 엄마의 음부에 손을 넣으려던 근육질의 남자가 눈에 들어왔다. 나는 그 광경을 보자마자 엄청난 고성을 질렀다. 왼팔 팔뚝에 뽀빠이 문신을 새긴 그는 마도로스라고 불렸고 자신을 화물선 기관사라고 말했었다. 간혹 찾아와 이런저런 외국 얘기를 제법 큰소리로 늘어놓더니 세계의 사창가는 다 다녀봤다고 묻지도 않은 말을 하던 사내였다. 아무리 해외 여러 곳을 다니는 화물선 기관사라고 해도 나는 분노했다. 분노했고 또 분노했다.

엄마 역시 그때 처음 분노한 내 눈을 보고는 경악했다. 내가 고양이의 눈동자를 하고 있었기 때문이다. 그리고 며칠 전 다방집 1층 셔터 앞에서 술에 취해 행패를 부리던 아저씨의 목숨을 앗으려 했던 때도 엄마는 고양이 눈을 하고 있던 나를 다시 본 것이다.

어쨌든, 내 고성에 깜짝 놀라 나를 쳐다본 근육질의 사내는 바로 그 자리에서 죽음을 맞았다. 누구도 그 남자가 왜 죽었는지 이유를 몰랐다. 나도 그 사내의 마음속에서 어떤 일이 있었는지 지금은 정확히 기억이 나지 않는다. 다만 그 선원의 마음속에서 나는 폭풍우가 몰아치는 바다 한가운데를 날고 있었다. 파도가 높은 바다 위에 위태롭게 떠 있는 큰 화물선 갑판에 혼자 서 있던 사내에게 엄청난 속도로 날아가 사내의 목을 단박에 꺾어버렸던 것 같다. 순식간에 일어난 일이었다. 그만큼 나의 분노가 컸다. 엄청난 근육질의 사내였지만 내면의 자아는 형편없이 약하고 초라했다. 내가 다시 정신을 차렸을 때 가게 라디오에서는 당시 인기 정상의 가수였던 혜은이의 "감수광"이라는 노래가 흘러나왔고 엄마는 갑자기 쓰러진 그 아저씨를 정신없이 흔들어 깨우고 있었다.

그전에도 두어 번 그런 일이 있었지만 결국 선술집 안에서조차 멀쩡한 사람이 죽어 나가자 엄마는 그 시장 상가를 떠날 수밖에 없었다. 나는 시장을 떠나던 그날을 똑똑히 기억한다. 서울말을 또박또박 쓰는 국민학교 2학년 사내아이를 그렇게나 두렵게 쳐다보던 시장 사람들의 불길한 눈길을! 나는 굳게 다짐했다. 다시는 이런 일을 다른 이들의 눈에 띄게 하지 않겠다고….

무엇보다 형사들이 가게에 몇 번씩 찾아왔다. 사인을 찾기 위해 부검도 했다는 소리를 들었다. 결국 사인은 심장마비였다. 그렇게 몇 번씩 형사가 우리 술집에 들리던 와중에 젊은 형사 한 명이 내 기억에 남았다. 이 형사라고 불리는 20대 후반의 형사는 이곳에서 흔치 않게 고운 서울 말씨를 쓰는 데다가 어여쁜 엄마에게 무척이나 친절하게 굴었다. 엄마와 누나 동생 하던 그 형사의 소개로 D시까지 오게 되었다. 우리 모자에게 그는 언제 생각해도 상냥하고 고마운 사람이었다.

이사를 한 후 가끔 그 형사가 D시의 우리 집에 찾아오기도 했다. 언젠가 자다 눈을 떴을 때 그 형사가 엄마 옆에 자고 있는 걸 보고 무척 당황했던 기억이 있다. 그러나 그의 방문은 오래가지 않았고 언젠가부터 그의 얼굴을 보기 힘들었다. 나중에 엄마에게 물어보니 몇 해 전 결혼을 했다고 했다. 그 말을 한 후 침묵에 빠진 엄마의 눈빛이 잠시 흔들리는 것을 알 수 있었다. 나는 더 이상 그의 사정을 엄마에게 묻지 않았다.

간혹 그 형사처럼 엄마나 내게 상냥했던 괜찮은 사내들도 있었지만 대부분은 음탕한 농담에 음흉한 눈길로 엄마의 몸매를 살피는 개종자가 많았다. 나는 어여쁜 엄마를 괴롭히는 사내들이 싫었고 술 취한 남자 어른들의 추행이 혐오스러웠다.

그런데 여기 D시에 와서도 엄마는 여전히 술집을 했다. 전학을 간 D시 신도심 인근의 국민학교에서 3학년으로 새 학기를 시작하고 나서 얼마 지나지 않은 때였다. 하교 길에 내 뒤를 졸졸 따라붙더니 "너거 집 술집 하지?" "너거 엄마가 직접 술도 따르나?" 하고 이것저것을 짓궂게 묻던 친구들이 있었다. 술집에 오는 아저씨들에 비해 너무나 어린 친구들이라 내키는 대로 제거해 버릴 수도 없어서 나는 억울한 마음에 눈물을 흘리며 엄마에게 갔었다. 이제 더 이상 술집을 하지 말자고 애원을 했다. 역시나 엄마의 눈이 흐려졌고 이윽고 눈물이 흘렀다.

나중에 내가 술에 취한 광주 출신 누나의 음부를 적나라하게 보는 사고를 치고 나서야 비로소 엄마는 이 지하 술집을 다방집으로 바꿨다. 그런데 다방집으로 바뀌고 나서도 어디서 들었는지 같은 반 아이들이 내게 우리 다방집 레지 아가씨들도 티켓을 끊고 몸을 파느냐고 물었다. 국민학교 5학년이라고 해도 아이들 입에서 나올 말은 아니라고 생각했다. 그때도 집요하게 놀리던 녀석의 목숨을 제거해야 하나 심각하게 고민했다. 사람은 목숨을 걸 말을 함부로 해서는 안 된다고 믿는다. 신체적으로는 몸치인 데다가 싸움도 젬병이었지만, 그 말을 듣자마자 그 말을 한 아이와는 결국 몸싸움을 벌였다.

그런 아이들과 몸싸움을 하며 많이 맞기도 맞아 늘 눈이 시커멓게 멍이 들었어도 속으로 굳게 다짐했다. 절대 어린 것들은 제거하지 말자고. 어쩌다 불량한 아이들에게 주머닛돈을 탈탈 뺏기고 여러 명한테 몰매를 맞았을 때도 있었는데, 그럴 때도 녀석들의 마음만큼은 가만히 놔두었다. 중학교에 들어와서는 이제 몸싸움조차 하지 않겠다고 결심했다. 물론 내게 유일하게 친절했던 경일이를 모독하고 괴롭힌 녀석만큼은 가만두지 않았지만 말이다.

그런데 최근에는 어떤 분노를 조절하기 시작했고 사람들의 마음도 이모저모 적당한 수준에서 조절했다. 여름방학 시작하자마자 그런 일이 있었다. 올 때마다 커피 한 잔 달랑 시켜놓고 심하게 레지 누나를 희롱하던 강 작가 할아버지가 중풍을 맞았다. 여름방학이 시작될 즈음 우리 집 일을 그만둔 착한 미스 서 누나는 매번 말도 못하고 당하기만 했다. 본인은 그저 짓궂은 장난이라고 하지만 내가 보기에는 도가 지나쳤다. 소위 글밥 좀 먹었다는 사람이 그럴 수는 없었다. 강 작가 할아버지의 중풍 소식이 들리자 엄마는 나를 의심스럽게 바라봤지만 나는 애써 태연한 척 했다.

하지만 그런 일들이 반복될수록 나는 어떤 딜레마에 시달렸다. 엄마나 우리 다방집 레지 누나들을 괴롭히는 남자들을 보면 나도 모르게 그냥 죽여버리고 싶은 마음이 강하게 들었기 때문이다. 어쩌면 한 방에 보내버릴 수도 있을 것이다. 물론 경우에 따라서는 내 목숨까지 내놓아야겠지만 말이다.

내가 경험한 사람들 마음의 힘은 나이나 지위, 경제능력에 영향을 받지 않았다. 오히려 마음속에 들어가 봐야 그 사람의 상황이 어떤지 정확히 알 수 있는 경우가 많았다. 큰 성벽처럼 답답한 느낌이 드는 상대의 경우 웬일인지 그 마음에 맹수나 괴물이 사는 경우가 많았다.

그러나 내가 손님들을 제거할 때마다 엄마의 참담한 눈이 떠올랐다. 엄마는 어떻게든 돈을 벌어야 했다. 엄마는 등록금을 못 내서 선생에게 불려나가는 아들을 생각했다. 나는 어서 빨리 어른이 되어 돈을 벌어야겠다고 생각했지만 한편으로는 어른이 되기가 너무 싫었다. 특히 남자 어른이 되기 싫었다. 말했듯이 어디 피터팬이 사는 나라가 있으면 거기로 날아가고 싶었다. 물론 엄마에게 경제적으로 독립해 혼자 살아가야 할 때가 곧 찾아올 것 같았다. 이건 부모 없는 아이들이 모여 사는 시설에 보내졌던 일곱 살 이후 늘 염두에 뒀던 문제이기도 했다.

그런데 지금 읽고 있는 《희랍인 조르바》는 내게 해방감을 맛보게 해주었다. 조르바의 말처럼 삼라만상은 자연스러운 것이다. 조르바는 그저 자연스럽게 행동했다. 맞아! 조르바처럼 살아야 해! 소설에서 어느 젊은 가톨릭 사제가 마음에 안 든다고 자기의 그곳을 돌로 내리찍어버리는데, 정말 바보 같은 일이었다. 남들이 가지지 않은 능력 때문에 행동을 조심하며 비밀스럽게 살고 있던 나로서는 조르바처럼 시원시원한 인물이 하는 말 하나하나가 너무 고마웠다.

한편 천주교 신부가 되겠다며 외지로 떠난 통통한 창우의 얼굴이 떠올랐다. 정말 녀석은 내게 맹세했던 것처럼 수음 따위는 하지 않고 지낼 수 있을까? 녀석이 잘 지내는지 연락을 한번 해보고 싶었다. 하긴 그날 이후 창우는 내게 말을 잘 붙이지 않았고 긴장된 표정으로 나를 바라보곤 했다. 어쨌든 책에 흠뻑 빠져 점심도 거른 채 책을 거의 다 읽어가고 있었다. 희랍인 조르바가 대장이라 부르던 주인공이 조르바와 칼같이 단호하게 이별하는 부분을 막 다 읽었다.

그런데 도서관 주변에서 갑자기 이상하게 아주 위험하면서도 강렬한 느낌이 들기 시작했다. 어떤 노랫소리 같기도 했고 웅얼거리는 주문 같기도 한 소리가 들리는 듯했다. 뒷골이 쭈뼛해져서 아주 답답했고 순간 목이 꽉 조여왔다. '아, 이 느낌! 도대체 이건 뭐지?'라는 생각을 하며 책을 내려놓고 주변을 둘러봤다. 생전 처음 느끼는 신비한 경험이었다. 점차 목이 조여와 자꾸 목을 만지게 됐다. 그러나 한편으로 그 느낌은 뭔가 모를 그리움 같았고 긴장을 풀게 하는 아이러니를 갖고 있었다. 어떤 면에서는 아주 강렬한 끌림이었다. 표현할 방법이 없는 이 느낌은 어쩌면 매혹적이기까지 했다. 토요일 저녁 담배연기가 흐르는 다방집의 끈적끈적한 매혹이 아니라 혈관이 확장되고 아드레날린이 폭발하는 청량한 느낌이었다. 마셔 보진 않았지만 술을 마시면 이런 느낌일까?

그때 갑자기 쾅쾅거리며 서가에서 철벽이 솟구쳐 올라 일종의 복도가 생겼다. 순식간의 일이라 깜짝 놀랐다. 내가 앉은 책상과 책 외의 다른 서가는 완전히 다른 공간이 되었다. 바닥에는 붉은색 양탄자가 깔렸고 벽에는 생전 처음 보는 조명이 은은하게 불빛을 비추었다. 저 멀리 복도 끝에 있는 고풍스런 문이 벌컥 열리고 생전 처음 보는 사람이 눈에 들어왔다.

내 또래 소녀였다. 꽉 붙는 청바지에 가죽 장화를 신고 타이트한 아이보리색 니트를 입은 소녀는 탄탄하고 건강한 몸매에 찰랑거리는 검고 긴 머리를 하고 건강한 피부를 가졌는데, 마치 서양인과 동양인의 혼혈처럼 보였다. 전체적으로 서구적인 매력과 동양적인 매력이 뒤섞인 매우 독특한 얼굴을 하고 있었다. 그녀와 나는 바로 눈이 마주쳤고 소녀는 나를 향해 곧바로 걸어왔다. 걸어오는 모습이 마치 슬로비디오처럼 느리게 느껴졌다. 그녀가 그렇게 내게 다가올수록 얼마 전 AFKN에서 뮤직비디오 클립으로 본 퀸의 "썸바디 투 러브"라는 음악이 점점 더 크게 들려오는 것 같았다. 그녀가 머리를 흔들면 덩달아 머리카락이 찰랑거렸다. 퀸 멤버의 합창이 점점 더 고조되는 순간 내 눈은 점차 흐려지기 시작했다. 그녀가 내 바로 앞에 섰다. 그녀는 아름다웠다. 그녀가 내게 손바닥을 뻗쳤다. 마치 내가 상대방의 마음에 들어갈 때 쓰는 방식과 같다는 생각을 하는 순간 나는 정신을 잃고 책상에 머리를 쿵 박고 말았다. 완전한 암흑이었다.

5

얼마의 시간이 흘렀는지 짐작도 가지 않았다. 잠에서 깨고 있다는 느낌이 들었다. 그리고 어디선가 폭발할 듯한 굉음이 들렸다. 가까스로 감겼던 눈을 떠 보니 햇살이 강렬하게 비쳤다. 점차 크게 눈을 떠 주위를 둘러보니 내가 컨버터블형 오픈카를 타고 있는 것 같았다. 안전벨트를 양쪽으로 매고 있었는데 착 감기는 시트의 감촉이 놀라웠다. 빨간 카시트 색깔도 무척 인상적이었다.

왼쪽 옆에 있는 사이드 미러를 보았는데, 아무리 봐도 도로가 보이지 않았다. 그래서 고개를 들어 차 밖을 보니 까마득히 높은 하늘이었다. 그러니까 이 오픈카, 아니 이 뚜껑도 없는 차가 하늘까지 날고 있었다. 그것도 엄청난 속도로. 양쪽 손으로 안전벨트를 꽉 부여잡았다.

이 무슨! 고개를 돌려 오른쪽에 있는 운전석을 보니 아까 정신을 잃기 직전에 봤던 그 소녀의 얼굴이 눈에 들어왔다. 이 비행차(?)는 오른쪽에 운전석이 있었다. 맹렬한 속도에도 불구하고 바람에 살짝살짝 머리가 날리며 생글생글 웃고 있는 소녀의 프로필은 건강함을 넘어서 너무 아름답게 보여 잠시 숨이 멎는 듯했다. 소녀는 정말 아무 일 아니라는 듯 가볍게 오른 손만으로 운전대를 가볍게 잡고 있었다. 하늘을 나는데도 말이다. 나는 무서워서 곧 죽을 것 같았지만 속에서는 알 수 없는 욕망이 일었다. 사람들을 제거하고자 하는 욕망과는 확연히 다른 종류의 욕망이었다. 그녀의 옆모습만 보고 있어도 좋았고 이렇게 가까이에 있는 그녀에게 친근함이 느껴졌다. 그런데, 왜? 하필 이 소녀에게서? 그녀의 도톰한 입술을 한없이 바라보았다.

내가 아무리 열일곱 살이기는 하지만 생리적인 발기 현상 외에는 딱히 성욕이 생기지 않았었다. 그런데 왜 이 소녀는 내게 이런 욕망을 일게 만드는 것일까? 지금까지 이런 일은 단 한 번도 없었다. 아무리 다방집 미스 나 누나가 마돈나를 닮았다고 해도 그런 일은 없었다. 그런데, 이 소녀는? 왜? 무슨 이유로? 잠깐 사이 별별 생각을 하다가 문득 소녀의 타이트한 니트에 봉긋하게 솟은 가슴에 눈이 가고 말았는데, 바로 그때 소녀가 갑자기 고개를 돌리면서 그만 눈이 딱 마주쳤다, 헉!

나를 바라보는 소녀는 여전히 생글생글 웃고 있었지만 내 시선의 방향을 알아차리더니 "어라, 이 소년 안 되겠네? 지금 어디를 보는 거야, 어휴~ 엉큼해" 하고는 다시 내 얼굴에 왼손을 내밀었다.

나는 뭐 어쩔 도리 없이 그냥 까무룩 정신을 잃었다. 에잇!

...

눈을 떠 보니 어떤 방이었다. 분명 다방집 홀은 아니었다. 비상구 등도 안 보였고 일단 전체적으로 환했다. 나는 벌떡 일어나 앉았다. 영화에서나 보던 그럴듯한 방이 내 눈앞에 떡하니 펼쳐졌다. 우선 천장이 아주 높았고 창문도 그만큼 위로 높게 나 있어서 고풍스러웠다. 방은 넓었고, 저 멀리 피아노가 보였다.

여하튼 창문 하나 없는 지하 다방집에 비해 시원시원하게 자리를 잡아야 할 곳에 어김없이 자리를 잡은 높은 창문들 앞으로 고급스럽게 붉은 장미색 커튼이 드리워져 있었는데, 커튼에 새겨진 문양들이 꽤 독특했다. 검푸른 방패 위에 B자를 닮은 알 수 없는 글자가 새겨져 있었다. 그 둘레에는 무수한 나무줄기와 잎사귀가 수놓아져 있었다. 무슨 왕족의 문장 같은 것도 여러 개 그려져 있었다.

꿈인가 생시인가? 하긴 어젯밤에 꾼 백룡 꿈을 비롯해서 요즘 꿈이 너무 생생하다는 생각도 잠깐 했다. 그러다가 아까 그 소녀는 어디에 있나 궁금했다. 그러면서 주변을 더 둘러보았다. 현실적으로 이해해도 내가 살던 주변에서도 극히 보기 힘든 방이었다. 그리고 알 수는 없지만 아까 도서관에서 느꼈던 말할 수 없이 편안한 감정이 물결쳤다. 벽마다 유화로 된 상당히 큰 중세풍 풍경화가 걸려 있었다. 그때서야 내가 누운 침대가 푹신하고 안락하다는 사실을 때달았다. 베개는 말할 필요도 없고. 다방집 홀에 있는 의자들을 붙여 만든 침대와는 비교도 안 될 만큼.

'아, 침대란 게 원래 이런 거였구나!'

침대에 누워 온몸으로 꿀렁꿀렁 침대를 흔들어 보았다. 부드럽게 제자리로 돌아오는 쿠션감이 좋았다.

그때 똑똑 문을 두드리는 소리가 났다. 아이보리색의 양문을 열고 누군가 고개를 숙이며 들어왔다. 검푸른 원피스에 하얀색 모자와 앞치마로 전형적인 시녀 복장을 한 여성인데, 어라, 고개를 든 그녀는 고양이 얼굴을 하고 있었다. 뒤에 같이 따라 들어온 검푸른 바지와 흰색 상의에 검푸른 조끼를 입은 집사 복장을 한 남자 역시 고양이 얼굴을 하고 있었다.

"안녕히 주무셨습니까? 도련님."

무슨 공포 영화도 아니고 남자 집사 옷을 입은 고양이인간이 무척 정중하게 말을 했다. 나는 정중하게 대답을 하기보다는 "아~~~ 아 악! 당신들 누구야? 으아!" 하고 미친 듯이 소리를 지르며 침대를 박차고 일어나 도망을 쳤다.

"도련님, 저~ 저~"라며 나를 붙잡으려는 하녀와 집사를 뿌리치고 방 밖으로 뛰쳐나갔다.

"도련님!" 하고 저 멀리서 그 남자 집사 옷을 입은 고양이인간이 매우 당황한 목소리로 나를 불렀지만 나는 뒤돌아볼 틈도 없이 복도로 내달렸다. 긴 복도에는 역시 양탄자가 깔렸고 한쪽은 바깥으로 향하는 창과 부조들이 있었고 다른 쪽 벽에는 예스런 나무책장이 끝도 없이 붙어 있었다.

그 긴 복도를 지나 이리 뛰고 저리 뛰고 하면서 계단을 따라 아래층으로 내려왔다. 그곳에도 삼삼오오 고양이 시녀와 집사들이 지나다가 헐레벌떡 뛰어온 나를 보고는 깜짝 놀랐다. 그중 시녀 한 명이 들고 있던 쟁반을 떨어뜨렸다. 고급 티 포트와 찻잔이 박살났다. 깨진 찻잔의 조각을 피하려고 하다 보니 몸이 붕하고 날아올랐다. 껑충껑충 날아오르며 어떤 복도를 통과하니 사방이 투명한 유리로 된 어마어마하게 큰 공간을 날아오르게 됐다. 실로 거대한 공간이었다. 뭐 이런 곳이 다 있나 싶었지만, 일단 출입구를 찾아 밖으로 나가는 수밖에 없었다. 너무 넓어서 공황상태에 빠질 지경이었다. 나는 어디에 있는 거지? 도대체 여긴 어디란 말인가?

다행히 건물 입구를 찾을 수 있었다. 그 입구를 통해 밖으로 나오니 4-5미터 높이의 계단 아래로 잘 꾸며진 서양식 정원이 펼쳐져 있었다. 정원은 거대한 크리스털 궁전에 비해 결코 작지 않았는데, 가지치기가 잘된 나무들이 수도 없이 펼쳐져 있었다. 정원 한가운데 호수가 있었고 이 넓은 장소와 어울리지 않는 작고 귀여운 버드나무가 여러 그루 호수 주위를 둘러싸고 바람에 하늘거리며 흔들리고 있었다. 그리고 정원 양옆으로 큰 길이 나 있었다. 나는 오른쪽 길을 따라 저 멀리 보이는 거대한 정문으로 냅다 날아올랐다. 마음속에서 벌이는 결투와 비슷한 느낌이라고 생각하니 마음이 편했다.

거대한 정문 위로 여러 조각들이 있었는데 잘 보이지는 않았다. 갖가지 특이한 동물들이 정교하게 새겨져 있었지만 살필 만한 시간이 없었다. 양옆으로 성벽이 연결된 거대한 성문 앞에 도달했을 때, 나는 총으로 막고 서 있는 고양이 위병들에게 본능적으로 손을 내밀었다. 그러자 삐슝 하는 소리와 함께 내 손에서 레이저 총 같은 게 발사되었다. 그걸 맞고 고양이 위병들은 하늘로 튕겨 나갔다. 양 손이 뜨끈하게 달아올랐다. 손을 이리저리 흔들고 후후 불며 식혔다.

육중한 성문 옆으로 사람이 다닐 만한 작은 문이 나 있어서 문을 열고 밖으로 나왔다. 일단 밖으로 나오니 굉장한 장면이 펼쳐졌다. 엄청나게 큰 사각형의 광장인데 네 방향으로 다양한 양식의 유럽식 건물이 빼곡하게 둘러싸여 있었다. 게다가 엄청난 소음과 함께 여기저기서 야옹거리는 고양이인간들로 가득 차 있었다. 그들 사이로 발을 내딛자 순식간에 수없이 많은 고양이인간들 사이로 휩쓸려 들어갔다. 인파의 흐름에 따라 어쩔 도리 없이 따라다니게 되었다. 여기저기서 이해할 수 없는 요란한 음악도 들려왔는데 묘하게도 아주 흥겹다는 사실만큼은 부인할 수 없었다.

눈을 돌리자 조금 한적한 골목길이 보였고 다행히 그곳으로 빠져나올 수 있었다. 나는 순식간에 그 골목길에 이르렀다. 직접 가보진 않았지만 전형적인 유럽의 중세 골목길처럼 느껴졌다. 오래된 벽돌 건물과 돌길, 이런저런 아름다운 꽃들이 흐드러진 길을 여유 있게 걸었다. 반면에 이 골목길 식당과 술집마다 고양이인간들이 북적였다. 그리고 D시의 바람만큼은 아니어도 제법 바람도 불어왔다. 오랫동안 물기어린 바닷바람을 맞아 본 경험으로 볼 때 이곳 역시 바닷가나 호숫가 근처가 아닌가 싶었다. 좀 전에 손으로 레이저를 쏘던 내가 맞나 싶을 정도로 한가로운 산책이었다.

천천히 더 앞으로 걸어 나가니 상당히 큰 항구가 나왔다. 고양이인간 어부들이 배에서 잡은 물고기를 내리는 시끌시끌한 항구의 모습이 활기차게 보였다. 그때 갑자기 굉음소리가 하늘에서 나기 시작했다. 무슨 쇼를 하나? 그때였다 바다 쪽 하늘에서 모터사이클이 엄청난 속도로 날아오더니 굉장한 바람을 일으키며 내 머리 위에서 멈춰 섰다.

나는 어쩔 수 없이 땅바닥에 엉덩방아를 찧고 말았다. 하늘을 나는 모터사이클의 굉음 때문인지 소리를 지르며 고양이 어부들이 물러났다. 나 역시 도망을 가려 했지만 무슨 일인지 도망을 갈 수가 없었다. 부아앙 하는 모터사이클의 굉음 때문에 귀를 막았다. 어느새 모터사이클이 내 앞에 내려서 멈췄다. 헬멧을 벗고 긴 머리를 손으로 흔들어 정리하는 사람은 아까 봤던 바로 그 소녀였다. 나는 바닥에 앉은 채 엉덩이를 뒤로 밀며 손을 내밀어 아까 제복을 입은 고양이인간들에게 하듯 소녀에게 손바닥 공격을 해 봤지만 허사였다. 도대체 이 소녀는 뭐냔 말이다. 할 수 없이 애원을 했다.

"나 좀 집으로 데려가줘! 제발, 제발!"

"와~ 귀엽네, 이 친구."

아름다운 소녀는 여전히 웃고 있었지만, 소녀가 나를 향해 손을 뻗자 나는 다시 정신을 잃었다.

　젠장.

...

　다시 눈을 떴을 때 도서관 창문은 황혼에 물들어 있었다. 황급히 주변을 둘러보았지만 여전히 도서관 서가였다. '이런, 그냥 꿈이었잖아!' 그러면서 무척 다행이라는 생각을 하는데 꼬르륵 소리가 배에서 났다. 아침 겸 점심을 허겁지겁 먹어서 그런지 몹시 배가 고팠다. 그리고 '하악!' 아까 읽다가 정신을 잃었던, 조르바와의 그 이별 장면이 나오는 페이지에 내 침이 가득 묻어 있었다. 내 입 주변에도 침이 흥건했다. 아, 정말. 남들이 볼까 봐 시치미를 떼고 책을 소매로 쓱쓱 닦고는 입에 묻은 침을 오른손으로 닦으려고 하는데 손목에 무슨 시계 같은 게 보였다. 어라! 분명 손목시계를 차고 있었다.

　나는 원래 시계를 차고 다니지 않는다. 차더라도 왼손에 찬다. 간혹 엄마가 술집을 하던 시절 외상 술값 대신 맡아둔 세이코 같은 그럴듯한 시침시계도 차 봤지만 어느 것도 오래가지 않고 쉽게 고장이 나버렸다. 무엇보다 주인이 버린 물건은 쉽게 고장이 난다.

　그런데 지금 내 손목에 온통 검은색으로 된 전자시계가 차 있다. 지금까지 본 그 어떤 검은색보다 더 검은색 시계였다. 경일이가 방수가 되는 카시오 전자 손목시계를 차고 다녀서 꽤 부러웠다. 그런데 이 시계는 상표 같은 게 전혀 없이 버튼만 네 군데 모서리에 있었다. 둥그런 테두리 안에 시간을 나타내는 숫자판과 색깔이 각기 다른 빨갛고 파란 두 개의 둥근 원이 깜박였다. 숫자로 17:55:45가 보였고, 초를 나타내는 숫자는 계속 바뀌었다. 시간은 얼추 맞는 것 같았다. 무척 고급스럽다는 생각도 들었지만 무엇보다 이게 어디서 생긴 건지 도무지 알 수가 없었다.

곧 서가 문을 닫을 시간이었는지 사서 아저씨가 자신의 롤렉스 금딱지 시계를 자랑하듯 손으로 두드리며 내게 눈치를 주었다. 나는 서둘러 읽었던 페이지 모퉁이를 접어 반납대에 놓고 나왔다. 엄마에게 공부한다고 하고 와서는 공부 한 자 않고 열람실에 놓아둔 가방을 그대로 들고 도서관 현관을 나왔다. 엄마에게는 미안했지만 석양이 드리운 버드나무 가지들은 여전히 바람에 유유히 흔들리며 아름다웠다. 아차 싶어 주머니에 용꿈을 꾸고 산 복권이 있나 살펴보니 다행히 있었다.

상가 건물 1층 다방집 입구에 걸린 우리 다방 간판에 들어온 불빛이 보였다. 반가웠다. 주말에 간판 불은 주로 내가 켰는데 오늘은 이미 켜져 있었다. 하얀 아크릴 간판 배경으로 파란색의 수도다방 글자 아래 빨간색 손글씨로 Capital Coffee Shop이라고 영어 상호도 적혀 있었다. 그래도 엄마는 서울에서 인문계 여자 고등학교까지 나온 고학력 여성이었다. 사실 비밀이 많은 엄마의 말을 정말 확인할 방법은 없었다.

다방집에 돌아와 "엄마, 밥!"이라고 하려는데 TV에서 김포공항에서 폭탄 테러가 있었다는 긴급 뉴스가 흘러나왔다. 다방의 분위기는 묘한 긴장감이 감돌았다. 몇 명의 손님들 사이로 특히 미스 나 누나가 아주 유심히 TV를 보고 있었다. 웬일인지 엄마는 보이지 않았다. 아무리 서먹한 사이라도 여기서 무슨 일인지 묻지 않을 수 없었다.

"미, 미스 나 누나! 무슨 일 났어요?"

"아, 김포공항에 폭탄 테러가 났다카네."

"그러니까, 왜요?"

"와겠노? 생각을 해봐봐 성재군! 아웅산 테러 때처럼 저놈들이 이번에는 아시안게임이 배가 아파가 시한폭탄을 터트렸겠제 뭐."

"사람도 다쳤어요?"

"응, 공항에 있던 사람들 여러시 당했다 카던데. 지금 속보라 나도 아직 잘 몰라."

"네~ 아, 씨. 북한 놈들 정말 나빠요. 왜 죄 없는 사람들을."

"그러게 말이야, 참말로."

미스 나 누나는 정말 화가 난 것처럼 보였다. 나도 화가 났다. 왜 이런 일로 평범한 사람들이 희생되어야 하난 말이다. 벌컥 화를 내고는 내실에 들어와 옷을 갈아입었다. 그러면서 누나가 이런 시사적인 일들에도 관심이 많구나 싶었다. 누나의 마음속엘 들어가 볼까 하다가 오늘 겪은 일들이 너무 버라이어티한 데다가 무슨 일을 더 생각하기엔 배가 많이 고팠다. 아, 배고파 하며 배를 문지르는 순간 엄마가 내실 문을 벌컥 열었다.

"어! 아들 왔네. 어서 저녁 먹자!"

"엄마~"

왠지 엄마가 반가워서 다정하게 엄마를 불렀다.

"왜? 아들! 왤케 다정하게 엄마를 부르데… 용돈 필요해?"

"아니, 말 좀 들어 봐! 엄마! 나 말야, 낮에 깜빡 졸다가 이상한 꿈을 꾼 거 같아."

순간 엄마 얼굴이 일그러졌다.

"뭐?"

"고양이인간들이 많이 사는 나라에 갔던 거 같아!"

그런데 엄마 표정이 뭔가 많이 어색하게 굳어졌다.

"…."

내 말에 엄마는 대답은 하지 않고 금고 쪽을 잠깐 바라보는 것 같았다.

"왜, 엄마? 저기 뭐 있어?"

내 물음에 엄마는 깜짝 놀라며 대답했다.

"아냐 아들, 어서 와서 밥 먹자. 너 좋아하는 돼지국밥 사왔어."

"와~ 맛있겠다. 오늘 점심도 굶었더니 나 진짜 배고프거든."

"…그래, 얼른 와서 먹어."

엄마는 점심도 굶었다는 내 말을 들었는지 못 들었는지 내 시선도 외면한 채 미스 나 누나도 부르더니 식탁을 같이 차렸다. 푸짐한 돼지국밥 국물에 전기밥솥 밥을 가득 말아서 깍두기를 곁들여 먹었다. 저녁을 먹는 내내 엄마는 별 말이 없었다. 다방집 홀에 있는 컬러텔레비전에서는 북괴에 의한 김포공항 폭탄 테러 뉴스 특보가 계속 흘러나왔다.

미스 나 누나도 웬일인지 별 말이 없었다. 평소 생긋생긋 잘 웃는 누난데 일요일 저녁 분위기가 묘했다. 이상하게도 아까부터 계속 표정이 굳은 엄마는 밥맛이 없다며 나보고 더 먹으라고 고기를 덜어주었다. 그렇게 좋아하는 고기를 엄마가 웬일이지? 엄마는 특히 핏물이 흐르는 생간이나 천엽 같은 것도 좋아했다.

입안에 허겁지겁 밥을 욱여넣으며 아까의 그 미스터리한 소녀를 생각했다. 나를 몇 번이고 기절시킨 강력한 힘을 가진 그 애는 그저 꿈에서 본 것뿐일까? 그러기에는 너무 생생하다. 밥을 먹다 고개를 내려 갑자기 생긴 광택 없이 그저 검기만 한 손목시계를 보았다. 이건 대체 뭐지? 도서관에서 무슨 일이 있었던 걸까? 내가 몽유병에라도 걸린 걸까? 생각이 많아졌다.

오늘 도서관에서 유일하게 얻은 성과는 《희랍인 조르바》를 발견했다는 것이다. 나는 《희랍인 조르바》를 읽고 문득 나에 대한 어떤 해결책을 찾았다. 아무리 생각해도 이상한 꿈을 꾸고 몽정을 해 낭패를 보느니 억지로라도 수음을 해서 내 몸에 쌓인 것을 쏟아내는 게 낫다는 결론에 이르렀다. 앞으로 다시는 몽정 따위로 그런 황당한 일을 겪지 않으리라 다짐했다. 창우 녀석은 절대 하지 않을 것이지만(?) 나 역시 수음엔 별 생각이 없었다. 사실 야한 책을 보며 가끔씩 그런 상상을 하기도 하지만 내 마음속에 이는 강렬한 살의에 비하면 성욕은 오히려 약하고 미미했다. 대신 마음속 대결에서의 승부욕은 더욱 강해졌다.

밥을 다 먹고 내실 쪽방 의자에 앉아 잠깐 한숨을 돌리는데 문득 그 소녀가 나를 향해 다가오던 모습이 생각났다. 미약하나마 내 성적 욕망을 자극한 여자는 그녀가 처음이었다. 신기한 일이었다. 나는 내 방 의자에 앉아 추리닝 바지를 내리고 정말 자연스럽게 수음을 시작했다. 나도 나를 알 수 없는 일이었지만, 소녀를 생각할수록 감정이 격해지며 호흡이 가빠지고 수음을 하는 움직임이 더 격렬해졌다. 이런 감정은 처음이었다. 드디어 팔뚝이 아파오는 순간 쪽방 밖 내실 문이 벌컥 열렸다. "성재 군!"

미스 나 누나 목소리다. 문을 열고 내실로 들어오는 인기척이 들렸다. 쪽방으로 오는 거면 2초도 안 걸린다. 아~ 결정적인 순간인데…. 얼른 바지를 올렸다. 그런데 그 순간, 아이 씨이, 이건 뭐 몽정과 다를 바 없는 상황이 되어버렸다. 불처럼 뜨거운 느낌과 함께 한심하게도 몸 속 분비물이 다시 하얀 팬티로 분출되고 있었다. 특유의 이 밤나무 향까지, 정말 짜증이 몰려왔다.

"성재 군! 성재 군!"

심지어 미스 나 누나가 급하게 나를 찾아 내실 옆 내 쪽방으로 오고 있었다. 일촉즉발의 위기. 아! 나는 가만히 의자에 앉아 움직일 수조차 없었다. 어쩔 도리 없이 몸이 움찔했다. 참담한 심정이었다. 얼결에 꺼낸 성문 종합영어를 보며 공부하는 척하는데 내실 옆 내 쪽방 문이 열렸다.

"성재 군!"

"으흠, 으흠, 네, 네. 누나 뭐? 담배 사올까요?"

"아니, 그게 아니고. 그런데 성재 군, 책을 거꾸로 들었네."

"아~ 네, 누나. 그러네요. 아! 하하하! 하하!"

정말 민망했다. 참담하고 민망했다. 책을 거꾸로 든 걸 들킨 것은 둘째 치고 오늘도 팬티를 손으로 빨아야 하는구나 하는 생각도 들고 무엇보다 제발 손을 좀 씻고 싶었다. 자꾸 이런 민망한 경우를 왜 겪어야 하는지 참으로 억울했다. 여하튼 이 마돈나 닮은 누나랑은 뭔가 아주 많이 안 맞는구나 싶은 복잡한 마음으로 책을 고쳐 들었다.

"성재 군, 영어 잘하지?"

"아, 아뇨. 왜요?"

"다방에 미군이 왔다 아이가! 뭘 묻는데 난 잘 몰라가꼬. 뭘 묻는지 일단 대답 좀 해줘 봐, 성재 군."

"네?"

갑자기 심장이 뛰기 시작했다. 내 아무리 다리가 넷 달린 TV 유모를 통한 AFKN 시청 경력이 10년 넘었다손 치더라도 직접 미국인을 만나 대화를 나누는 일은 쉬운 일이 아니다.

미스 나 누나를 따라 밖에 나가 보니 진짜 술에 반쯤 취한 미군이 앉아 있었다. 백인이었는데 아주 나쁘게 생기진 않았다. 언제나 쾌활한 전형적인 미국 젊은이처럼 보였다. 나도 모르게 입에서 "와썹! 맨!"What's up! Man!이 튀어 나왔다. 어라?

TV 유모를 통해 내가 보고 들은 게 많았달까! 술에 취해 반쯤 감기던 미군의 눈이 번쩍 뜨였다. 그러더니 인사를 하며 자신을 존이라고 했다. 그래서 나는 "암 성재"I'm SungJae라고 했다. 미군의 눈이 더 커지더니 나보고 영어 잘한다고 했다. 영어 성적은 쥐뿔! 학교 성적은 개뿔!

아주 가끔 다방집에 미군이 오기도 했다. 택시로 한 20분 거리에 미군 부대가 있었는데 이곳 미군들이 출입하는 클럽이 시외버스 터미널 근처 택시 정류장 인근에 생기기 시작했다. 그러더니 언젠가부터 우리 다방에 미군들이 눈에 띄기 시작했다. 그것은 아마도 지금은 다방집 마담이라고 해도 대한민국 수도 서울에서 그것도 인문계 고등학교 졸업의 학력을 자랑스럽게 내세우고 싶은 엄마의 의도가 깃든 다방 간판 때문일 것이다. 말했듯이 수도다방이라는 아크릴 간판 글씨 아래 빨간 손글씨로 Capital Coffee Shop이라고 분명히 적혀 있었다. 그런데 밤이 되면 간판에 불이 들어오니 그 글자가 더 잘 보이는 것이다.

지금 손님으로 온 이 미군은 아니지만, 간혹 떡이 되도록 취한 미군은 위험하다. 무조건 여자를 찾는다. 덩치가 커서 내가 물리적으로 상대하기 어렵기 때문이기도 했다. 그런데 어쩌다 자꾸 취한 미군이 다방에 들어오는 일이 생겼다. 그들은 들어왔다가는 말이 안 통하는 걸 알고 그냥 나가는 경우가 많았지만 간혹 짧게라도 영어가 되는 내가 불려 나갈 때도 있었다.

이 쾌활한 미국 청년은 하필 이 먼 곳까지 와서는 이 동네에 굿 플레이스가 없냐고 묻는다. 미군 클럽 이야기를 하니 쉣 하며 욕을 한다. 더 묻기 뭐해서 길 건너 카바레를 추천한다. 외로운 눈빛이다. 거기 무희들의 쇼가 볼 만할 거라고 얘기했다.

그러자 거기 오는 사람들도 너처럼 영어를 잘하냐고 묻는다. 그 질문에는 자신이 없다. 그러나 한번 가 보라고 한다. 그가 날 보고 다시 한 번 영어를 아주 잘한다며 투 썸 업을 한다. 거참 수학보다야 점수가 높다지만 저 존이라는 미군이 내 영어 성적을 알고 하는 말인지! 솔직히 내 영어성적이 낮다고 말하자 술이 취한 그는 아니라고 손을 흔든다. 그 모습에 약간 으쓱한 마음이 들었다. 하긴 내가 미군 TV를 오래 봐왔지, 암.

뭐, 여긴 싸고 구린 다방이니 일단 나가서 돌아다녀 보라고 했다. 나이는 스물셋. 그나마 착하다. 자기는 세컨 류테넌트, 그러니까 소위라고 했다. 오, 보기 드물게 장교! 미스 나 누나를 두고 자기가 좋아하는 팝 싱어 마돈나를 닮았다고 했다. '어라! 이 자식, 사람 보는 눈이 있네.'

그런데 미군 장교는 묻지도 않았는데 자신은 사우스캐롤라이나에서 왔다고 했다. 거기가 어딘지 뭘 알겠느냐만 아는 척 고개를 끄덕였다. 자기는 주립대학을 다니며 ROTC를 했고 한국에 사원해서 왔다고 자랑을 했다.

자신의 친구들은 한국에 가면 다들 죽으러 가는 줄 안다고 했다. 와 보니 한국은 참 살 만한 곳이라며 웃었다. 내가 이런 말을 다 알아듣는다는 게 신기했다. 서울 근처에 있다가 이곳은 지난주에 처음 온 곳이라 주말인데도 마땅히 갈 곳이 없다고 했다. 외로운 모양이라 생각하고 이런저런 이야기를 들어주니 더는 너스레를 늘어놓지 않고 다방집을 나간다. 휴, 하는데 뒤를 돌아보며 아까 봤던 미스 나 누나가 정말 섹시하다고 했다. 갈수록 나랑 취향이 비슷한 녀석이라는 생각이 들었다. 이거 이 미군하고 친해져야 하나? 뭐 그런 생각까지 들었지만 난 기본적으로 저런 육중한 체격의 GI 솔저를 보면 나도 모르게 위축이 된다.

최근 들어 동네에서 술 취한 미군이 멀쩡한 사람을 치거나 이런저런 깽판을 친다는 소리도 들었다. 동네 젊은 여자들은 밤길에 마주치는 미군을 조심해야 한다는 말이 들리기도 했다. 우리나라 경찰들도 미군에게는 어쩔 도리가 없다고 들었다. 영어가 되어야 미군 헌병이라도 부르지 난감한 경우가 많다고 했다. 제발 내가 저런 미군의 마음속까지 들어가 국제적으로 싸우는 일은 없었으면 했다. 우여곡절 끝에 그 미군이 나가자 조용히 내실에 피해 있던 미스 나 누나가 나를 따스하게 바라보며 나왔다. 다시 한 번 으쓱한 마음이 들었다.

그런데 그 미군 소위가 두고 간 담배와 라이터가 탁자 위에 보였다. 담배는 말보로 레드였다. 말로만 듣던! 그 담배를 들고 미군을 따라 밖으로 나갔지만 그새 어디로 갔는지 알 수가 없었다. 겨우 한두 개피나 피웠을까? 거의 온전한 담배 한 갑과 고급스러워 보이는 지포 라이터가 남았다.

결국 이 날은 내가 처음 담배를 피운 날이 되었다. 가만히 생각해 보니 마음먹은 대로 안 되는 수음도 그렇고, 성적이나 뭐나 매우 어정쩡한 내 신세도 그렇고, 아까 꿈(?)에서 봤던 비행 조종사 같던 멋진 소녀도 그렇고, 마음이 아주 심란했던 탓인 것 같다. 지난 금요일 밤에 내게 담배를 권하던 서울 말씨의 사내가 빗속에서 멋지게 담배를 한 모금 빨아 머금고는 후우 하고 내뱉던 장면도 같이 떠올랐다.

깊은 밤이 되고 나서 나는 비상구를 나가 건물 뒤 마당 빨래대 근처의 낮은 담벼락 건너로 시외버스 터미널 주차장 전경을 내려다보았다. 터미널 주차장은 다방집 건물보다 낮아서 버스 지붕이 바로 내려다보였다. 조금 전에 아무 감정 없이 팬티도 빨았다. 마음을 위로할 그 무엇이 필요했다.

시동을 건 채 서 있는 버스들이 많아서 평소에는 매연으로 매캐할 때도 많지만 늦은 밤이라 주행이 끝난 터미널의 주차장은 아주 고요했다. 다방집 이사를 오고 나서 키가 훌쩍 커버린 중학교 시절, 간혹 길고양이처럼 낮은 담벼락을 훌쩍 넘어가면 바로 밑에 버스가 있었다. 무슨 일인지 줄곧 다방집 3층 건물 쪽 벽 바로 아래 장기 주차된 개가 그려진 2층 고속버스는 아마도 폐차해야 할 걸 그냥 방치해 둔 것 같았다. 나는 생긴 모습이 멋있는 그 버스를 아지트 삼아 혼자 놀았다. 고등학교 입학하고 나서는 정신이 없어 잘 들리지 못했는데, 오늘은 백만 년 만에 그 2층 버스에 들어가 보았다. 2층 쪽 창문이 살짝 열려 있어서 조금 힘을 주면 쉽게 열리고 닫혔다. 다방집 건물 쪽으로 차문이 나 있어서 벽을 타고 넘어가기만 하면 차창 쪽으로 들어가는데 별 문제가 없었다.

이 미제 버스는 사실 보자마자 욕심이 났다. 주차장 가장 구석자리에 있었고, 밤이 되면 다른 버스들이 주변에 다닥다닥 붙어 있어서 누구 눈치를 볼 필요도 없었다. 적당한 거리에 가로등도 있어 아주 어둡지도 않았고 시외버스 터미널이 밤에는 굳게 닫혀 있어 소위 노는 아이들이 들어올 수조차 없었다. 내게는 딱 맞는 공간인 셈이었다. 더군다나 내실 쪽방보다는 엄청 더 넓어서 다방집 도련님의 별장으로 꾸미지 않을 이유가 없었다. 의자 역시 미제라 그런지 아주 튼튼했고 고급스러웠다. 좋아하는 자리에 다방집 카운터에서 쓰다가 이제는 쓰지 않는 작은 테이프 레코더와 이어폰을 가져다 놓았다. 지붕에도 넓은 창이 나 있었다. 가끔 여기서 별을 바라보며 이문세나 변진섭 또는 마이클 잭슨의 노래를 들었다.

오랜만에 들어갔더니 차창을 열고 들어가자마자 먼지 때문에 재채기가 심하게 났다. 일단 조심스레 창문을 열고 정성껏 먼지를 털어 일종의 청소를 하고서 자리에 앉았다. 의자 밑에 숨겨놓은 테이프 레코더와 이어폰은 제자리에 있었다. 이제 모든 게 안정이 되었다. 가로등 불빛 역시 차분했고 이내 주변은 더욱더 조용해졌다. 이어폰을 끼고 레코더의 플레이 버튼을 눌렀다. 철컥 테이프가 돌기 시작했다. 이문세의 "난 아직 모르잖아요"가 흘렀다. 그리고 미제 버스 안에서 미제 담배인 말보로 레드 한 개비를 담뱃갑에서 천천히 꺼내 입에 물었다. 얌전한 고양이 부뚜막에 먼저 올라간다는 속담이 떠올랐다. 문득 고양이 시녀와 집사들의 모습도 스쳐 지나갔다.

사실 여름방학 동안 다방집 옆 건물에 있는 비디오 가게에서 빌려 본 할리우드 영화들이 꽤 있었다. 거기서 남자 주인공들이 말보로 레드 담배를 지포 라이터로 불을 붙이며 멋있게 피우는 걸 보았다. 그래서 일단 철컥 하고 지포 라이터의 뚜껑을 열고는 멋있게 불을 켰다. 지포 라이터 특유의 부싯돌이 돌아가는 소리에 불이 척 붙는 소리까지 들렸다. 드디어 말보로 담배 선전에 나오는 서부의 사나이라도 된 양 다리를 의자에 올리고 지포 라이터로 멋있게 담뱃불을 붙였다. 딱 거기까지 멋있었다.

　기어이 그 멋진 미제 말보로 레드를 한 모금 빨아 보니… 어익쿠나, 핑그르르 사방이 360도로 돌기 시작했고, 급기야 현기증에 정신을 잃을 뻔했다. 도대체 오늘 몇 번이나 정신줄을 놓아야 한단 말인가. 양키들의 담배는 지독하게 독하구나 싶었다. 담배연기가 입안에 들어오자마자 맥이 탁 풀려 차창에 쿵 하고 그대로 얼굴을 처박았다. 창이 깨졌을까 싶을 정도로 심하게 부딪혔다. 멀리서 개 짖는 소리가 났다. 그 소리에 놀라 일단 몸을 의자 밑으로 무릎을 꿇고 앉았다. 그리고 목구멍이 타 들어갔다고 할까… 기침이… 커억 킥, 기침이 너무 심하게 나왔지만 들킬지 몰라 끝까지 참았다. 담배한 번 피우려다 무슨 일인가 싶은 그 순간에도 그 소녀가 떠올랐다. 야아아옹! 이번에는 놀란 길고양이가 경고의 소리를 냈다. 다시 소녀가 보고 싶었다.

...

어느새 9월의 셋째 토요일이 되었다. 오늘 오후에 86아시안게임을 개막한다. 지난주 내내 북한에 의한 김포공항 폭탄 테러에 대한 뉴스로 신문이 도배되다시피 했다. 또 주중에는 전국적으로 성화 봉송인지 뭔지를 했다. 성화가 뭐 대수라고 이 야단법석을 피우는지 이해하기 힘들었다.

매일 저녁마다 성화 봉송 중계방송을 했다. 중계방송을 위해 송화 봉송로 주변은 환경미화를 빌미로 철거되는 무허가 건물들이 생겼다. 전국 곳곳에서 진행된 성화 봉송 코스 중 하필 우리 학교 앞 도로도 포함이 되었다. 그래서 그랬는지 지난 화요일 아침 등굣길에서는 버스에서 내리자마자 학교 앞 도로 건너편에 엄연히 사람이 살림을 사는 비닐하우스 촌락이 강제로 철거되는 장면을 보았다.

버스가 다니는 2차선 아스팔트 도로를 사이에 두고 D시의 항구를 중심으로 한 구도심에 포함되는 우리 학교 쪽은 제법 격식을 갖춰 지은 단층이나 2층 양옥집들이 들어서 있었지만, 그 건너편에는 예닐곱 가구 정도 비닐하우스를 짓고 사람들이 살았다.

저녁에 집에 돌아가려고 비닐하우스 쪽 버스 정류장에서 버스를 기다릴 때면, 어느 집에서 키우는 개 짖는 소리가 들렸고, 덩달아 이 집들에서 풍겨 나오는 맛있는 된장찌개 냄새로 몸을 배배 꼬며 당장 들어가 밥 한 끼 얻어먹고 싶었던 적이 한두 번이 아니었다. 또 그곳에 사는 사람들의 얼굴도 간혹 보았음은 물론이다.

아침 8시도 안 된 시간에 무슨 큰일을 하겠다고 공무원으로 보이는 사람들이 떼거지로 와 있었다. 심지어 포클레인까지 동원해 사람이 살고 있는 비닐하우스들을 무지막지하게 부숴댔다. 말리던 비닐하우스촌의 남자는 공무원들에게 몰매를 맞았고 사방에서 아우성 소리가 났다. 내 나이 또래 사내아이가 맞고 있는 아버지를 말리다 또다시 매를 맞았다. 등굣길이 바빠 차마 떨어지지 않는 걸음을 떼면서 저기 있는 공무원들을 깡그리 죽여버리고 싶다는 강한 충동이 일었다.

그러다가 저 사람들은 그저 영혼 없는 공무원에 불과하다는 생각을 했다. 낼모레가 추석인데 사람이 살림을 사는 집을 부수어야 하는 노예들. 갈 곳 없이 쫓겨나는 노예들. 어쩔 도리 없이 그저 지켜볼 수밖에 없는 노예들. 문득 타코 대통령의 뒤통수가 생각났다. 포클레인의 굉음 사이사이 사람들의 울음소리와 비명이 난무한 가운데 나는 지각을 했다는 이유로 맞지 않기 위해 저 높은 곳에 있는 학교를 향해 있는 힘을 다해 뛰었다.

그 다음날인 지난 수요일 늦은 오후에는 비가 많이 내렸다. 전국으로 여러 군데에 걸쳐 성화 봉송이 이루어졌다고 들었다. 이유는 모르겠지만 추석으로 법정 공휴일임에도 불구하고 우리 학교 학생들은 동해 남부지역 성화 봉송 주자가 지나가는 길에 나가 열렬히 태극기를 흔들고 박수를 쳐야 하는 박수부대로 동원되었다. 오직이 행사 때문에 학교에 나올 수밖에 없었다. 선생님들까지 모두 학교에 나왔다. 남학생들은 어제 철거된 무허가 건물들의 잔해가 치워진 공터 앞에 특히 더 촘촘히 배치되었고 여학생들은 학교 쪽에 배치되었다. 어찌된 일인지 무허가 비닐하우스에서 살던 사람들의 살림살이까지 싹 치워져 있었다. 학생들이 비에 젖건 말건 선생님들은 종이 태극기를 비에 젖지 않도록 품에 안게 했다.

나는 휴일에 학교에 나온 것도 그렇고, 쫄딱 비를 맞아서 더 화가 났지만 무엇보다 성화 봉송 주자들이 순식간에 우리 앞을 지나갔을 따름이라 매우 황당했다. 커브 길을 돌아 선두에 교통경찰 모터사이클이 보이고 나서 한 스물을 셌나? 아니, 열아홉인가? 우다닥! 뚱뚱하고 몸이 느린 교감 선생님의 태극기 꺼내라는 말이 한 타임 늦었다. 어떤 아이들은 아예 태극기를 꺼내지도 못했다. 우리 학교 민영식 교감 선생님의 난감해하는 표정이 이어졌다. 난 귀찮아서 아예 꺼내지도 않았다. 건너편에 전교 1, 2등을 하는 교감 선생님의 딸이자 내게 손편지까지 전해 주었던 민소정이라는 여학생이 미안한 표정으로 계속 나를 쳐다봐서 신경이 쓰였다.

중계방송 차량과 카메라맨을 태운 모터사이클이 앞뒤로 따라갔다손 치더라도 도대체 왜 이런 행사에 멀쩡한 학생들이 동원되어야 하며 불과 20초도 안 되는 시간을 위해 멀쩡히 사람들이 살림을 사는 집을 때려 부숴야 했는지 도무지 이해하기 어려웠다. 어제보다 구체적으로 체육관 같은 데서 제복을 입고 휘장을 두른 채 엄청난 조명에 그렇게도 머리가 빛나던 대통령의 얼굴이 떠올랐고, 나도 모르게 이가 빠드득 갈렸다.

한편 지난 목요일과 금요일은 추석이라 학교를 쉬었다. 우리 다방집은 명절 당일 오전만 쉬었는데, 시립 도서관 역시 연휴 때는 쉬는지라 나는 그냥저냥 새로 생긴 아파트 단지 근처 건물 2층에 있는 독서실에 가서 하루를 보냈다. 이 독서실은 365일 쉬는 날이 없었다. 다만 연휴가 짜증이 났던 것은 TV에서 하는 방송들이 죄다 86아시안게임 관련 홍보 프로그램들이어서 도저히 볼 만한 프로그램이 없었다는 점이다.

어여쁜 엄마 말고는 아는 일가친척이라고는 없는 나로서는 명절 때 다방집에서 오전이라도 조용히 지내는 게 좋았다. 의외로 명절 때 고향에 못 가는, 아니 안 가는 사람들이 꽤 있어서 명절 당일 오후에도 우리 다방집에는 제법 손님이 드는 편이었다. 그 손님들의 마음을 들여다보면서 가족이라고 다 우애가 있고 화평하기만 한 것은 아니라는 사실과 국가가 국민을 위해서만 존재하는 것은 아니라는 사실 역시 깨달았다.

어쨌든 앞에 말했듯이 이가 갈리는 타코 머리 대통령이 그토록 소원하던 제10회 아시안게임이 1986년 9월 20일 바로 오늘 오후에 개막을 한다. 그런데 아침에 학교에 가려고 다방집을 나와 보니 현관 밖으로 또 비가 억수같이 쏟아지고 있었다. 태풍이나 장마 때도 아닌데 요즘 들어 폭우에 가까운 가을비가 잦았다.

하필 금요일 밤에 조금 더 늦게 잤고, 덕분에 늦게 일어나서 득달같이 다방집을 나서다가 어쩔 수 없이 우산을 가지러 다시 집으로 돌아왔다. 지하실은 이런 게 좋지 않다. 핵폭탄이 터져도 당장은 알지 못한다. 밖에 나갔는데 건물들이 깡그리 없어져도 이상할 것 없는 뭐 그런 상태다. 간혹 정전이나 전기 합선으로 퓨즈가 나가서 완전히 불이 꺼지면, 홀처럼 비상등도 없는 내실 안 내 쪽방에서만 큼은 눈을 뜨거나 감거나 아무것도 보이지 않고 아무것도 들리지 않아 마치 시간이 멈춘 것 같은 이상한 체험을 하게 된다. 그러면 나는 은근히 마음이 편해졌다. 그나저나 문제가 생겼다. 이상하게 다방집에 레지 누나들이 배달을 갈 때 쓰는 길쭉한 골프용 우산 말고는 작은 우산이 안 보였다. 내가 이 우산을 들고 학교에 가면 미스 나 누나가 배달을 갈 때 쓸 우산이 없게 된다. 다방집 도련님으로서 그런 결정을 내릴 수는 없었다.

비상구 계단 쪽에 가끔 손님들이 놔두고 가는 우산도 있었지만, 오른 손목에 찬 검은색 전자시계를 보니 벌써 7시 30분이 다 되어 갔다. 나는 그날 이후 별생각 없이 문제의 시계를 계속 차고 있었다. 엄마도 이상한 걸 못 느꼈는지 시계를 보고도 별 말이 없었다.

무조건 8시까지 등교를 해야 하는지라 할 수 없이 그냥 내쳐 시외버스 터미널 앞 버스 정류장까지 달렸다. 이 학교는 특이하게 선생님들뿐만 아니라 교장이나 교감이 종종 정문 앞에 나와서 지각을 하는 남녀 학생들의 뺨을 때렸다. 다른 학교들도 남녀 학생 구분 없이 엎드려뻗쳐를 시키거나 허벅지를 때리기도 한다는데 이 학교는 거기에 더해 뺨까지 때리는 희한한 학교다.

학교의 명예는 그렇다 치더라도 좋은 대학에 가는 것은 학생들 본인의 문제다. 그런데 왜 1, 2분 늦은 학생들을 줄 세우고 좋은 대학 운운하며 허벅지를 때리고 심지어 뺨까지 때리느냔 말이다. 물론 평소 쏠쏠하게 유익한 지식을 얻던 〈조선일보〉의 "이규태 코너"를 읽어 보니 저명한 영국의 명문 사립학교인 이튼스쿨에서도 귀족 자제들에게 제법 심한 체벌을 했다고 한다. 하지만 아침부터 느닷없이 체중을 실어 뺨을 때리는 것은 정말 몹쓸 짓이다. 나는 그것을 두 번 다시 경험하기 싫었다.

내가 경일이와 줄곧 전교 1, 2등을 다투는 모범생인 민소정이 전해준 따뜻한 손편지를 정중히 거부한 이유 중에는 학기 초에 그녀의 아버지이자 덩치가 상당히 큰 민영식 교감 선생님의 그 두터운 손바닥으로 묵직하게 내 오른 뺨을 맞았던 좋지 않은 기억도 한몫했다.

헐레벌떡 뛰어 버스 정류장에서 비를 맞으며 초조하게 버스를 기다리고 있는데 누가 우산을 씌어주었다. 어라! 옆을 보니 일주일 전쯤 늦은 밤에 내게 담배를 권했던 그 바바리, 아니 레인코트맨이었다. 깜짝 놀랐다. 이 양반은 자꾸 사람을 놀라게 한다.

오늘은 지난번 봤을 때와 달리 말쑥하게 빗어 올린 머리에 푸른색 가로줄이 있는 세련된 마린룩 셔츠, 네이비블루 재킷과 타이트한 갈색 정장 바지에 같은 색 가죽구두를 차려입고 옆으로 메는 가죽가방, 아, 이 가방, 중요하다, 역시나 이 근방에서는 단 한 번도 본 적 없는 유니크한 스타일의 고동색 가죽가방을 들고 있었다.

"괘, 괜찮아요, 아저씨."

"그냥 써. 제법 비가 많이 오는데."

여전히 우리 엄마 말 말고는 듣기 힘든 오리지널 서울말이다. 더군다나 낮고 굵직한 목소리다.

"괜찮은데…."

마지못해 같이 우산을 썼다. 소낙비를 피하니 좋기는 했다.

"너, 고등학생이지? 어느 학교야?"

"저, 저요? D고등학교인데요."

"아, 그래? 너 공부 좀 했구나?"

그때 학교 앞으로 가는 6번 버스가 왔다. '고맙습니다'라는 말과 동시에 나는 후다닥 버스에 탔다. 그런데 웬걸 그 서울말 쓰는 사내도 같은 버스를 탔다.

뭐, 핑계 없는 이유는 없지만, 내가 저 양반이 '담배 줄까' 하는 말을 듣고 괜시레 미군이 놔두고 간 지독히 독한 담배를 피우다 멀쩡한 얼굴을 차창에 처박는 험한 꼴을 당했다. 도대체 어른들은 왜 이렇게 독한 걸 끊지 못하나 생각했는데 어느새 내가 그 독한 말보로 담배 한 갑을 다 피워가고 있었다.

나는 지포 라이터의 철컹 하고 뚜껑 여는 소리가 참 좋았다. 이 소리야말로 남성다움의 어떤 극치를 보여주는 상징적인 소리라고 생각했다. 아침부터 담배 생각을 하는데 마침 도로가에 물을 튀기며 학교 앞에 버스가 섰다. 나는 버스에서 내리자마자 학교를 향해 전력으로 뛰었다. 슬쩍 돌아보니 그 사내 역시 버스에서 내려 내 뒤를 따라왔다. '별 이상한 남자네'라고 생각하며 학교를 향해 이를 악물고 계속 뛰었다. 요즘 좀 단련이 돼서인지 학교까지 많은 시간이 걸리지는 않았다. 마지막 학교 문이 보일 때는 MBC 청룡의 근성 넘치는 김인식 선수가 1루까지 악착같이 뛰어가듯 슬라이딩이라도 하고 싶었다. 쏟아지는 비를 맞으며 1936년 베를린 올림픽 마라톤 우승자인 손기정 선수가 결승선을 통과하는 사진 속 그 모습처럼 나는 입을 꾹 다문 채 비장한 표정으로 시계를 보며 교문을 통과했다. 07시 59분 19.2초였다. 세이프! 살았다.

간혹 TV에서 프로야구 중계를 해줘서 재밌게 봤는데, 내가 응원하는 서울 유일의 프로야구팀인 MBC 청룡은 올해도 한국시리즈에 오르지 못했다. 내가 프로야구 원년부터 이 팀을 응원하는 이유는 나의 출생지인 서울을 연고로 한 유일한 프로야구팀이라는 이유 말고는 없었다. 1983년에 한 번 한국시리즈에 간 적이 있지만 아직 한 번도 한국시리즈에서 우승한 적은 없다. 대전을 연고로 한 OB 베어스가 박철순 선수 덕분에 첫 우승을 한 이후 요 근래 프로야구는 광주에 적을 둔 해태 타이거즈가 참 잘했다.

비도 충분히 맞았겠다, 교문을 향해 뛰며 땀도 흠뻑 흘렸겠다, 오전부터 잠을 청하기 딱 좋은 조건이었다. 평소처럼 덩치가 좋은 경일이 등에 신세를 지고 잠을 청했다. 그런데 오늘은 왠지 잠이 잘 오지 않았다.

지난주 일요일부터 계속 담배를 피워 몸이 각성이 됐는지 약간 열이 나는 것 같았다. 게다가 아침부터 요란스럽게 비를 맞았더니 으슬으슬 몸이 떨려왔다. 몸이 이런데도 계속 지난 일요일에 본 그 비행하는 멋진 소녀의 얼굴이 떠나지 않는 것이 좀 웃겼다. 아직 이름도 알 수 없는 그 꿈속의 소녀라면 뭐든 내던지고라도 사귈 마음이 생기는 것이 평소 나답지 않았기 때문이다. 학교에 와서 잠을 청하던 나의 오전 시간은 처음 느낀 이 감정에 휩싸이고 있었다. 그 소녀를 만나고 세 번을 기절한 기억이 있는데, 왜 나는 그 소녀에게 자꾸 신경이 쓰이고 마음이 가는 걸까? 내 천적인가? 아니면….

그러다 3교시 미술시간이 되었다. 오늘은 웬일로 수업을 한다고 했다. 미술실로 갔다. 믿을지 모르겠지만 내 1학년 학교 동아리는 미술부. 여자 미술 선생님이 결혼을 하며 학교를 그만두기 전까지 나는 동아리 시간이면 빠짐없이 미술실에서 가서 열심히 그림을 그렸고, 토요일 방과 후에도 가끔씩 미술실에 가서 나만의 시간을 보냈다. 그런데 언젠가부터 미술 선생님의 얼굴에서 광채가 난다는 느낌이 들어 깜짝 놀랐었다. 사랑을 주고받는 사람은 얼굴에서 광채가 난다. 정말이다. 부러웠다. 나도 언젠가 저럴 수 있을까? 저런 행복을? 내가 과연?

수업 종이 울리고 얼마간 시간이 흘렀다. 반 아이들이 반장인 도하에게 오늘 수업하는 거 맞냐고 계속 물었다. 반장은 분명히 수업을 한다고 들었다며 짜증 아닌 짜증을 냈다. 그러거나 말거나 나는 어떻게 잠을 잘까 궁리를 하던 차였다. 스르륵 문이 열렸다. '어라, 저 남잔?' 분명 오늘 아침 내게 우산을 씌어준 레인코트맨! 어디를 봐도 도저히 학교 선생님이라고는 생각되지 않는 모습이었는데…. 그는 서류 봉투 같은 것과 우리 반 출석부를 같이 들고 들어왔다. 마음 놓고 잠을 청하려다 정신이 퍼뜩 들었다. 이건 뭔 일? 미술실

교탁에 서류 봉투와 출석부를 탁 내려놓자 눈치를 보던 반장 도하가 일어서서 '차렷'을 하려는데, "됐어. 앉아, 괜찮아" 하고 말했다. 도하는 어리둥절한 표정으로 자리에 앉았다.

"네, 쌤! 와 그라시는데예?"

"크크크큭. 나 이거 한번 해보고 싶었어."

이 무슨 변태스러운 말인가? 아마도 이 선생의 별명은 '서울변태'가 될 것이다. 반 전체가 충격에 빠져 멍한 상태가 됐다. 그런데,

"나는 이번에 새로 부임한 이동철이다. 개학하고 바로 왔어야 했는데 서울에서 일이 좀 늦어져서 부임이 늦은 점 미안하게 생각한다. 참고로, 나 이 학교 재단이사장의 조카야. 여긴 빽으로 들어왔다. 미대는 겨우 졸업했고 외국에 유학도 다녀오긴 했는데, 겨우 석사 하나 마치고 귀국했다. 어디 전문대라도 교수자리 알아보다가 연이 안 닿아서 일단 여기로 왔다. 너희들이 꼭 알아둘 것은 난 언제든 뜰 선생이라는 거다. 그러니 별 부담 없이 대해 주면 좋겠다."

아이들이 웅성거렸다. '어라, 이 선생 뭐지?' 그런 생각을 하는데 아이들 눈이 더 둥글해졌다.

"그래서 말인데 오늘 여러분의 자화상 스케치를 해보게 하려고 한다. 종이 한 장씩 나눠줄 테니 연필이나 볼펜이나 아무 필기구를 가지고 자기 얼굴을 그려본다. 잘 그리고 못 그리고는 별 상관이 없다. 시간은 충분히 줄 테니 솔직하게 그려보면 좋겠다."

일단 자기가 재단이사장 빽으로 들어왔다고 솔직하게 이야기하

는 선생의 모습이 신기했다. D시의 신도심에 새로 생긴 사립 중학교를 나와서 나는 이런저런 자격미달 선생님들에 대한 여러 소문을 들어왔다. 하지만 이렇게 처음부터 이실직고하는 스타일의 선생은 처음이라 황당하달까? 그러면 별명을 '빽 있는 서울변태'라고 해야 하나? 그리고 자화상이라니. 학교를 다니고 나서부터 생전 처음 듣는 지시였다. 여기저기서 손을 드는 친구들이 있었다.

"쌤예! 거울도 없는데 어뜨케 그리란 말이심니꺼?"

"맞심니더! 지는 갱상도 사나이라꼬 하루에 거울을 단 한 번도 안 본다 말입니더."

그러자 별 상관없다는 듯 새 미술 선생님은 이렇게 말했다.

"험~ 험. 그래, 알았어. 자기 얼굴 그리기가 부담스러운 친구들은 자기 손을 그린다. 그림 그리는 자기 손! 얼굴이나 손, 양자택일이니 편한 걸 그려봐. 그리고 꼭 거울 안 봐도 되니까 자기 얼굴이라고 생각되는 걸 그려보면 좋겠다."

반 아이들은 미술 선생님이 서류 봉투에서 꺼낸 손바닥 두 개를 모은 것보다 약간 큰 종이를 받아들고는 엉거주춤 뭔가를 그리기 시작했다. 내 경우 약간, 아니 아주 많이 공황이 왔다. 나로서는 내 얼굴에 대해 조금이라도 진지하게 생각해 본 적이 별로 없었다. 거울을 자주 보는 것도 아니고….

사실 어릴 때부터 여자애 같다는 소리를 많이 들어서 내 얼굴을 별로 좋아하지도 않았고, 그렇다고 동네에서 노는 아이들처럼 오토바이 타고 다니며 이 동네 저 동네 여자아이들 후리고 다니는 성격도 못 됐다. 어디로 봐도 어정쩡한 얼굴인데, 그런 얼굴을 그리라고 하니 빽으로 들어왔다는 말보다 열 배는 더 황당했다.

아이들이 쩔쩔매는 가운데 결국 나는 다방집 레자 의자 위에서 고요히 낮잠을 자고 있는 고양이 한 마리를 스케치했다. 그 스케치를 갖다 내니 변태 같은 미술 선생님은 나를 보며 꽤나 묘한 미소를 지었다. 뭐랄까? 입은 웃는데 눈은 웃지 않았다. 먹이를 발견한 독수리의 눈빛이었다. 약간 몸에 소름이 돋았다. 미술 선생님은 다음 시간에는 한지와 서예 붓과 먹물을 준비하라고 했다.

아시안게임이 열리는 토요일이라서 그런 것은 아닌데, 수업을 마치자마자 다른 날보다 일찍 집으로 가고 싶었다. 최대한 빨리 버스 정류장으로 가는데 마침 6번 버스가 떠나려고 했다. 가는 버스를 억지로 세워서 탔다. 그런데 버스에는 이미 여러 번 이야기를 했던 우리 학교 교감 선생님 따님이자 내게 따뜻한 말을 담은 손편지를 전했던 민소정이라는 이름의 여학생이 타고 있었다. 가끔 이런 미묘한 감정을 느껴야 하는 상황을 만나면 마음이 꽤 무거워진다.

나는 버스 제일 뒷자리 우측 창가에 섰고, 그 굵은 뿔테 안경을 쓴 여학생은 버스 후문 앞에 서서 손잡이를 잡고 있었다. 꽤 살집이 있어서 그렇지 자세히 보면 귀여운 얼굴을 한 소녀였다.

시험만 끝나면 이 뭣 같은 학교는 전교 1등부터 50등까지 현관에 붙여놔서 나는 이미 그 소녀의 이름을 알고 있었다. 나는 첫 시험부터 전교 100등 밖으로 밀려났다. 이번 시험에는 159등을 했다. 공부를 안 한 것 치고는 나쁘지 않지만 전교 50등 안에 들었던 고

입 성적을 생각하면 참혹한 일이었다. 여하튼 경일이나 이 소녀나 고입 시험 만점자라 입학 때부터 서로 라이벌로 소문이 났다.

그런데 그 여학생이 내게 왜? 도대체 왜? 그런 쪽지를? 이라는 생각을 했다. 그리고 문득 마음이 불편해졌다. 저 여학생은 어쩌면 오늘 나의 반응을 기대하겠지만 나로서는 어떤 반응도 전달할 마음의 준비가 돼 있지 않았다. 그 여학생은 내 눈치를 보다가 냉정한 내 눈빛을 보고는 실망하는 표정이 얼굴에 비쳤다. 그 여학생의 불편한 마음이 고스란히 느껴졌다. 뭐라 말할 수 없이 가슴이 저미는 아픔이 느껴졌지만, 지금은 그녀만큼 나도 힘이 든다. 미스 나 누나와 여러 모로 곤란한 일이 생기는 것은 별 일이라고도 할 수 없지만, 엄마는 등록금을 못 줘 난처해했고, 매일 일수를 찍어야 했고, 나는 간혹 분노하면 제정신을 차리지 못하고 사람 목숨을 제거하려 했고, 심지어 고양이인간들이 사는 나라에 납치되었다가 어쩐 일인지 현실로 돌아와 이 정체불명의 검정색 전자시계까지 차고 있었다. 무엇보다, 고양이 나라로 나를 데려갔던 그 소녀에게 마음을 빼앗겼다고 민소정에게 말하는 게 가장 솔직하지만, 과연 내 말을 믿을 수 있겠는가?

그나마 희망이라면 매주 일요일 오후 3시 20분에 KBS1 채널에서 방송하는 〈당첨! 올림픽복권〉이라는 프로그램에서 복권을 맞춰 보는 일이다. 특히 내일 방송은 지난주에 용꿈까지 꾸고 올림픽복권을 산 터라 더더욱 기대를 하고 있다. 저 뿔테 안경을 쓴 소녀가 기어이 버스 창밖을 바라보며 눈물을 흘리는 것을 보고 마음이 찢어지는 것을 느꼈다. 그러나, 그러나… 나는 도저히… 그녀의 아버지이자 우리 학교 교감인 민영식 선생님이 내 뺨을 내리치던 그 묵직한 느낌을 잊을 수가 없다. 스윽 집에 놓아둔 말보로 레드 담배의 마지막 남은 한 개비가 떠올랐다.

민소정의 눈물로 집에 돌아와서도 기분이 썩 좋지 않았다. TV에서는 제10회 아시안게임 개회식 중계를 막 시작하고 있었다. 갑자기 전국 대학에 지난주부터 휴교령이 내려졌고 대학마다 압수수색이 들어갔다는 신문 기사를 읽은 기억이 났다. 다방집 신문 읽기는 내실 옆 쪽방에서 내가 늘 하던 일이기도 했다.

TV 화면 가득 대고(大鼓)에 그려진 청룡이 보였고, 화면이 넓어지자 그 거대한 북 양옆에 서서 북을 치는 남자들이 보였다. 비로소 서울 잠실 올림픽 주경기장을 꽉 채운 10만 관객도 보였다. 잠시 봐야 하나 생각을 했지만 민소정이라는 여학생이 조용히 눈물을 흘리던 얼굴과 그 아버지가 내 뺨을 내리치던 모습이 동시에 떠올랐다. 그때 귀빈석에 앉은 대한민국 제12대 대통령도 보였다. 거만한 자세로 앉아 있는 타코 대통령은 꽤 기분이 좋아 보였다.

전에도 경일이 짝 태현이가 서 대통령을 아작내겠다는 말을 했지만, 나는 지금 도저히 마음이 좋지 않았다. 여기저기 자리에 앉아 TV로 개막식을 시청하는 다방 손님들을 지나쳐 나는 내실 옆 쪽방으로 가서 오전에 청하지 못한 잠을 잤다. 주방에서 엄마가 밥을 먹었냐고 물었지만 알아서 먹고 왔다고 했다.

도대체 내가 뭐라고 그 여학생은 나를 보고 눈물까지 흘릴까?

내가 뭐라고…. 그런 생각을 하다가 까무룩 잠이 들었다. 아, 그런데, 하필 저 타코 대통령이 꿈에 나왔다.

무슨 일인지 온통 깜깜하고 텅 빈 잠실 주경기장에 내가 서 있었다. 정신을 차리고 보니 나는 귀빈석 대통령 의자에 앉아 있는 타코 대통령의 머리를 사정없이 두드리고 있었다. 주변에는 소름끼치는 소리가 났으며, 엄청나게 피를 흘리거나 이미 몸의 반이 썩어 있거나 여기저기 뼈가 드러난 처참한 몰골의 사람들이 그의 몸을 빈틈없이 꽉 붙잡고 있었다. 수를 셀 수 없는 사람들이 귀빈석 주위를 둘러 서 있었다. 그들은 별로 무섭지 않았다. 다만 그들의 마음이 너무나 고통스러웠다.

아까 그 여학생에서 느꼈던 것과는 결이 달랐다. 말로 형언할 수 없이 큰 고통이 느껴졌다. 무슨 일인지 나는 개막식에서 사람 키보다 더 큰 대고를 두드리던 큰 대고 채를 양 손에 붙잡고 북을 내리치듯 그의 민머리를 사정없이 내리치고 있었다.

얼마나 사정없이 내려쳤는지 머리에서 피가 솟구쳐 올라 분수처럼 내 몸에 찍찍 뿌려졌다. 지난번 다방집에서 봤던 잔인하기 그지없는 일본 사무라이 영화에서처럼 피는 심장의 맥에 따라 박자를 맞춰 솟구쳤다.

내 온몸이 점차 독재자의 피로 물들었고 그의 머리는 곤죽이 되어갔다. 문득 고개를 돌리니 어느새 일곱 살 무렵 살았던 시설의 원장실 앞 복도였다. 원장실 복도 창문으로 비치는 내 모습은 경악스러웠다. 피 칠갑을 하고 고양이 눈을 한 채 안광을 내뿜고 있었다. 구렁이 자국이 금빛으로 빛나는 오른 팔뚝도 보였다. 나는 마지막 남은 미국산 말보로 레드 한 개비를 입에 물고 태연히 담배를 피웠다. 그런데 그 옆에 술만 먹으면 옷을 벗던 그 광주 출신 누나가 무표정하게 서 있었다. 누나는 헐렁한 붉은 원피스를 입고 있었다. 그런데, 입고 있던 원피스를 훌렁 들어올렸다. 하얀색 팬티가 보였다. 누나는 내 입에 물려 있던 담배를 뺏어들어 자기 허벅지 쪽으로 가져갔다. 그리고 그 미국산 말보로 레드의 담뱃불로 자기 허벅지를 사정없이 지지기 시작했다. 그 아픔이 고스란히 내게 전달됐다. 정말 아팠고 고통스러웠다.

"아악! 아아아악! 그, 그만!"

벌떡 일어나 보니 여전히 내실 옆 쪽방이었다. 시간이 얼마나 흘렀는지 알 수 없었다. 온몸이 땀으로 흠뻑 젖어 있었다. 정신을 차리자마자 후다닥 다방집 홀로 나갔다. 혹시라도 내가 쿠데타로 나라를 빼앗은 대한민국 최고통수권자의 목숨을 제거했으면 어쩌나 싶었다.

그것은 고등학교 1학년인 내가 차마 책임질 수 있는 일이 아니지 않은가? 만일 현실의 일이라면? 하는 묘한 호기심을 느끼며 내실을 뛰쳐나가 다방집 홀의 삼성 이코노 킬러 TV를 향했다. 역시나 오른 팔뚝이 후끈거렸다. 다행인지 불행인지 그는 죽지 않았다. 10만 관중 앞에 서서 금색 뿔테 안경을 쓴 타코 대통령이 다음과 같이 선언했다. 잠에서 깬 지 불과 십 몇 초만이었다.

"본인은 서울에서 개최되는 제10회 아시아 경기대회의 개회를 선언합니다."

묘한 안도감과 함께 다시 이가 갈렸다. 왜 이런 경사스러운 국가 행사의 개회를 선언하는 그에게 이가 갈리는지 이유를 잘 모르겠다. 다만 피를 흘리거나 참담한 몰골로 그의 몸을 꽉 붙잡고 있던 수많은 사람들의 처절한 마음이 그대로 느껴졌다. 역시나 담배가 심하게 생각났다.

그, 그때였다. 대회 선언을 마치고 10만 관중을 향해 손을 흔들던 대한민국 12대 대통령이 갑자기 그대로 바닥에 쓰러졌다. 단상 아래에서 그의 몸이 딱딱하게 경직되고 있었다. TV 화면이 갑자기 다른 곳을 향했고 중계를 하던 앵커가 당황해 목소리가 떨렸다. 순식간에 나는 머리가 멍해졌다. 서울 말씨의 댄디한 미술 선생님이 나를 향해 묘한 웃음을 짓던 모습이 머릿속 가득 차기 시작했다.

6

오늘은 1986년 9월 28일, 9월의 마지막 일요일이다. 평소처럼 무심하게 바람이 불었고 그저 별빛이 아름다운 밤하늘과 하현달이 보였다. 나는 집에 남아도는 장미 담배가 있어서 다방집 건물 뒷마당에 나와 시외버스 터미널 주차장에 있는 개가 그려진 미제 2층 버스, 즉 다방집 도련님의 별장이자 아지트의 2층 로얄석에 앉아 넓은 지붕창을 통해 별과 달을 바라보며 한가롭게 담배를 피우고 있다. 담뱃갑 색이 비슷하게 붉은색 계열이지만 장미는 말보로 레드에 비해 100만 배쯤 순한 담배다. 여성용이라고 하는데 길기도 무척 길어서 뻑뻑 깊게 빨아야 겨우 연기를 빨아들일 수 있었다.

대통령도 보내버리고 나서 지난 한 주는 정말이지 나나 다방집이나 이런저런 일이 많았다. 심지어 고양이 나라도 아닌 이상한 곳에 가서 심하게 뒤통수를 맞았고 턱 밑에 상처까지 생겨 정말 정신이 없었다. 더군다나 다방집에 새 방을 만드는 공사까지 있었다. 아시안게임 개회 후 일주일이 지난 오늘에야 겨우 여유가 생겼다. 일단 현 대통령의 상황부터 정리를 해야 한다.

1986년 9월 20일, 제10회 아시안게임 개회식에서 대한민국 제12대 대통령이 갑자기 쓰러져 혼수상태에 빠진 이 초유의 사건은 AFP, 로이터, AP, 신화통신 등 세계 유수의 통신사와 각국의 취재진들에 의해 사고 발생 직후 전 세계로 타전되었다.

실제로 한반도 역사상 이 땅의 지도자가 전 세계적으로 가장 주목받은 순간이기도 했다. 1983년 10월 12일 북한에 의한 버마 아웅산 폭탄 테러에서도 살아남았던 그가 그토록 고대하던 아시안게임 개회 선언 직후 뭔가 뒷머리에 큰 타격으로 인한 반동이 생긴 후 고목이 쓰러지듯 그대로 단상에서 쓰러지는 화면 역시 전 세계로 퍼져나갔다.

당장 세계 각국에서 우려의 목소리를 내놓았다. 가장 먼저, 1982년부터 집권 중인 나카소네 야스히로 일본 내각 총리대신이 자신의 임기와 거의 비슷했던 이웃나라 최고 정치 지도자에게 생긴 불의의 사고에 대해 심심한 위로의 말과 쾌유를 비는 성명을 발표했다. 그러나 한국에서는 보도통제가 되어 전 세계인이 다 봤다는 한국 대통령의 사고 화면이나 사진이 개회식 이후 전혀 언론에 노출되지 않았다. 중공의 정치 지도자 등소평은 특별한 담화문 발표 없이 중화인민공화국 외교부부장 오학겸의 명의로 아시안게임 주최국 정상이 겪은 불의의 사고에 대해 유감과 쾌유를 비는 비공식 성명만을 냈을 뿐이다.

사실 대통령은 혼수상태에 빠졌지만, 그가 쿠데타로 이룬 정권의 정당성을 위해 추진했던 아시안게임은 차질 없이 진행되고 있었다. 다음날 AFKN에서 하는 미국 ABC 방송 뉴스 프로그램 〈나이트라인〉에서는 대통령이 쓰러져 발작을 일으키는 적나라한 순간을 톱뉴스로 보여주었고 곧이어 백악관의 반응을 덧붙였다. 미합중국 로널드 레이건 대통령이 우방 국가의 원수에게 생긴 불의의 사고에 심심한 유감을 표시했을 뿐만 아니라 만에 하나 국가 원수의 유고시에도 한미동맹은 굳건할 것이라는 특별 담화문을 발표했다는 내용을 자막까지 덧붙여 보여주었다. 그러나 테드 코펠 앵커는 대한민국 대통령을 12·12 군부 쿠데타로 권력을 침탈한 독재자로 표현하며 객관적인 입장을 고지했다. 그러면서 자료 화면을 통해 우리나라 군인들이 민간인을 곤봉으로 때리고, 총격을 가하고, 태극기가 둘러진 관 앞에서 할머니가 우는 장면이 등장했다.

나 때문에 생긴 일이기도 해서 뭐 이런 걸 보여주나 하는 생각도 들었고 AFKN에서 보여주는 그곳이 어디인지 정확히 알진 못했지만, 에둘러 1980년 5월의 광주였다는 생각이 들었다. 초등학교 4학년 때 일이었다. 전국에 계엄령이 내려져 살벌했던 당시의 밤하늘이 생각났다. 아름다운 별들이 반짝였고 초승달 역시 유난히 또렷했던 광경이 이상하게 느껴졌었다.

여하튼 지난 9월 22일 월요일 아침 학교에서 경일이의 짝 태현이는 나를 보자마자 진즉에 자기가 그자를 보내버렸어야 했는데 마침 잘되었다며 희희낙락했다. 하늘에 계신 우리 박정희 대통령께서 크게 흡족해하실 거라고 했다. 나는 그 녀석처럼 마냥 마음이 편하지는 않았다.

"근마 정말 꼬시다 아이가. 내가 진짜로 박살을 낼라 켔는데…."

"…."

나는 태현이의 저 농담에 어떤 말도 할 수 없었다. 내가 그렇게 만들었다는 심증 때문이기도 하고 아무리 꿈이라지만 분명 내가 대통령의 목숨을 제거하려고 했던 것 같기도 해서였다. 나도 모르게 나는 도대체 무슨 일을 저지른 것일까? 마음이 심란하기 그지없었다.

"그런데, 야들아! 너거들 글마가 말이다. 천벌을 받았다카는 뭐 그런 말 들어봤나?"

"아니, 와?" 경일이가 물었다.

"와, 아인나! 광주에서 사람을 엄청시리 많이 쥑이가 그렇게 됐다 카더라고."

"아, 그래?"

나는 자동으로 대답을 하면서 순간 내 꿈속에서 머리가 반이 날아가 버리거나, 눈동자는 튀어나오고 등이나 배, 목을 총에 맞고 칼에 찔려 피를 흘리거나, 배에서 창자가 흘러나오거나, 뼈가 다 드러난 처참한 모습으로 독재자를 붙잡고 서 있던 수많은 사람들이 떠올랐다. 그럼 그들은?

"그래, 인마야~ 진짜 소문이 파다~~하다니까."

"아, 그래?"

나는 태현이의 말에 금시초문인 것처럼 똑같은 말을 할 수밖에 없었다. 이런 뭣 같은 상황이라니….

그날 밤 박성범, 신은경 앵커에 의해 진행되는 KBS 〈9시 뉴스〉에서는 당연하다는 듯 땡 소리와 함께 서울대병원 특별 중환자실에서 집중 치료를 받고 있는 현 대통령의 뉴스를 다뤘다. 생명 유지에는 큰 지장이 없고 일부 정상 회복 가능성도 있다는 뉴스였다. 박성범 앵커는 예전에 파리 특파원이던 시절부터 트레이드마크였던 특유의 심각한 표정으로 자신이 평소 극찬을 아끼지 않으며 이 땅의 진정한 지도자라 칭송했던 타코 대통령의 비극적 사고에 깊은 유감을 표하고 있었다. 그러면서 그날 서울대병원에서 열린 특별 기자회견 뉴스를 소개했다.

뉴스에서 우리나라 최고의 뇌수술 전문의이자 담당 주치의라는 정 모 서울대병원 의사는 지금까지의 경과를 살펴보면 지난주 토요일의 뇌수술은 매우 성공적이었으며 뇌압도 내려가 지금은 안정기에 접어들었다고 말했다. 이어서 기자회견에 나선 서울대병원장은 다행히 주위에 있던 개회식 공식 의료진에 의해 빠른 시간에 병원에 이송되어 대통령의 생명을 건질 수 있었다고 하면서 현재의 회복 추세면 조만간 정상 회복이 될 가능성도 아주 크다고 말했다.

문득 나는 그가 거짓말을 하고 있다는 생각이 들었다. 여러 경험상 그를 보내버린 게 거의 확실했기 때문이다. 그리고 이상한 것은 기자들이 더 이상 어떤 질문도 하지 않는 것이었다. 굉장히 묘한 분위기가 감도는 기자회견장 모습이었다. 한편 다음날부터 각계에서는 대통령의 건강 문제에 대해 좀 더 적극적인 개입이 필요하다는 의견이 쏟아졌고, 혼수상태에 빠진 대통령의 부재로 인한 앞으로의 국정 공백과 식물 정국을 우려하는 〈동아일보〉의 사설도 있었다.

현재 우리나라 제18대 국무총리인 노신영 씨가 국정을 대신하고 있다. 신문에 난 그의 프로필을 보니 외무부 관료 출신으로 중앙정보국장을 오래 지낸 인물이었다. 만약 지금 대통령의 유고가 계속된다면 그는 1988년 2월까지 대통령 역할을 대신해야 한다. 그러나 식물인간 상태가 오래 지속되고 회복 가능성이 없으면 조기 대선도 전망해야 한다는 〈조선일보〉 정치면의 특별 기고도 읽었다. 평소 현 대통령의 기사라면 사슴을 말이라고 해도 그대로 받아 적던 〈조선일보〉에서 이런 객관적인 기사를 읽자니 기분이 묘했다.

한동안 학교에 다녀오기만 하면 무조건 다방 내실 옆 쪽방에서 나는 내가 친 사고의 파장을 이해하기 위해 우리 다방집에 배달되는 조·석간 일간지 다섯 개를 면밀히 분석했다. 대부분은 비슷비슷한 기사들이었다. 국정 공백 우려, 북괴의 남침 가능성 등 국방 안보 우려, 경제 및 실업 우려, 외교 우려, 내치 우려, 우려, 우려, 온통 우려뿐이었다.

한편 쿠데타를 일으켜 대통령이 된 그의 행로를 봤을 때 태현이의 말대로 사필귀정일 수도 있다는 은밀한 이야기도 다방집 홀 어딘가에서 나지막이 오갔다. 그러나 내가 아무리 독재자에다가 자국민을 학살한 자를 손봤다손 치더라도, 의도하지 않았던, 그러니까 꿈에서 일어났던 일이 정말로 현실에 영향을 끼친다는 사실이 매우 께름칙했다. 언제고 다시 그런 일이 일어나지 않으리란 법이 없기 때문이다. 다시 한 번 이 사건은 내게도 무척 충격적인 일로 다가왔다. 차라리 잠을 자지 말아야 하는 건 아닌가 하는 생각까지 들었다. 그런데 정말 솔직하게 말하자면, 그동안 속에서 꽉 막혀 있던 것이 쑥 내려간 것 같은 홀가분한 기분이 들기도 했다. 내가 저지른 일로 인해 지금 국가적으로 엄청난 일이 발생했지만, 일단 속이 후련해지는 건 어쩔 도리 없는 일이었다.

지난 일주일 내내 신문과 방송은 대통령 사고 대책에 관한 기사가 반이고 아시안게임에 관한 기사가 반이었다. 대통령의 불의의 사고가 있기는 했지만, 본격적으로 아시안게임이 시작이 되었고 어느새 중반을 지나고 있었다. 폐회식은 10월 5일이다.

지금 아시안게임을 개최한 목적은 신군부가 일으킨 쿠데타의 정당성 부족 때문이 아니었나 싶다. 고로 언론에서는 연일 우리나라 선수들이 따내는 메달 소식을 전했다. 그런데 처음 체조에서 은메달을 딴 것은 크게 조명을 받았지만, 그 이후부터는 우리 선수들이 딴 금메달만 집중 보도했다. 사격에서 연이어 금메달을 땄고, 여자 배영 100미터의 최윤희와 탁구 단체전에서 안재형의 활약으로 금메달을 땄다. 그 외 메달은 특별히 인상 깊게 전달되지 못했다. 미모의 수영 선수인 최윤희의 인기는 엄청났다. 그러나 스포츠 우먼인 그녀에게 신데렐라 같은 지금의 인기가 그리 달갑지는 않은 느낌이다.

반면 남자 탁구 단체전에서 안재형의 대 중공전 활약은 대단했다. 저 정도면 한국의 여성뿐만 아니라 중공의 젊은 여성들도 반할 만하다는 생각이 들 정도였다. 하지만 대통령의 사고를 의식해 지나친 환호는 전체적으로 자제하는 분위기였다. 아시안게임 시작 전 방송에서 종종 들리던 "아! 대한민국"이라는 노래도 어느새 들리지 않았다.

말했듯이 엄마는 개회식 다음날인 지난 일요일 아침부터 내게 말도 없이 우리 다방집에 방 하나를 더 만드는 공사를 시작했다. 카운터 옆 계단 아래 조금 낮은 공간에 있던 의자와 탁자를 들어내고 일종의 방을 만들었다. 나는 도무지 아무 생각도 못한 채 멍하니 있었다. 그냥 방이 하나 더 생기면 좋은 거 아닌가 그런 생각을 했다. 사실 내실 쪽방 대신 이 방을 내 공부방으로 만들어주려나 하는 생각을 했을 뿐이다. 결국 일요일마다 가던 도서관에도 가지 않고 공사를 돕게 됐다. 막상 해보니 장난이 아닌 일이었다.

그 전날 일국의 대통령을 혼수상태로 만들어버리는 큰 사고를 쳤는데, 하루도 안 돼서 나는 여기저기 모든 종류의 선축 공사를 하는 동네 김씨 아저씨의 잔심부름을 하고 있었다. 김씨 아저씨는 나를 두고 '시다'라고 불렀다. 텔레비전에서는 하루 종일 아시안게임 중계를 했다. 나는 중계를 보기는커녕 다방집 앞 2차선 도로에 세워둔 낡디 낡은 청색 타이탄 트럭에서 시멘트 벽돌을 다방집 안으로 내리는 일을 했다. 근육이라곤 하나도 없이 바짝 말랐던 나로서는 상상 외로 아주 힘든 일이었다. 일요일 오후 내내 시멘트 벽돌을 지하 다방집으로 내렸다. 등짐에 벽돌을 올려서 매고 계단을 내려오는 일은 처음 몇 번은 괜찮았지만 시간이 지날수록 다리가 후들거렸다. 하마터면 등짐을 진 시멘트 벽돌을 계단에 쏟을 뻔했다. 나중에는 입에서 단내가 나고 허리와 허벅지까지 아파왔다.

다른 사람의 마음속에서는 엄청난 힘을 발휘하거나 날아다니기까지 하던 내가 현실에서는 일머리가 꽝이라는 말을 들었다. 하긴 운동도 꽝이었다만… 김씨 아저씨는 "니맹큼 일 모하는 아는 첨 본다!"라며 혀를 끌끌 찼다. 젠장맞을! 나는 설거지도 잘하고 쌍화차도 잘 끓이고 심지어 비엔나커피까지 만들 줄 아는 다방집 도련님인데 싶어 억울했다. 잘하는 게 서로 다를 수 있지 않은가?

이렇게 내가 나른 시멘트 벽돌로 김씨 아저씨는 방바닥을 만들고 그 위에 다시 시멘트를 발랐다. 그리고 베니어 합판으로 벽을 만들고 문까지 만들어 달았다. 며칠 뒤 학교에 다녀오니 안팎으로 벽지까지 발라 그럴듯하게 방이 완성되어 있었다.

바닥 시멘트가 마른 후, 그 위에 스티로폼을 깔고 장판을 덮었다. 천정에는 없던 새 형광등까지 달렸다. 장사가 잘 안 돼서 일수를 찍는데 이렇게 돈을 들여서 방까지 만들 여유가 있을까 하는 생각을 했다. 그러나 역시 나는 엄마에게 가타부타 더 묻지 않았다.

아저씨랑 점심으로 짜장면을 배달시켜 먹었다. 아저씨는 간식으로 크라운 산도 두 개를 주었다. 하나는 먹고 하나는 주머니에 넣었다. 공사 덕분에 기대해 마지않던 일요일 오후에 하는 〈당첨! 올림픽복권〉을 보지 못했다. 결국 월요일 석간까지 기다려 신문에 난 올림픽복권 당첨 번호를 두근거리는 마음으로 확인했다. 제181회 올림픽복권 1등 당첨 번호는 2조 529783이었다.

내가 산 올림픽복권의 숫자는 3조 417051이었다. 6등까지 아무 것도 맞지 않았다. 조나 끝자리가 다른 다행상, 행운상에도 들어맞 지 않았다. 아! 용꿈도 별 소용이 없었다. 백룡이라 그런가? 하긴 일 국의 대통령을 그렇게 보내버렸는데 이깟 일이 대수인가? 그래도 다방집 월세에, 일수에, 내 등록금에, 아가씨 월급에, 다방 재료비 에, 이런저런 세금까지 내느라 돈이 별로 없는 엄마에게 뭐 하나라 도 도움이 될 수 있으면 좋겠다 싶었다. 이것 역시 내 솔직한 심정 이었다.

지금까지 있었던 레지 누나 중 가장 자신감 넘치는 미스 나 누나 가 우리 다방집에 오고난 후 어느 날부터인가 다방집에 평소 왕래 가 드물던 동네 청년들이 드나들기 시작했다. 가장 먼저 필수라는 이름을 가진 나름 경상도 남자 치고는 상당히 사근사근하고 상냥 한 동네 청년이 미스 나 누나를 잘 따랐다. 이 청년이 우리 다방집 에 드나들자 점차 사교성 좋은 필수 씨의 친구들까지 우리 다방집 에 드나들었다. 그러더니 필수 씨와 친구들은 늦은 밤까지 다방집 에서 '홀라'라는 포커게임을 했다.

나는 이 동네 청년들이 '홀라'를 치고 집으로 돌아갈 때까지 긴 장을 하곤 했다. 그런데 엄마는 이 친구들에게 맥주를 내놓기 시작 했고 오징어를 구워 대접했다. 당시 다방에서 술을 파는 것은 엄연한 불법이었다. 아이러니하게도 공식적으로는 '티'라는 이름의 술을 팔기도 했다. 그래봐야 위스키를 흉내 낸 '캡틴Q'라는 싸구려 독주를 따라준 것뿐이었다. 다방집 입장에서는 '티'를 시키는 손님이 참 고맙다고 해야 할까? 준비는 쉬운데 상대적으로 비싼 값을 받을 수 있었다. 자연스럽게 오비 맥주가 냉장고 안에 여러 병 자리 잡기 시작했고, 안주거리인 오징어와 땅콩도 내가 길 건너 동네 시장에 가서 사왔다. 결과적으로 미혼모 가정에 아무 도움도 주지 않는 국가의 법을 다 지켰으면 나는 지금 고등학교를 다니지 못했을 것이다. 이것은 아주 분명한 사실이다.

그러나 저러나 '훌라'는 일종의 포커게임인데 일반 세븐오디에 비해 높고 낮음이 있어서 좀 더 다양하게 승패가 나는 것 같았다. 말했듯이 나는 카지노의 슬롯머신을 흉내 낸 우리 다방집의 사행성 전자 오락기를 통해 며칠 밤을 새서 높고 낮음을 맞춰 화면 속 여자 카우보이의 옷을 모두 벗기는 여섯 단계의 확률게임을 했었다. 이 오락기도 당연히 불법이다. 다방집에서 훌라를 치는 것도 마찬가지!

남들은 오락기 위에 수북이 쌓아둔 100원짜리 동전을 넣어 베팅을 해야 하는 사행성 오락기이지만 나는 엄연한 다방집 도련님이 아닌가. 엄마가 잠이 들면 나는 담대히 사행성 오락 기계 아래 있는 작은 문을 열고 동전이 들어가는 카운터 장치를 테니스 줄로 툭툭 당겨서 동전 투입을 대신해 가며 게임을 했다. 이것은 이런 곳에 사는 도련님만의 특권이다. 결국 무수한 시도 끝에 여섯 번의 높고 낮음을 모두 맞추고 드디어 여자 카우보이의 주요 부위를 볼 차례였는데, 교묘하게 그곳을 가린 화려한 샴페인 병을 보고 말았다. 한 번 맞을 때마다 두 배씩 돈이 올라 액수로는 엄청난 금액이었지만 실상은 허무한 결과였다. 그것으로 나는 도박의 끝을 봤다고 생각한다. 열과 성을 다했지만 결국 이룰 수 없는 게 도박이었다. 또 우리 지하실 다방집이 술집을 하던 시절, 내가 다니던 국민학교 선생님들 몇몇이 우리 집 내실에서 고스톱을 치다가 시비가 붙어 몸싸움까지 하는 걸 본 적도 있다. 존경을 받아도 모자랄 판에 선생끼리 치고받기까지 하다니 노름이 참 무섭다고 생각했다.

어쨌든 자신만만한 표정이 매력적인 우리 미스 나 누나는 동네 청년들과 스스럼없이 잘 어울렸다. 점차 우리 동네 필수 씨의 입에서 미스 나 누나에게 결혼은 언제 할 거냐는 말이 자꾸 나왔다. 그런데 본의 아니게 내게 담배를 가르쳐준 '존'이라는 미군 장교 역시 우리 다방집에 드나들기 시작한 게 미스 나 누나 때문이 아닌가 생각했다. 미스 나 누나는 존이 오기만 하면 나를 찾는다. 다 귀찮다. 결국 올 때마다 이 친구는 미스 나 누나에게 추파를 던졌다.

"I miss you so much!"

이 말은 정확히 알아들을 수 있었다.

"쟈가 뭐라카노?"

미스 나 누나가 내게 물었다.

"누나가 참 보고 싶었대요."

"참말로? 아, 흉하게 됐네. 참, 됐고 마. 쟈가 뭐 무글란지 물어나

봐 도고."

"네? 네!"

"What do you want? coffee or tea?"

그나저나 이 모든 일이 미스 나 누나가 우리 다방집에 오고서 불과 2주일 만에 일어난 일이다.

그런데 충격적인 일이 하나 더 생겼다. 고작 열일곱 살인 고등학교 1학년의 인생이 이렇게 버라이어티해도 되나 싶다. 미스 나 누나가 다방집에 온 지 딱 2주째인 지난 금요일 오후, 수업이 끝나고 웬일인지 옆으로 난 머리카락으로 아슬아슬하게 윗머리를 덮어 더욱 애달프게 보이는 우리 담임 선생님이 나를 교무실로 불렀다. 그러고는 뜻밖의 말씀을 하셨다. 1학기 말에 실시한 IQ 검사에서 내가 우리 학교 전체 1등을 했다는 것이다.

"네?"

"이느무 시키야! 니가 1등이야. 인마야, 함 봐봐라. IQ 지수 159. 함 봐보라니까! 똑띠 니 눈까리로 보라 말이다, 어잉."

"네에?" 나는 깜짝 놀랐다.

"근데 인마야. 니 와이리 공부를 모하노? 성적 꼬라지가 이게 뭐꼬? 어잉!"

"네? 네! 더 열심히 하겠습니다."

"내사 마 딴 반 슨생들한테 음청시리 부끄럽다 아이가 으잉. 난다 긴다 수재들이 모인 학꾼데 전교 100등에도 못 드는 니 IQ가 1등이라 하니까네, 내가 다른 선생들 앞에서… 뭐라꼬 할 말이 없다 아니가? 어잉! 니 이거 함 봐봐라. 하필 이번 진단고사 시험이 159등이 뭐꼬? 아이큐 159가 159등! 말이 된다 생각카나? 니 생각을 해봐보라니깐. 그리고 여 봐라. 이 수학 성적 함 봐봐라. 수학 성적 꼬라지를 봐봐, 딱 보라 카니까네! 이 쉘끼야, 머리 억수로 좋다는 놈이 수학 성적이 이게 뭐꼬? 어잉! 완죤히 개판 아니가? 어잉!"

하필 선생님은 수학 얘기가 나오자 버릇처럼 머리를 한 대 쿡 쥐어박았다. 아이, 왜 머리를? 울컥했지만 교감이나 교장이 날리는 뺨 싸대기에 비하면 차라리 나았다.

이실직고를 하자면 중학교 때 내 IQ는 90이었다. 시험도 아니고 해서 별 생각 없이 검사를 했는데 정말 90이었다. 어디서 들으니 강아지 아이큐도 95라고 하는데 자존심이 좀 상했다. 맞나? 돌고래 인가? 지난 1학기 IQ 검사 때 중학교 시절과 달리 아무리 IQ 측정에 열과 성을 다했다고 해도 단 3년 만에 아이큐가 단번에 69나 오르는 건 무리다. 어떻게 이게 말이 된단 말인가? 납득이 안 되는 일이다.

사실을 고백컨대 이번 아이큐 검사에서는 다른 시험들과 다르게 반칙을 좀 썼다. 쉬운 문제는 빨리 풀고 애매한 것들은 공부 잘하는 아이들 마음속을 다녀보고서 확률이 높은 답을 썼다. 그래서 그랬는지 지난번 아이큐 검사가 끝나고 나서 하루 꼬박 앓았던 기억이 난다.

"네, 네, 더 열심히 하겠습니다. 선생님."

"마, 봐라! 성재야~ 어무이 혼자 고생하시는데 정신 똑바로 쳐

묵고. 쉘끼야, 알아무근나?"

"…네, 선생님. 명심하겠습니다."

"와 빨리 대답을 안 하노? 니 내한테 게기나?"

순간 담임 선생님의 눈빛이 살짝 돌아가서 황급히 대답했다.

"아, 아닙니다. 선생님!"

"내가 두고 볼끼다잉! 머리 좋은 쉘끼가 좋은 머리 나뚜고 공부를 안 해뿌믄… 그기 더 나쁜 기야, 알겠나?"

"…네, 알겠습니다. 선생님."

교무실 문을 닫고 나오면서 씁쓸했다. 교무실 선생님들이 모두 나를 주목했다. 담임 선생님이 고래고래 떠드는 바람에 육중한 체격의 교감을 비롯해 전교의 선생님들이 다 내 얼굴을 알아버렸다. IQ 159에 전교 159등.

더군다나 이렇게 선생님에게 야단 아닌 야단까지 맞다니…. 단지 자존심 때문에 반칙을 좀 썼는데 예상 외의 결과가 나왔다. 이렇게 쪽이 팔릴 거라면 애당초 반칙을 쓰지 말았어야 했다. 그냥 IQ 90으로 살았으면 이런 일은 없었을 것이다. 머리가 나쁜데 159등이나 했으니 그나마 노력을 많이 했다고 칭찬을 듣지 않았을까? 조용히 학교를 다니자고 마음을 먹었지만 생각만큼 쉬운 일이 아니었다.

그리고 그 다음날. 뭔가 꺼림칙한 토요일 오전의 미술시간이 돌아왔다. 이런 느낌은 별로 빗겨나 본 적이 없다. 3교시 미술실에는 역시나 변태 같은 이상한 미술 선생님의 아주 이상한 주문으로 우리는 서예 붓을 들고 끙끙대며 그림을 그렸다. 무슨 '마음속 풍경'을 그리라나 뭐라나. 환등기로 영사까지 해서 안견의 "몽유도원도"(夢遊桃園圖)와 장승업의 "방황공망산수도"(倣黃公望山水圖), 또 이름도 생소한 중공의 화가들이 그린 선경을 보여주거나 고야라는 스페인 화가의 아주 흉측하고 잔인한 그림까지 보여주며 자신만의 풍경화를 그려보라고 했다. 지난 시간에 특별히 서예 붓과 먹물, 한지를 준비하라고 해서 서예를 배우겠구나 생각했다. 게다가 오늘 그린 그림으로 중간고사 시험을 대체하겠다고 한다. 아!

여기저기서 나지막이 '니미 좆도'라든지 '또 저 서울변태 새끼'라든지 '아, 씨바. 좆 같네'라든지 이 근방 모범생들이 죄다 모인 교실에서 아주 속된 욕설과 푸념이 흘러나왔다.

"크크큭! 내 이럴 줄 알았어. 얘들아, 이건 내 위시 리스트에 있는 거야. 풍경화라고 해서 꼭 실제로 있는 걸 그려야 할 이유는 없다고 봐. 생각이 나거나 니들이 좋아하는 풍경이 떠오르면 그걸 그려보도록. 오스트리아의 성도 되고 이상한 나라의 엘리스라고 하면 생각나는 풍경을 그려도 되고. 슈퍼맨이나 스타워즈에 나오는 그림을 그려도 돼."

나는 당장 꿈속에서 갔다왔다고 생각하는 고양이 나라가 떠올랐지만 지난 일요일 지하 다방집의 새 방 만들기 공사를 마치고 내실에 들어갔을 때 생긴 일이 더 많이 생각났다. 그 날은 정말 말하기도 싫을 만큼 큰 고생을 했다. 공사를 마치고 나서 겪었던 일 역시 정말 위험했다.

평소 굳건히 잠겨 있던 내실의 철제 금고문이 웬일인지 조금 열려 있었다. 간혹 엄마가 금고의 다이얼을 이리저리 돌려서 문을 열고 금고 아래 서랍에서 술집 시절 손님들이 술값 대신 맡긴 아주 오래된 세이코 손목시계를 꺼내주기도 했지만, 그 외에는 일절 금고문이 열려 있는 걸 본 적이 없었다. 금고문을 열고 무릎을 굽혀 금고 안을 보려는데 시멘트 벽돌을 옮기느라 허리랑 허벅지가 몹시 당겼고 결국 무릎까지 아팠다.

에구구구.

고작 열일곱 살인데 71세 할아버지가 허리를 굽힐 때 내는 소리를 내버렸다. 아, 이런. 정말 운동을 좀 해야 하나? 하긴 내가 운동하는 걸 너무 싫어하니 이렇게 근육 없는 깡마른 몸을 유지하는 것이다. 게다가 국민학교 시절부터 별명이 '개발'이었다. 공이라 불리는 둥근 것들은 나를 미워했고 나도 그것들과는 도통 어울리지 않았다. 축구공에 발을 올리기만 했는데 자동으로 벌러덩 미끄러져 손목으로 땅바닥을 짚다가 손목이 부러질 뻔 했고, 국민학교 고학년 시절 프로야구 붐이 일어 친구들과 캐치볼을 했을 때도 경식 야구공을 얼굴에 정통으로 맞아서 쌍코피를 쏟고 야구놀이도 그만두었다. 지금은 그저 수도 서울 유일의 프로야구팀인 MBC 청룡이나 응원하고 마는 것이 유일하게 그쪽과 관련된 일이다. 나는 오히려 그런 콤플렉스 때문에 조·석간 신문을 다섯 개나 읽는 문자중독에 걸리고 말았다.

상당히 크고 묵직한 금고문을 천천히 열어보았다. 이게 뭐라고 심지어 마음까지 설레었다. 금고문을 열자마자 훅 하고 바람이 불어오는 것 같았다. 무슨 사향 냄새도 풍겼다. '뭐지?' 언젠가 잠결에 엄마가 이 금고 안에서 나오는 걸 분명 본 적이 있었다고 말했다. 물론 엄마는 시치미를 뗐지만 말이다.

그런데 사람 하나 들어갈 만한 큰 금고 안에 달랑 오래된 두루마리 하나만 있었다. 금고 밑 큰 서랍을 열어보니 역시 외상으로 맡아둔 온갖 시계만 그득했다. 오래되어 잘 닫히지 않는 서랍을 겨우 닫고 고풍스런 외양의 두루마리를 천천히 펴 보았다. 거기에는 위아래로 꽤 긴 형태의 동양화가 그려져 있었다. 엄마와 17년을 같이 살면서 엄마의 금고에 이런 긴 두루마리 형태의 동양화가 들어 있을 줄은 꿈에도 생각하지 못했다. 그림을 살펴보니, 여태 보지 못했던 아주 커다란 나무와 기암괴석과 우리 주변에서 볼 수 없는 매우 묘하게 생긴 산들이 저 멀리까지 아주 넓게 펼쳐져 있었다. S자로 난 아주 큰 길이 따라 그림이 그려져 있었다. 한문으로 뭐라고 쓰여 있었는데, 내 한문 실력으로는 도저히 알 수 없는 말이었다. 글자 중 달 월(月) 자만 겨우 읽을 수 있었다. 글자들 말미에는 빨간색 낙관까지 찍혀 있었다. 좀 더 자세히 그 산수도를 보니 그림은 밤 풍경을 묘사하고 있었다. 이름 모를 괴이하게 생긴 산들 위로 보름달이 선명하게 보였다.

무슨 생각인지 그림 속 보름달을 손으로 만지고 싶었다. 보름달에 천천히 손을 대려 하자 뭔가 이상한 기분이 들었지만 멈출 수가 없었다. 잠깐 머뭇거렸지만 결국 보름달에 손을 대고야 말았다. 그러자 갑자기 내 몸이 그림 쪽으로 맹렬히 빨려 들어가기 시작했다.

으으으, 아아~~~ 아아아!

그림을 붙잡고 버텨봤지만 몸이 그림 안으로 빨려 들어가는 힘을 막아낼 도리가 없었다. 고개를 급하게 돌려 '어~ 엄마' 하고 소리를 내려고 했지만 말이 나오지 않았다. 강력한 자석 같은 힘에 의해 얼굴이 길게 늘어져서 그림 안으로 들어가고 있었다. 결국 나는 풍경화 안에 빨려 들어갔다.

우우우~ 우우~.

문득 정신을 차려보니 KBS2 텔레비전에서 하던 〈전설의 고향〉 같은 방송에서 듣던 여우 우는 소리가 저 멀리에서 들려왔다. 바닥에 납작 엎드려 사방을 둘러봤지만 결국 그 산수화 속이었다. 드문드문 이름 모를 나무들이 굉장히 높게 솟아 있었다. 폭이 상당히 넓은 길 역시 아주 멀리까지 뻗어 있었다. 밤하늘을 보니 별은 안 보이고 보름달만 휘영청 밝게 떠 있었다. 내가 본 어떤 달보다 크고 밝았다.

무릎을 딛고 손을 짚어 일어서며 에구구구 소리를 낼 수밖에 없었다. 일단 휘영청 밝게 뜬 달을 따라 한동안 그림 속에 보이던 대문자 S자로 난 큰 길을 걸었다. 일요일 아침부터 하루 종일 다방집 공사의 시다 노릇을 하느라 허리며 다리며 허벅지며 온 삭신이 쑤셔 에구구구 소리가 한 번 더 입에서 나오려고 하는데, 누가 나보다 먼저 에구구구 소리를 냈다.

소리가 나는 쪽으로 눈을 돌려 보니 저쪽 앞으로 가로질러 가는 상당히 큰 굼벵이가 보였다. 가만 보니 내 손바닥 두 개를 모은 것보다 조금 더 큰 굼벵이는 잠깐 멈춰 서서 내 눈치를 보는 것 같더니 다시 열심히 그러나 매우 천천히 자기 갈 길을 가려고 했다. 굼벵이가 말을 하다니! 믿기 어렵지만 여기서 에구구구 소리를 낼 만한 대상은 저 굼벵이가 유일했다. 그리고 나는 고양이인간이 말을 하는 광경도 본 사람이 아닌가? 더군다나 현직 대통령도 보내버린 마당에 사실 무슨 일인들 별로 놀랍지 않았다. 문득 말하는 굼벵이에게 뭔가 물어보고 싶었다.

"이봐, 굼벵이 군!"

굼벵이가 문득 멈춰 천천히 몸통을 돌려 내 쪽을 보려다 말고 다시 또 아주 천천히 제 갈 길을 갔다.

"이봐, 굼벵이 군. 자, 잠깐만!"

그때서야 굼벵이가 멈춰 서서 나를 상대해 주었다.

"왜, 무슨 일인가?"

굼벵이는 나이가 꽤 든 목소리였다.

"여기가 어디지?"

"자네는 여기가 정말 어딘시 몰라서 묻나?"

"응, 정말 모른다."

"그리고 넌 나를 언제 봤다고 함부로 반말지거리냐? 너, 몇 살이나 먹었지?"

"나, 열일곱 살! 그러는 너는?"

"나는 470살보다 훨씬 더 먹었다! 네가 나를 그렇게 함부로 부르면 안 된다."

"아! 굼벵이가 그렇게 오래 사나? 아니, 사나요? 알겠어요. 굼벵이 할아버지. 그니까 여기가 어디예…"

그때 보름달이 뜬 반대편 밤하늘에서 생전 처음 듣는 웅장한 소리가 들려왔다. 세찬 바람에 길 양옆으로 서 있던 거대한 나무들조차 크게 흔들렸고 거칠게 바람에 부딪치는 소리를 냈다. 새들이 푸드덕거리며 도망치는 소리 같은 게 들렸고 땅에 있는 동물들도 사방으로 도망치는 소리까지 들려왔다. 태풍인가?

얼마 후 이름을 알 수 없는 새가 밤하늘을 꽉 채우고 날아가기 시작했다. 밝게 뜬 보름달을 가리는 거대한 새의 날갯짓에 대지가 온통 컴컴해지며 폭풍에 가까운 큰 바람이 불었다.

나는 서둘러 굼벵이 할아버지를 몸으로 둘러쌌다. 그리고 나 역시 머리를 가슴에 최대한 밀착시키고 땅에 몸을 고정했다. 천지가 완전히 깜깜해지더니 더욱 강렬한 폭풍이 몰아쳐 하마터면 나 역시 세찬 바람에 휩쓸려 날아갈 뻔했다. 다행히 온 힘을 다해 그 바람을 버티고 나니 밝은 달빛이 도무지 정체를 알 수 없는 이 세계를 다시 비추기 시작했다. 고개를 들었을 때 그 거대한 새는 사라지고 없었다. 나는 급히 굼벵이 할아버지를 살폈다. 다행히 굼벵이 할아버지는 별 탈이 없었다.

"할아버지, 괜찮으세요?"

"으응, 하루 이틀 일도 아닌데 뭘. 난 괜찮아."

"그나저나 저 새는 도대체 뭐예요?"

"뭐긴 뭐야. 봉황이지."

"네? 여기 봉황새가 살아요?"

"여기서는 용도 사는데 봉황이 못 살라는 법이 어딨어?"

"용도 살아요?"

"응. 용들이 무슨 철새들 마냥 떼로 날아다녀."

"와~ 정말요? 참, 할아버지, 굼벵이는 나중에 장수풍뎅이가 되는 거 아니예요?"

"맞아. 하지만 여기서는 우리도 몇 백 년이 지나야 장수풍뎅이가 돼."

"그럼 할아버지도 곧 장수풍뎅이가 되는 거 아닌가요?"

"그건 나도 몰라. 돼야 되는 거니까."

"그래서 말인데요. 정확히 여기가 어디예요, 할아버지?"

"음… 한마디로 요물들이 사는 왕국이지. 예전에는 신선들이 많이 머물렀지만 다 죽임을 당하거나 떠나서 얼마 남지 않았어."

굼벵이 할아버지는 굼벵이답게 상당히 천천히 말을 이었다. 정말 답답하기 그지없는 속도의 대화였다.

"네? 할아버지, 요물은 뭐고 신선은 또 뭐예요?"

"거참! 음… 그걸 어떻게 설명해야 하나… 그렇지. 넌 내가 말을 하는 걸 보면 이상하지 않느냐?"

"아 네, 그렇죠. 맞아요. 이상해요 할아버지."

"그나저나 너도 보아 하니 요물인 거 같은데?"

"제가요? 에이, 저 사람이에요 참."

"너도 너를 잘 모르는구나. 여기 요물들 중에는 인간의 몸을 한 요물들도 꽤 있지."

"그게 누군데요?"

"여우들."

"여우들요?"

"응, 여우들! 걔네 종족이 이곳을 지배해."

"어떻게요?"

"보통 사람 몸을 한 여우들은 대부분 여자라고 알려져 있지만 남자 녀석들도 아주 많아. 녀석들은 머리가 아주 좋지. 그래서 그런지 뭐든 모여가지고 힘을 만들어. 우리 같은 굼벵이들은 느리기만 하지 그런 쪽은 젬병인데, 놈들은 머리도 좋고 교활해. 결국 놈들이 여기서 나라를 만들어버렸어. 자기들끼리 왕 노릇 귀족 노릇을 하고 군대도 만들고 경찰도 만들었어. 게다가 무식한 도깨비들까지 어떻게 마법으로 구워삶아가지고 이리저리 데리고 놀아서 문제야. 순진하던 도깨비들도 이제는 아주 고약해졌어. 그래서 여기선 난다 긴다 하는 신선이나 요물도 그놈들 앞에서 힘을 못 써."

"좀 전에 여기는 봉황도 있고 용도 있다면서요?"

"거기는 다른 세계야. 이쪽 일에 일절 간섭을 하지 않아. 저렇게 가끔씩 여기 하늘을 지나가긴 하지만 말이야."

"네?"

"여기는 인간들이 사는 세계가 아니란다 얘야. 나도 인간들이 사는 세계에 못 가봤으니 알 도리가 없지만 말이다. 그래, 너는 어

165

디서 왔느냐? 혹시…?"

"아, 저요? 저는 사람들 사는 세상에서 왔어요. 할아버지, 저도 여기 어떻게 왔는지 모르겠어요. 저는 그냥 집에 있는 어떤 그림을 봤을 뿐인데…."

"음, 거 참 안됐구나. 와도 꼭 이런 데를 오다니. 여기보다 훨씬 나은 곳도 있다던데… 쯧쯧. 여하튼 나는 갈 길이 바쁘니 그만 가봐야겠다. 너도 여기 있다가 교활한 여우놈들에게 괜히 잡히지나 말고 어서 떠나거라. 놈들은 외부인들 침입에 상당히 민감하단다."

딱 10년 전인 일곱 살 때도 여러 일이 많았지만 요즘 들어 내 일상에 참 당황스런 일이 많이 일어난다는 생각이 들었다. 그나저나 이거 참 야단났다. 어떻게 해야 다시 내가 사는 다방집으로 돌아갈 수 있단 말인가. 일단 이 굼벵이 할아버지에게 더 물어봐야 했다.

"이 길로 쭉 가면 어디가 나오나요?"

나는 달이 떠 있는 방향으로 난 길을 따라가면 어디가 나오는지 물었다.

"이 길로 가려고? 여기로 가면 안 되는데…."

"거기 뭐가 있는데요?"

"이 길을 요즘은 여우 왕의 길이라고 불러. 이 길로 계속 가면 여우 왕이 사는 궁이 나오지."

"뭐, 뭐라고요? 요물들이 사는 나라에도 왕궁이 있다고요?"

"응. 여우들 중에는 인간 세계를 왕래하는 능력을 가진 놈들이 있어. 그것들이 인간 세상에서 온갖 못된 것을 배워 와서는 여기를 아주 몹쓸 곳으로 만들고 있다고! 원래 다들 자연스럽게 살았단 말이다."

"아, 그렇군요. 그나저나, 저… 말이에요. 인간 세계로 다시 나가야 하는데, 어떡하죠?"

"뭘 어떻게 해? 그런 능력을 가진 여우를 찾아가 부탁을 하든지, 물론 나 같으면 찾아가지 않겠다만. 아니면 저기 왕궁을 지나 한참 더 가면 나오는 동쪽 해안선 절벽 아래 바다에 사는 청룡들이 그런 능력을 지녔다는 소리를 들었지."

"그럼 굼벵이 할아버지, 이제 제가 어디로 가면 좋을까요?"

"그나저나 뭐 먹을 거 좀 없냐? 뭘 좀 먹을 거나 주고 얘길 해도 해야지. 나이 든 사람한테 예의는 지키자꾸나. 네가 귀찮게 물어보는 걸 대답해 주다 보니 배가 고프구나."

마침 김씨 아저씨가 준 크라운 산도가 주머니에 있었다.

"그, 그럼 이거라도…."

포장을 뜯어서 굼벵이 할아버지의 머리 쪽에 갖다놔 주었다. 굼벵이 할아버지는 한동안 크라운 산도를 맛있게 먹었다. 그때 내 오른 손목에 찬 검은 전자시계에서 뭔가 진동이 느껴져 무심결에 쳐다보니 동그란 유리 안의 액정이 온통 빨간색이 되어 깜박이고 있었다. 이 무슨 시추에이션인가? 이 시점에서 시계가 왜 이러지?

시계 우측에 달린 버튼을 누르자 갑자기 비잉 하는 소리와 함께 시계 유리 위로 무슨 입체 영상 같은 게 튀어나왔다. 그, 그때 나를 몇 번이나 정신을 잃게 만들었던 바로 그 혼혈 소녀였다.

"너! 어, 어떻게?"

"뭘, 어떻게? 라니? 거긴 왜 가 있는 거야? 어라, 이 엉큼한 소년! 어멋, 이 소년 눈이 또 어딜 보는 거야?"

소녀 특유의 봉긋한 가슴을 두 팔로 가리며 매우 혐오스러운 눈초리로 나를 바라봤다.

"아, 뭐~ 내가 뭘!"

이번에도 억울했다. 물론 건강하고 매력적이며 아름답기까지 한 이 소녀에게 마음을 빼앗긴 건 사실이지만, 이 작은 시계의 입체 영상을 통해 특별히 내가 어딜 보겠냔 말이다.

그나저나 억울한 건 억울한 것이고 지금 이 상황은 3년 전 IQ 90이었던 내 머리로는 정말 이해하기 힘들었다.

"야, 엉큼한 소년! 너 거기 꼼짝하지 말고 있어. 데리러 갈 테니까."

"그나저나 도대체 넌 누구니? 제발 네 정체나 좀 밝혀라!"

"그건 지금 알 거 없고, 거기 꼼짝 말고 있어! 아니면 아주 아주 위험하니까."

그러곤 비잉 소리와 함께 입체 영상이 사라졌다.

"야~ 야! 네 말만 하고 사라지면 어떡해? 대화를 하자고 좀. 야~ 야!"

신경질을 내면서 시계의 버튼들을 있는 대로 다 눌러봤지만 별 소용이 없었다. 시계에서 영상이 사라지자 검은색 전자시계의 액정은 그제야 제 시간을 보여주었다. 그런데 원래 시계 시간하고 많이 차이가 났다. 시계는 멈춰 있는 듯 보였는데 6시 45분 37초에서 38초로 움직이려다 말고를 반복하며 깜박이고 있었다.

주위를 둘러보니 그 굼벵이 할아버지는 이미 사라지고 없었다. 이런 염치없는 굼벵이를 봤나. 아무리 470살이라도 간다는 말 정도는 해야 할 거 아닌가. 맛있는 크라운 산도만 홀랑 해치우고 말도 없이 그냥 가? 허, 이 동네 사람들 인심 한번 야박하네. 그렇게 이야기도 나누고 먹을 것도 주었는데 이치에 맞는 무슨 말이라도 해주고 가야 할 거 아닌가. 뭐 동쪽 절벽 끝 바다에 사는 청룡을 찾아가라고?

그런데 통화를 마치고 불과 몇 십 초 만에 저공비행을 하는 상당히 괴상하게 생긴 비행체가 슬며시 나타났다. 정확히는 투명한 상태였다가 갑자기 나타났다고 하는 게 맞다. 생긴 건 다방집 노름판 안주로 간혹 내가 시장에서 사오는 땅콩 꼬투리 모양인데 스테인리스 재질인지 꽤 매끄럽게 생긴 잠자리 헬리콥터 모양의 비행체였다. 그 비행체가 소리도 없이 나를 향해 유유히 날아오고 있었다. 헬리콥터라고는 했지만 프로펠러가 없는 헬리콥터(?)라고 하는 게 더 정확할 것이다. 날개도 없는, 어디서 본 적도 없는 비행체였다. 이런 걸 UFO라고 해야 하나?

음! 교교한 보름달빛에 반짝이는 것이, 상대적으로 뾰족한 앞모양을 가졌지만 뒤는 좀 뭉뚝하게 생긴 수송 헬기 같았다. 나는 문득 마음을 놓고 그 소녀를 다시 볼 기대를 하고 있었다. 그리고 생각보다 약속을 잘 지키는데, 하는 생각을 하며…

나는 뭔가 모르게 무지 안심을 됐기 때문에 온 얼굴에 환한 미소를 띠며 그 헬기 비슷한 비행체에 멋있는 척 손을 흔들었다. 투명했다가 모양을 드러낸 이 은빛 비행체에는 상형문자 같은 이상한 모양의 글자들이 파란 바탕에 노란 색으로 적혀 있었고, 삼각형과 원이 엇갈려 그려진 표식도 앞뒤로 붙어 있었다. 저공비행을 하던 비행체가 내 앞에서 직각으로 착륙했다. 나는 이쪽 세상도 참 좋구나 생각했다. 어떻게 통화를 하고 채 1분도 안 되어 이렇게 빨리 올 수 있을까 싶었다.

그런데 그 작은 비행체 뒤로 보이지 않던 문이 내려오자 거기에서 고양이인간들이 아니라 그냥 사람들이 내려왔다. 굳은 인상의 남자들은 황토색 제복을 입고 있었고 내 평생 본 적이 없는 아주 긴 총을 들고 있었다. 그들은 내리자마자 내 주변을 둘러쌌다. 그리고 꽤 거대한 형상을 한, 한눈에 봐도 도깨비다 싶은 군인도 있었다. 근육질인 데다가 인상이 유난히 험상궂었고 초점 잃은 눈빛이었다. 특이하게도 이 도깨비 군인은 다른 군인들이 갖고 있는 장총 대신 내 키 정도 되고 양 끝에 각각 20센티미터 정도의 돌기가 나 있고 중간에 손잡이가 있는 긴 스테인리스 형태의 곤봉을 들고 있었다. 대보름의 밝디 밝은 빛에 스테인리스 곤봉이 반짝 빛이 났다.

어라! 뭔가 싸한 이상한 이 느낌은 뭐지? 아, 그리고 그 소녀는 어디에…?

"혹시… 저 구하러 오신 거 아니예요?"

"무슨 소리냐! 어서 손들어!"

도깨비 군인 뒤에서 권총을 찬 장교 같은 자가 갑자기 나타나더니 내게 손을 들라고 했다. 어라! 그 장교는 여성이었다. 혹시나 그 소녀인가 하고 아주 잠깐 기대를 했지만, 구라파 사람들처럼 하얀 피부에 대단히 차가운 외모를 지닌 단단한 체격의 20대 후반 여성이었다. 나는 손을 들면서 다시 한 번 확인했다.

"네, 저기 뭐냐… 제 나이 정도인데 까무잡잡하고 좀 예쁘장한 여자애가 보낸 거 아니예요? 악!"

누군가 내 무릎을 차서 땅바닥에 꿇렸다. 따라서, 아주 잠깐 나한테만 치명적인 그 소녀가 이들을 보냈을 거라 생각한 것은 순전히 내 착각이었다. 아, 이 배신감. 그리고 무릎이 너무 아프다. 그렇다. 내게 그 자리에 가만히 있으라고 말한 그 소녀는 어디에도 없었다. 앞으로 그 소녀의 말은 절대로 듣지 않겠다고 마음속으로 굳게 다짐을 했다. 정말이다.

"다, 당신들은 누군가요?"

용기를 내서 물었다. 그러자 이 소대의 대장으로 보이는 여자 장교가 말했다.

"우리는 대호선국의 특수경호대다. 너를 이 시간 부로 국경 침입 및 간첩 혐의로 체포한다."

"내, 내가 왜요?"

권총을 찬 여성 장교는 내 말에 대답은커녕 단호하게 말을 이었다.

"어서 이자를 체포하라!"

그 말이 떨어지는 순간 갑자기 뒷머리에 상당한 충격이 가해졌다. 또 정신을 잃고 말았다. 도깨비가 긴 스테인리스 곤봉을 붕붕 돌리는 게 보였다. 기분 나쁜 웃음을 보였다. 나는 왜 또 정신을 잃어야 하는가… 이자들에게 왜 대항 한번 못해 보냔 말이다. 제기랄.

7

사실 아까부터 정신은 돌아왔다. 지금 내가 있는 곳은 확실히 무슨 수송기 같은 비행기 안이 아니라 오히려 밀폐된 방 같다는 느낌이 들었다. 눈을 감은 채 주변에서 나는 소리에 집중했다. 이런저런 소음부터 내 앞 어딘가 멀리에서 여자 장교의 목소리가 들렸다.

"네, 그것도 포함합니까? …네, 그래도 아직 소년인데요. 넵, 알겠습니다. 명령대로 집행하겠습니다. …아, 아닙니다. 전혀 아닙니다. 주저하지 않습니다. …네, 그렇군요. 아, 이제 알겠습니다."

아까부터 아주 작은 무선 통화기 같은 것을 귀에 차고 누군가와 통화를 하고 있었다. 주로 나에 대한 어떤 정보를 나누는 것 같았다. 도대체 이들은 나에 대해 뭘 알고 있는 거지? 그리고 아마도 내게 가할 수 있는 고문의 수위를 논하는 것 같았다.

어느 정도 시간이 지났는지 모르지만 완전히 정신을 차리고 보니 머리 뒤쪽이 심하게 아팠다. 정확히 뒤통수를 맞아서 뒤통수 쪽이 욱신거렸다. 게다가 넘어지며 얼굴을 땅바닥에 부딪쳤는지 왼쪽 턱 아래도 따갑고 시큰거렸다. 얼굴은 담배를 피우다가 까무룩 정신을 놓아서 창에 처박히고, 뒤통수를 맞고 기절하다 땅바닥에 부딪쳐 다치고, 동네북이 아니라 동네얼굴이다. 젠장, 어떻게 반항 한번 못해 보고 맥없이 기습을 당했단 말인가.

지금 나는 포승줄로 온몸이 꽁꽁 묶여 고개를 앞으로 숙인 상태로 앉아 있다. 아이러니하게도 지금 다니는 고등학교의 의자를 연상케 하는, 내 깡마른 체격보다도 작고 딱딱하고 불편한 나무 의자에 앉아 있다. 상당한 거구일 뿐만 아니라 눈빛이 묘했던 도깨비 군인의 그 긴 도깨비 방망이, 아니 스테인리스 곤봉을 맞고도 죽지 않고 살아 있는 게 천만다행이라는 생각이 들었다. 그리고, 일단 여기 상황 파악부터… 드디어 살며시 실눈을 떴다. 최대한 곁눈질로 주변을 살피다가 살짝 고개를 돌렸다. 이곳은 일종의 밀폐된 심문실 같았는데, 방의 내부는 우리 다방집 홀보다 작은 것 같았다. 내가 앉은 의자의 오른 벽면에는 우리 다방집처럼 큰 거울이 옆으로 길쭉하게 붙어 있었고, 어디선가 환풍기 돌아가는 소리까지 들렸다.

게다가 지하 다방집 내실 옆 한 평도 안 되는 감옥 같은 쪽방에서 잘 때면 느껴지는 지하실 특유의 쿰쿰한 곰팡내가 여기서도 은근히 풍겨왔다. 여우들이 지배하는 요괴 세계에서도 지하실 냄새는 크게 다르지 않다는 사실을 확인하니 그렇게 웃길 수가 없었다. 큭. 아주 잠깐 웃음이 삐져나왔지만 저들은 눈치를 채지 못한 것 같다. 어떻게 이상한 나라에 와서도 지하실 신세인가 하는 생각에 웃음이 터져 나온 것 같다.

무엇보다 탈출을 위한 출입구를 찾아야 했다. 내가 앉아 있는 의자 맞은편 벽에 문이 있었다.

나는 누군가의 마음속에서 상당히 큰 능력을 펼칠 수 있다. 또 나는 지난번에 고양이인간들이 사는 나라에서 다른 사람 마음속에 들어가 싸울 때와 다르게 손으로 일종의 레이저까지 쏴서 고양이 인간들을 저 멀리까지 튕겨버린 적이 있다. 그 능력이 여기서도 통한다면 나는 이들을 순식간에 물리칠 수 있다. 나는 지금 여기서 내 능력의 한계치를 시험해 봐야 한다. 지금은 손이 꽁꽁 묶여 있지만 어떻게든 이 포승줄을 풀어내고 기필코 이곳을 탈출해 이 세계의 동쪽 바다 끝 절벽 아래 바다에 산다는 청룡을 찾아갈 것이다. 그리고 집으로 돌아갈 것이다.

내가 앉아 있는 의자 바로 위에 전등이 하나 있었다. 전등은 천장에 철제 고리로 연결돼 있었고, 연고동색 니스 칠이 되어 있고 끝부분이 반투명 유리라 광원을 정확히 알 수 없었다. 꼭 잠수부들이 쓰는 청동 투구같이 생겼다.

아까 그 여자 장교 쪽에는 책상이 하나 있고 그 책상 위 천장에도 비슷한 철제 전등이 길게 내려와 있었다. 당장은 정확하게 그 수를 셀 수 없는 특수 경호대원들이 늘어서서 나를 지키고 있었다. 그들은 만약의 사태를 대비해서인지 기관단총까지 단단히 잡고 언제든 내게 발포할 준비를 하고 있었다. 저들 역시 내가 어떤 능력을 가졌는지 잘 알지 못하는 것이다. 팽팽한 긴장감을 느꼈지만 나는 무턱대고 이들을 해치울 수 있다는 자신감이 있었다. 심지어 나는 일곱 살 무렵부터 다른 이들의 마음에 들어가 여러 사람을 저세상 으로 보낸 경험이 있지 않은가 말이다. 한 가지 일도 한 10년쯤 하면 전문가가 된다고 믿는다. 그러나 나는 아직 이 세계에서 펼칠 수 있는 게임의 룰을 확실히 알 수 없다. 섣불리 나섰다가 저 기관총들에게 벌집이 될 수도 있다.

지금 확실한 것은 언제든 돈만 넣으면 다시 살아나던 우리 다방 집 갤러그 전자오락 게임과 달리 마음속 싸움에선 분명 지는 자가 죽는다는 것이다. 경일이 할아버지와의 그 힘든 싸움에서 나는 그것을 절실히 깨달았다. 결국 하나밖에 없는 내 목숨을 걸고 싸울 수밖에 없는 일이다. 모든 것을 거는 도박이다. 꿈속에서 그 큰 대고 채로 타코 대통령의 머리를 곤죽으로 만들었을 때는 나뿐만 아니라 그 수많은 사람들의 손이 그를 꼼짝 못하게 붙잡고 있었기 때문에 가능한 일이었다.

일단 정신을 차렸지만 이런저런 생각이 들었다. 결국 지금까지의 경험을 미루어 봐서는 결정적 순간을 기다려야 한다. 바로 그 때를 노려야 한다. 나는 매우 고통스러운 비명과 함께 고개를 드는 척 연기를 했다. 아~아~ 머리야.

분명 백인임에 분명하고 체격이 단단하며 얼굴이 매섭게 생긴, 정확히는 어딘가 여우 나라 사람인 듯한 그 여성 장교가 누군가와 계속 통화를 하다가 내가 아~아~ 하는 소리를 내자 이내 통화를 마치고 내 곁으로 성큼성큼 걸어왔다. 장교는 바로 내 앞에 섰다.

"이제 정신이 드느냐?"

"아, 네, 네. 그런데, 머리가 아주 아파요."

"네 머리에서는 피 한 방울 안 났다. 엄살떨지 마라. 나는 이제 몇 가지 질문을 할 것이다. 내 눈을 똑바로 보고 정확하게 대답해라! 알겠나?"

"네, 네!"

기회를 엿보기 위해 일단 고분고분하게 이들의 요구에 응해 주기로 했다.

"자, 먼저 네 이름을 정확히 말하라!"

"조성재요."

"너는 묻는 말에만 대답해라. 네 진짜 이름은 뭐냐."

"저요? 제 이름은 조성재예요. 엄마가 저보고 창녕 조(曺)씨라네요. 이룰 성(成), 재상 재(宰)."

"진짜 이름을 대라. 1차로 경고한다."

"진짜예요. 제 진짜 이름이 조성재라고요."

"흥, 그래? 알았다. 정말 그런지 확인해 보지. 자, 그럼 네 나이는?"

"열일곱 살이요. 고등학교 1학년이에요."

"자, 이미 체포 당시 말했듯이 너는 특수간첩 혐의와 국경 침입 혐의로 이곳에 체포됐다. 네 혐의를 인정하느냐?"

"네? 왜죠? 제가 무슨 간첩이에요? 전 학생이에요. 그냥 고등학생! 정말 어쩌다 보니 여기 와 있는 거예요. 늘 잠겨 있던 안방 금고 문이 웬일인지 열려 있어서요. 그런데, 크, 큼큼큼. 아하하하!"

아까부터 참고 있었는데 결국 웃음이 터져 나왔다. 여자 장교의 눈이 아주 매섭게 변했다. 그러고는 분노가 서린 목소리로 소리쳤다.

"웃지 마라! 지금 제정신인가? 여기가 어디라고 함부로 웃나. 넌… 넌 지금 바로 여기서 총살될 수도 있다. 그리고 대체 무슨 설명이 그런가? 날 이해할 수 있게, 납득할 수 있게 설명을 하란 말이다! 다시 한 번 묻겠다. 너는 어디에서 왔나?"

나는 겨우 웃음을 참으며 말을 이었다.

"흐음, 흠흠. 저요? 그러니까 이미 있는 그대로 말씀드렸잖아요. 저는 그냥 집에 있다가 갑자기 이곳에 오게 됐다니까요."

"지금 여기가 어디라고! 너 제정신이냐. 내가 무슨 장난하고 있는 줄 아나. 마지막으로 경고한다. 정신 똑바로 차리고 진지하게 대답해라! 너는 어디서 왔고 무슨 목적으로 우리 대호선국에 침입했나?"

"아니, 저는… 그냥 집에 있는 그림을 보다가… 크, 큼큼!"

내가 이런 식으로 대답하는 게 군인인 그녀로서는 몹시도 신경에 거슬렸는지 갑자기 화를 내며 허리춤에 찬 권총을 꺼내 내 이마에 갖다 댔다. 철컥 하고 장전하는 소리가 들렸다.

"똑똑히 들어라! 지금부터 똑바로, 제대로, 정확하게 진술하지 않으면, 이 자리에서 바로 즉결 처형하겠다. 알겠나?"

분노에 찬 여우왕국 여성 장교의 위협에도 불구하고 나는 딱히 두렵거나 무섭지 않았다. 요 며칠간 남우세스런 일이 몇 번 있긴 했지만, 어렸을 때부터 이런 식의 위협이나 폭력에는 딱히 영향을 받지 않았다. 일곱 살 무렵 잠시 머물렀던 시설의 원장에게 귀를 잡혀 들려진 채 뺨을 수도 없이 맞았을 때도 아프긴 했지만 두렵진 않았다. 그저 분노가 생겼을 뿐….

인간의 세계가 아닌 이상한 곳들을 자꾸 오가다 보니 다른 사람들의 마음속에서만 행했던 내 특수한 능력을 여기서도 펼칠 수 있을지 자못 궁금해졌다. 일단 손을 묶고 있던 포승줄은 내 마음의 생각만으로도 스르르 풀렸다. 오!

일단 풀린 포승줄 끝을 천천히 느슨하게 하면서 아무도 모르게 손으로 붙잡고 있었다. 이제 한 순간 필살기를 펼칠 때를 기다려야 한다. 쓰윽 살펴보니 이 밀실에는 네 명의 보초병과 책상에 앉아 무언가를 쓰고 있는 비열한 표정의 남자 장교 한 명, 그리고 지금 내 앞의 여자 장교 한 명 정도가 다인 것 같았다. 나는 침착하게 진술을 이어갔다.

"저, 저는 대한민국에서 왔는데요. 여기에 올 아무 이유나 목적은 없습니다. 전혀! 우연찮게 왔을 뿐입니다."

그러면서 몸 전체를 싸맨 포승줄을 조금씩 더 느슨하게 만들었다. 장교는 총을 겨누고 있는 자기 손에 집중해 긴장하고 있어 내 몸을 둘러싼 포승줄의 변화를 눈치 채지 못했다.

"그, 그러니까 너는 바로 인간 세계에서 왔다는 말이지… 그걸,

나보고 믿으라는 거냐? 자, 자 다시 한 번 묻겠다. 너는 분명 벨루아 공국에서 온 거다. 그렇지 않나?"

"벨루아공국이요? 처음 듣는데요. 그게 뭐예요?"

금시초문이라는 표정을 지으며 그 여자 장교에게 질문을 던졌다. 정말이지 벨루아인지 벨루차인지 그런 말은 내가 아는 말이 아니었다. 공국이라니 무슨 나라인가? 아! 베네치아는 안다. 셰익스피어가 쓴 《베네치아의 상인》 문고판을 아주 인상적으로 읽은 기억이 있다. 자, 이제 공격을 개시할까 하는 바로 그때였다.

"우리의 주적이다. 그러니까 우리의 적국으로, 고양이인간들이 만든 나라다. 다만 거기 귀족들은 인간 형상을 하고 있다. 그래도 모르겠나?"

"네, 네. 전혀요. 전혀 모릅니다."

나는 깜짝 놀란 나머지 그만 소리를 지를 뻔했다. 다행히 저 여자 장교가 눈치를 채지는 못했다. 그렇구나! 내가 갔었던 그 고양이 나라를 이 요괴들이 사는 여우 나라에서는 벨루아공국이라 부르는 모양이다. 오호! 그러면 나를 거기로 데려갔던 성명 미상의 소녀도 벨루아공국에서 이 여성 장교와 비슷한 일을 하는 특수 군인이 아닐까?

바로 그때 벌컥 문을 열고 군인 하나가 쟁반을 하나 들고 들어왔다. 인기척에 장교는 내 이마를 겨놓던 권총을 다시 권총집에 넣었다. 그리고 군인에게서 쟁반 위 물건을 건네받으며 귓속말을 나누었다. 여성 장교는 그 물건을 들고 내 앞으로 돌아왔다. 그러더니 황당한 표정으로 검은 전자 손목시계를 내 앞에 꺼내들었다. 아차! 오른 손목에 아무 느낌이 없었다. 저 시계는 내가 차고 있던 바로 그 시계다.

"아, 그래? 너도 거짓말을 참 잘하는구나. 역시 예상대로 벨루아공국 간첩은 남달라. 깜박 속을 뻔했다. 이건 어떻게 설명하겠느냐? 내가 들고 있는 이 시계 말이다. 방금 가져온 이 시계는 벨루아공국에서 만든 특수 통신기기로 분석됐다. 자, 이건 어떻게 설명하겠나? 이 벨루아공국 간첩놈아!"

"제 대답은…"

이 말을 하면서 순식간에 마음속으로 계획했던 일을 실행했다. 포승줄을 푸는 순간 여자 장교에게 손을 들어 레이저를 발사해 충격을 주었다. 억! 외마디 비명을 지르며 여자 장교는 뒤로 튕겨 날아가 벽에 부딪쳤다. 벨루아공국에서도 근위병들에게 이런 레이저빔을 마구 날렸었다. 나는 붕 날아올라 빙글 몸을 돌리면서 뒤에 있던 보초병 둘에게 예의 그 레이저빔 같은 에너지를 발사해 충격을 가했다. 어디선가 총격이 시작되었고 내 위에 있던 청동 투구 모양의 전등이 박살났다. 결국 네 명의 초병과 시계를 가지고 온 군인까지 땅에 착지하면서 순식간에 기절시켰다. 그리고 가장 마지막에 남아 내게 권총을 겨눈 채 벌벌 떨며 의자에 앉아 있는 비열한 표정의 남자 장교까지 날려버렸다.

나는 바닥에 떨어진 벨루아공국산 검은 손목시계를 재빨리 오른 손에 찼다. 그러면서 아무래도 미심쩍어 유리창을 향해 레이저빔을 길게 발사하니 유리가 깨지면서 그 너머에 있던 군인 둘이 보였다. 둘 다 무슨 모니터를 보며 어디론가 황급히 전화를 걸고 있었던 것 같다. 갑자기 건물 안에서 사이렌이 울리기 시작했다. 먼저 그 안의 군인들이 내게 권총을 쏘았는데 신기하게도 날아오는 총알이 눈에 보였다. '이건 또 무슨 능력인가!'라고 생각하며 총알을 피하고 손에서 나오는 레이저로 군인들을 처리했다. 그리고 뜨끈해진 손바닥을 후후 불며 문을 열고 계단을 조심스럽게 올라갔다.

복도를 지날 때도 군인들이 몰려왔다. 계속 건물 안에선 사이렌이 울렸고 계단 끝에 이르기도 전에 무수한 군인들이 나타났다. 나는 붕 날아올라 레이저빔을 기관총처럼 난사해 그들을 제압했다. 그다음 둥글게 이어지는 복도가 나왔고, 한참을 뛰어 복도 끝에 이르자 홀 같은 공간이 나왔다. 그 홀 너머로 투명한 건물 입구가 보였다. 건물 입구를 지키는 보초병들이 내게 총을 난사했다. 마구 총알이 날아왔지만 어쩐 일인지 내게는 별 문제가 되지 않았다. 그 보초병들도 레이저를 쏘아 처리하고 밖으로 나와 보니 여전히 밤이었다. 좀 전에 군인들을 물리치며 계단을 따라 올라가는데 이상하게도 더 아래층으로 내려가고 싶었다. 무언지 알 수 없지만 강력하게 끌리는 느낌을 지울 수 없었다. 그렇지만 일단은 밖으로 나가야 했다. 온 도시에 사이렌 소리가 요란했다.

건물 밖은 대로변이었다. 그런데 바로 건물 앞에 내게 일격을 가했던 그 도깨비 군인이 유난히 긴 스테인리스 곤봉을 붕붕 휘두르며 서 있었다. 일단 이 도깨비 군인과는 정식으로 한판 벌여야겠다고 판단했다. 불야성을 이룬 대도시의 불빛에 아랑곳하지 않고 보름달이 서쪽을 향해 휘영청 밝게 떠 있었다.

잠시 주변을 둘러보니 말로만 들은 에펠탑 같은 굉장한 철골 구조의 건물과 현대식 고층 빌딩, 그리고 황룡사 목탑 같은 고층 목조 건물이 즐비하게 늘어서 있었다. 큰 건물들 사이로 아까 내가 봤던 은빛 비행체나 더 작은 비행체 들이 오고갔는데 사이렌이 울리자 그마저도 급히 대피하는 모습이었다.

내가 심문받던 건물 역시 굉장히 큰 목탑 형식의 빌딩이었다. 도깨비 군인이 스테인리스 봉으로 무슨 신호를 하자 여러 빌딩과 지하도 등 사방에서 비슷하게 생긴 도깨비 군인이 구름처럼 쏟아져 나왔다. 도깨비가 이렇게 많았나 싶은 생각이 들었다. 장관이었다. 순식간에 도시의 대로를 가득 메운 도깨비 군인들이 도깨비 방망이라고 하기엔 상당히 세련된 모양의 스테인리스 봉을 들었다. 은빛의 긴 봉들이 대도시의 불빛에 반짝였다. 그래선지 굉장히 초현실적인 느낌이 들었다. 대로와 건물들 사이를 가득 채운 도깨비들이 있지만 나는 일단 내 앞을 막아선 이 기분 나쁘게 생긴 도깨비부터 해치울 것이다.

드디어 나는 내게 기습을 가했던 저 도깨비 군인과 첫 합을 맞추었다. 나는 도깨비가 부리는 스테인리스 봉의 움직임을 면밀히 지켜보았다. 아까 총알도 느리게 보였지만 이제 도깨비가 부리는 봉의 움직임도 점차 느리게 보이기 시작했다. 부우웅 하는 소리를 내며 도깨비 봉이 정확히 내 급소를 향해 정신없이 날아오고 있었다.

오른손을 들어 올려 내 머리 바로 위에서 도깨비의 봉을 멈춰 세웠다. 그리고 도깨비를 향해 왼손으로 강력한 레이저빔을 쏘았다. 엄청난 덩치의 도깨비였지만 상당한 충격을 받고는 저 멀리 날아가며 수많은 도깨비 군인들을 밀어버렸다. 일단 아까의 일은 되갚았다. 그럼 됐다. 다방년 아들이라고 놀림을 받지만 이런 정도의 오기는 있어야 한다고 늘 생각했다.

요괴들이 사는 도시에 사이렌 소리와 더불어 비상을 알리는 소리가 들렸다. 도시 전체에 비상사태가 선포됐다는 의미다. 큰 건물에 붙어 있는 스크린에서 일제히 특별 방송이 시작되었다. 평소 이런 훈련이 잘돼 있는 것 같았다. 거 참, 야단스럽네!

"대호선국 왕립특별시민들에게 알립니다. 방금 특수 경호대에서 벨루아공국 특수 간첩이 탈출했습니다. 특수 마법 공격력을 갖고 있으니 왕립 특별시민들은 각별한 주의를 바랍니다. 다시 한 번 경고합니다. 특수 마법 공격기술을 사용하는 간첩으로 인해 심각한 상해를 입을 수 있으니 특히 주의를 바랍니다."

내가 무슨 간첩이라고! 한심하게 생각하면서 결국 나는 공중으로 가능한 빨리 날아오를 수밖에 없었다. 이 어마어마하게 많은 수의 도깨비 군인들을 한 명씩 상대할 수는 없는 일이었다. 이 세계에서의 내 활동은 아마도 지금까지 다른 사람들의 마음속에서 할 수 있었던 일들과 매우 비슷하다는 판단을 내렸다. 일단은 해볼 만한 게임이다.

"저놈이 하늘을 난다."

"어서 공격을 준비하라!"

도깨비들은 일사분란하게 왼 팔을 하늘로 향하고 오른 손의 도깨비 곤봉을 나를 향해 던질 준비를 했다. 여전히 비상 사이렌이 요란한 가운데 밤하늘로 날아올라 보니 여우왕국의 수도는 현대식 빌딩들과 철골과 목조 구조로 된 초고층 건물들이 마치 뉴욕이나 런던 같은 현대 대도시의 빌딩가처럼 매우 정확한 규격으로 정리되어 있었다. 대로 끝에 거대한 왕궁 같은 것도 보였다. 아마도 여우왕국의 왕과 그 수족들이 살 것이다.

갑자기 '하합!' 하는 도깨비들의 기합 소리와 함께 셀 수 없이 많은 도깨비 곤봉들이 나를 향해 날아왔다. 동시에 날아오니 피할 공간이 없었다. 도깨비 군인들이 던진 스테인리스 봉들은 마치 은빛 화살이나 살아 있는 장어처럼 강력하게 몸을 흔들며 정확히 나를 향해 날아들었다. 그 곤봉들을 정신없이 피하고 나자 신기하게도 곤봉들은 다시 그 주인을 찾아 날아갔다.

한편 그런 가운데 기관총을 멘 수많은 군인과 장갑차와 탱크 등도 쏟아져 나왔다. 거기에는 로봇 같이 생긴 장갑차도 보였다. 요괴들이 지배하는 여우왕국의 대도시는 나 하나로 인해 온통 비상이 걸린 것 같았다. 로봇 같이 생긴 장갑차에서 대공 사격을 시작했고 하늘에서 폭죽이 터지듯 포탄이 터졌다. 찢어지는 폭탄소리가 공중에 울리며 몸으로 전달되었다. 나는 나대로 손에서 나오는 레이저빔을 기관총처럼 이리저리 내뿜어 로봇 장갑차들부터 제압했다. 도깨비들은 다시 정렬하고 있었다. 그 도깨비 군단을 향해 나는 두 손을 모아 더 강력하게 더 넓고 긴 레이저를 발사했다. 하늘을 날며 밀어붙였다. 사방으로 도깨비 군인들이 튕겨졌다. 하지만 언제까지 이렇게 버틸 수 있을까 싶었다.

그때 휘영청 밝은 보름달로부터 무언가 맹렬한 속도로 나를 향해 날아왔다. 손을 바꿔 저 비행체를 공격해야 하나 일순 긴장했는데 자세히 보니 모터사이클 같았다. 더 자세히 보니 이제는 익숙하기까지 한 벨루아공국의 그 미스터리한 소녀가 보였다. 소녀는 예전에 고양이 도시에서 봤던 하늘을 나는 모터사이클을 타고 있었다. 나는 그녀 쪽으로 날아갔다. 그리고 생각했다. 넌 제발 정체를 좀 밝혀라, 제발.

그러는 사이 자리를 잡은 나머지 도깨비들이 일제히 나를 향해 다시 곤봉을 던졌다. 게다가 보이지 않는 곳에서조차 기관총을 쏴대는 타격음까지 들렸다. 타탕탕탕. 두두두둥. 푸슝! 그리고 이제 총알과 대공 포탄까지 나를 향해 날아오고 있었다. 순식간에 내 주변이 총알과 대포알로 난무했고, 그녀가 탄 모터사이클 근처까지 총알과 포탄이 날아왔다. 우리 주변을 쐐액쐐액 하는 소리와 함께 지나갔다. 다급한 나머지 소녀가 보이지 않는 무슨 방어막을 쳤는지 총알과 포탄이 빗겨나갔다. 소녀는 눈짓으로 자기 뒷자리를 가리켰다. 내가 모터사이클에 올라타자 소녀는 자신의 모터사이클을 폭발적으로 가속시켰다. 이제까지 느껴보지 못한 속도감이었다.

도깨비 군인들의 은빛 스테인리스 봉이 살아 있는 물고기 떼처럼 우리를 따라왔지만, 결국 벨루아공국 모터사이클의 속도를 따라

잡지는 못했다. 점점 뒤쪽으로 대호선국 군인과 경찰 들이 쏜 총알과 포탄이 밤하늘의 폭죽처럼 터지는 소리가 들려오는 가운데 나의 가슴 역시 그에 못지않게 쿵쾅거렸다. 그것은 마음의 축제였다.

우리는 휘영청 밝은 저 보름달을 향해 전속력으로 날았다.

...

토요일인 어제 오전 미술실에서 그 변태 같은 미술 선생님의 지시대로 우리는 '마음속 풍경'을 그렸다고 말했다. 마음속 풍경이라! 나는 지난주 일요일 저녁에 갔었던 대호선국의 도시를 그렸다. 분명 요괴들이 모여 사는 도시이긴 한데 굉장히 크고 높게 치솟은 목탑 형태의 거대한 빌딩과 모던한 초고층 빌딩이 즐비했던 기억이 생생했다. 단 한 번도 현실에서 본 적 없는 상당히 기묘한 풍경이었다. 특히 목탑 형태의 건축물들이 인상적이었다. 하늘에서 봤을 때 8차선 대로를 따라 양옆으로 팔각 형태나 둥근 원 형태, 사각 형태 등 다양한 형태로 된 빌딩들이 들어서 있었다. 그 빌딩들 중 어떤 빌딩은 매 층마다 기와로 지붕 장식이 돼 있었다. 창문의 형태도 둥글거나 팔각형이었다. 나는 혹시 또 몰라서 휘영청 밝게 뜬 보름달만큼은 그리지 않았다.

우리 다방집 내실 금고 안의 두루마리 그림 속에 떠 있던 그 보름달 때문에 나는 요괴들이 사는 대호선국이라는 나라에 들어가게 되었고 심지어 거기서 억울한 간첩 누명을 뒤집어쓰고 즉결심판을 받아 그 자리에서 죽을 뻔했다. 그리고 언제나 나를 옴짝달싹 못하게 하는 묘령의 소녀를 다시 만나 겨우 탈출할 수 있었다.

무엇보다 나는 그동안 몰랐던 내 아버지에 대한 진실을 조금이나마 알게 된 것이 무척 기쁘기도 하고 어색하기도 했다. 위기의 순간에 나를 하늘을 나는 모터사이클에 태운 소녀는 그 큰 보름달을 향해 급속도로 속도를 올려 내달렸고 슈슈슝 하는 소리와 함께 순식간에 공간이동을 했다.

우리가 시공간을 뚫고 도착한 곳은 유럽의 여느 작고 귀여운 도시처럼 아기자기한 기운이 감도는 벨루아공국의 수도였다. 저 멀리 바다가 보이고 제법 큰 항구가 있는 이곳 역시 휘영청 밝은 달이 떠 있었다. 그런데 건물마다 불야성을 이뤘지만 비상 사이렌 소리로 긴장감 가득했던 대호선국과 달리 한밤임에도 광장과 골목마다 사람들이 넘쳤다. 활기차고 평화로운 분위기가 마음에 들었다.

엄청난 속도로 내달리던 모터사이클이 갑자기 굉음을 내며 급정거를 했다. 역시 이 소녀는 성미도 급하고 터프한 스타일임에 분명했나. 그렇게 온몸이 쏠릴 만큼 급정거를 해서 내린 곳은 아마도 전에 내가 탈출을 감행했던 곳 같았다. 낯이 익었다. 왕궁 안의 큰 건물 앞이었다. 땅에 내렸는데도 그동안의 엄청난 속도 때문에 나는 계속 이 묘령의 소녀를 뒤에서 꼭 껴안은 채였다. 심지어 손에 땀이 찰 정도였다. 결국 쿵쾅대는 심장소리와 함께 소녀도 뭔가를 느꼈던 모양이다.

"어이, 엉큼한 소년. 너 지금 무슨 생각하는 거니?"

"내가 뭘?"

"네 심장이 너무 요동을 치잖아? 그리고…."

"아, 아니. 미안. 마음대로 안 돼서. 미안해."

"그럼 이제 이 손 좀 푸시지? 그렇게 꽉 붙잡고 있지 않아도 되잖아. 여긴 안전하다고."

"아, 그래. 다시 미, 미안…."

나는 당황해하며 황급히 그녀를 꽉 잡고 있던 손을 풀었고 곧바로 그녀의 매끈한 모터사이클에서 내렸다.

"샤디아 공주님, 걱정이 컸습니다."

나는 그때 처음 분명한 그 소녀의 이름을 들을 수 있었다. 그런데, 공주님?

"무사하셔서 천만다행입니다. 샤디아 공주님."

"네, 정말 다행이에요. 얼마나 걱정했는지… 그렇게 갑자기 가시면 안 됩니다. 제발 부탁드립니다, 샤디아 공주님."

아니나 다를까 건물에서 시녀와 집사 옷을 입은 남녀 고양이인간들이 뛰어나오더니 일사불란하게 고개를 숙였다. 시녀들이 '샤디아'라 불리는 공주의 모터사이클과 슈트, 점퍼 등을 챙겨갔다.

"너는 일단 나를 따라와!"

"어, 알았어."

그러자 일사불란하게 움직이던 시녀와 집사들이 일제히 나를 매우 강하게 쏘아보았다. 어라, 이 고양이인간들이 왜 이러지?

"뭐, 내가 무슨 잘못이라도…?"

그러자 샤디아 공주라 불리는 소녀가 괜찮다는 손짓을 하며 말했다.

"괜찮아, 다들 가봐."

그제야 고양이인간들은 나를 향했던 불만이 섞인 매우 강한 시선을 풀었다. 내 생각에는 하루 종일 다방집 카운터 옆 계단 아래 새 방 만드는 일을 돕느라 행색이 말이 아닌 데다가 신발도 신지 않은 소년이 그들 공주에게 반말을 하는 것이 못마땅했던 것이다.

"어이, 엉큼한 소년! 이리로."

"어, 어!"

성큼성큼 걷는 그녀를 따라 나는 양말만 신은 채 바삐 걸음을 옮겼다. 그녀는 양쪽 석조 기둥에 여러 가지 형태의 고급스러운 조각이 되어 있는 현관을 통과해 바로 우측으로 방향을 바꾸더니 긴 복도를 따라 정신없이 걸었다. 복도의 창문을 통해 왕궁 주변의 잘 꾸며진 정원이 보였다.

그러고는 순식간에 둥근 계단을 거침없이 뛰어 올라가더니 다시 큰 홀 같은 곳을 가로질러갔고 급기야 아주 높은 유리천장이 덮힌 길쭉한 복도 같은 공간을 걸었다. 몇 번에 걸쳐 고양이인간 경비병들에게 인사를 받고서야 도착한 곳은 창밖 전망이 매우 좋고 환하며 널찍한 집무실 같은 곳이었다. 문은 양옆으로 열려 있었다.

창문 바로 앞에는 와인색의 널찍한 책상과 상당히 고급스러운 안락의자가 있었다. 그 책상 주변으로 테이블과 의자 그리고 소파가 잘 정돈된 상태로 놓여 있었다. 벽에는 커다란 서양식 풍경화가 걸려 있었고, 아까 잡혀 있었던 지하 심문실과는 비교도 할 수 없는 기분 좋은 향이 풍겼다.

"들어와."

"어, 어, 그래!"

집무실 안으로 따라 들어가자 그 미스터리한 공주가 집무실 문을 닫더니 내게 자신의 와인색 책상 앞 벽 쪽에 있는 테이블이 있는 의자를 권했다. 나는 상당히 럭셔리한 엔틱풍 의자에 천천히 앉았다. 푹신하면서도 단단한 느낌이 드는 안정감 있는 의자였다. 잠시 눈을 감고 의자의 쿠션감을 즐기는데 자신의 책상 위에 반쯤 걸터 앉아 두 손을 뒤로 해 책상을 짚고 있던 공주가 느닷없이 말했다.

"아, 참, 나는 벨루아공국의 샤디아 공주다."

"알아. 좀 전에 들었잖아. 그래서?"

퉁명스런 말에 공주가 약간 흥분하는 표정이었다.

"야, 엉큼한 소년! 너, 내가 구해줬잖아. 적어도 고맙다는 말은 해야 하는 거 아냐?"

"고마워, 고맙다고… 그런데 좀 일찍 데리러 왔어야지. 가만히 있으라고 해서 가만히 있다가 하마터면 죽을 뻔했잖아! 안 그래도, 너, 내가 가마니로 보이냐? 맨날, 기절이나 시키고 말야!"

"어라? 물에 빠진 고양이 구해 줬더니 생선 내놓으라는 꼴이네. 이거 알기나 해, 소년! 나도 엄청난 위험을 무릅쓰고 너를 구한 거라고. 나는 내가 한 약속은 꼭 지킨다고. 그건 아냐고!"

"아니, 그게 아니라…."

잠시 말을 끊고 그녀의 눈을 봤다.

"나는 네가 좀 궁금했었어… 지금 네 이름을 정식으로 알려줘서 고마워. 그리고 나는 엉큼한 소년이 아니라 성재야. 조성재."

"어, 그래 알았어. 그 정도는 알고 있어 나도. 그래도 뭐, 성재, 이름을 불러줄게. 흠, 그리고 고맙다는 말도 할 줄 아네."

공주의 표정이 약간 누그러졌다.

"정말이야. 구해 준 것도 너무 고마워. 그런데 말이야… 정말, 정말 궁금해서 하는 말인데, 네가 지난번 도서관에서 처음 봤을 때도 그렇고, 자꾸 나를 여기로 데려오거나, 정신을 잃게 하거나, 이번처럼 목숨을 구하거나 하는데… 도대체 나한테 왜 그러는 건데! 내가 여기 사는 존재도 아닌데 말이야."

"몰라서 물어?"

"내가 뭘 알아."

그때 문 두드리는 소리가 났다. 공주가 대답을 하자 남자 고양이인간 집사 한 명이 고양이인간 시녀 둘을 데리고 들어왔다. 시녀들은 꽤 큰 은쟁반 위에 뭔가를 들고 왔다. 그러더니 능숙하게 내 옆 테이블에 차를 내려놨다. 두말할 것 없이 고급스러운 찻잔에 매우 진해 보이는 커피가 담겨 있었다. 그다음 크리스털 물 잔에 담긴 시원한 물과 작은 은 접시에 초콜릿 여러 개를 담아 내려놨다. 나는 목이 몹시 말라 일단 물을 한 모금 마셨다. 그러자 시녀가 내 얼굴을 힐끗 쳐다봤다. 공주의 탁자에도 다른 시녀가 차와 물 잔과 조금 다른 모양의 초콜릿을 내려놓았다.

"캐산 집사!"

샤디아 공주가 남자 집사를 불렀다.

"네, 샤디아 공주님! 하명해 주십시오."

"앞으로 이 소년에게 틈나는 대로 우리 공국의 문화와 역사에 대해 설명을 좀 해주세요."

"아! 네, 공주님. 분부대로 하겠습니다."

그러면서 집사가 나를 쳐다보았다. 거의 생전 처음 고양이인간과 정면으로 눈을 마주쳤다. 캐산이라는 집사는 잠시 나를 노려보듯 응시하더니 고개를 숙였다. 이건 뭐지? 저 반응은 뭐람? 저 집사가 건방진 건가? 아니면 무슨 생각을 하는 걸까? 내가 살던 세상과 달리 여기서는 사람들의 속을 잘 들여다볼 수 없었다.

"말씀 끝나시면 도련님은 제가 모시겠습니다. 공주님, 그런데 이번에도 도련님께서 저번처럼 사고를 치시면… 그 일로 왕실 근위병들이 제법 여럿 다쳤습니다만…."

"그건 걱정 말아요, 집사. 이번에는 제대로 이야기해 둘 테니까. 그때는 내 잘못도 있었어요."

"아, 아닙니다. 제가 처리를 미숙하게 했었습니다. 공주님, 그럼 이만 물러나겠습니다."

시녀들과 집사가 고개를 숙이며 문을 닫고 나가자 다시 공주가 말을 이어갔다. 그러나 그 순간에도 나도 모르게 그녀의 아름다운 몸매에 눈길이 갔다. 나는 왜 이럴까? 하는 후회가 몰려왔다. 이런 중요한 이야기를 하고 있는데 하필 나의 시선은 자꾸만… 스스로 에게 자괴감이 들었다. 여하튼 다시 한 번 정신을 차리고 공주의 말을 귀 기울여 듣기 시작했다.

"그나저나 네 어머니가 전혀 말을 안 하셨니? 네 아버지에 대해서."

"아니, 전혀! 그저 어렸을 때부터 미국에 갔다는 말밖엔…."

"넌 그게 말이 된다고 생각했니?"

"아니, 내가 뭘 알 수 있는 게 있어야 말이지. 물어도 도통 대답을 해주지 않으니까, 엄마가."

"…네 아버지는 우리 벨루아공국의 영웅이셨다고 들었어. 아까 네가 들렀던 대호선국을 비롯해 여러 적국의 침입을 미리 알고 막아내셨거든."

"그, 그래? 그거 듣던 중 반가운 말이네. 그런데 나는 내 아버지 얼굴도 몰라. 혹시 사진이나 그림이나 뭐 그런 거라도 볼 수 있을까?"

"그건 걱정 마. 네 아버지 가문 사람들은 영웅인 네 아버지 덕분에 벨루아공국에서 정말 잘 지내고 있으니까."

"정말? 정말이야? 그게 정말이냐고!"

나는 깜짝 놀라 정말이냐는 말을 수차례 반복했다. 나는 엄마 외에 다른 가족을 단 한 명도 알지 못했다.

"그럼! 소개해 줄 사람들이 많아. 너희 가문은 우리 공국에서 가장 존경받는 귀족 가문 중 하나인 페일 가문이야."

"그래? 그럼 내 성이 페일이야?"

"그래, 공국의 명문가이자 숱한 영웅을 배출한 가문이니 자랑스러워할 만해. 다만 네가 앞으로 종종 이 나라에 들러야 한다는 것과 저번처럼 다시는 사고를 치지 않는다는 약속부터 해야 해."

"음… 섣불리 약속하는 건 아니지만… 일단 난 내 아버지 가문의 사람들을 만나고 싶어."

"알았어. 그건 내가 약속할 수 있어."

"그럼 나도 약속할게. 저번처럼 멋대로 사고치고 하지는 않을게."

"참고로 또 하나! 앞으로 다른 사람들 앞에서는 '너'라는 말은 하지 않아 주면 좋겠어. 너희 가문이 아무리 좋아도 나는 내 어머니를 이어 이 공국을 다스릴 사람이니까. 알겠지?"

"흠, 알았어. 샤디아 공주님. 됐냐?"

"아, 이 소년 참 맹랑하네. 너, 내가 만만하니? 엉! 어디 한 번 또 혼나 볼래?"

그녀가 내 앞으로 손을 들어올렸다. 저것은? 날 또 기절시키려는…?

"그런 거 하지 말라고 약속을 하라니까! 참, 일단은 내가 먼저 약속하지. 샤디아 공주님, 내가 거, 건방졌어. 앞으로 잘할게."

"진작에 그럴 것이지. 그리고 거기 초콜릿 먹어 봐. 권할 만한 맛이야."

"알았어."

나는 단 걸 별로 좋아하지 않는다. 오래 동안 적응을 한 엄마의 아주 매운 다방집 김치 외에는 짜거나 맵거나 시거나 뭐든 너무 지나친 맛은 별로다. 그래도 한번 먹어보는 것도 나쁘지 않다고 생각했다. 은 접시 위에는 별 모양부터 삼각형에 이르는 다양한 모양의 초콜릿이 있었다. 그것들은 대부분 검은색이었지만 위에 하얀색 초콜릿으로 장식된 것도 있었다.

나는 그중 별 모양의 초콜릿을 들어 입에 넣었다. 너무 달지도 않지만, 그렇다고 맛이 없는 것도 아닌 묵직하고 중후한 카카오 향과 가벼운 단맛의 조화가 일품이었다. 그 안에 고급스러운 알코올 맛이 났다. 초콜릿을 먹자마자 마음이 놓이면서 스르르 잠이 몰려왔다.

...

얼마 후 잠이 깼을 때 나는 우리 다방집 내실 금고 앞에 엎어져 누워 있었다. 금고는 언제 그랬냐는 듯 잠겨 있었고 다시 문을 열어보려고 했지만 도무지 비밀번호를 알 수 없었다. 그때 엄마가 내실 문을 열고 아무렇지도 않은 듯 밥을 먹으라고 했다. 나는 엄마를 다시 만나서 너무 반가웠고, 여전히 허리와 무릎이 아팠고, 삭신이 쑤셨고, 일어나면서 에구구구 비명을 질렀다.

그날부터 꼭 일주일이 지났지만 나는 그날을 잊을 수 없었다. 우여곡절 끝에 다시 곰팡내 풀풀 풍기는 다방집 내실 옆 쪽방에 누웠을 때, 만감이 교차했었다. 그날 하루 종일 겪은 고생은 물론이거니와 그동안 알고 싶었던 나의 비밀을 조금이나마 알게 되었다는 사실만으로도 충분히 마음이 일렁였다. 아니 죽을 때까지 그날만큼은 잊을 수 없을 것 같았다. 내 친아버지가 벨루아공국이라는 고양이인간들이 사는 나라의 귀족이자 구국의 영웅이었다니….

그러면서 또 다른 질문이 생겨났다. 그럼 나는, 나는 누구인가. 정말 내 핏속에 고양이인간의 피가 흐른단 말인가? 내 친아버지와 엄마는 어떻게 만났으며 지금 내 친아버지는 어디에 있단 말인가? 죽었는가? 살았는가? 그러면서도 대호선국 경호대에서 심문을 받으며 어떤 강렬한 느낌을 받았는데 그건 또 무엇인가 싶었다. 아직 모든 의문이 다 풀린 것은 아니다. 더 알아야 할 일이 많다.

어제도 나는 마음속 풍경을 그리다 말고 이 문제로 깊은 생각에 빠져 있었다. 이동철이라는 빽 좋은 변태 미술 선생님이 상당 시간 내 앞에 서 있었는데도 나는 아무것도 몰랐다.

"어이~ 너! 집중력이 좋은 모양이다."

"와하하하하하!"

미술실 안에 있던 우리 반 아이들이 모두 다 나를 보고 웃고 있었다. 무슨 일이 있었는지 어리둥절했다.

"너 말이야! 내가 네 얼굴 바로 앞에서 여러 번 '레드 썬'을 외쳤는데 전혀 반응이 없었어."

"네? 제가요?"

"너는 눈을 뜨고 숙면을 취하는 상당한 신공을 내게 선보였다."

"아니예요, 잠시 딴생각을 하다가 그만…"

"괜찮아, 괜찮아. 그런데 내가 너를 부른 건 네 그림이 아주 좋아서야. 상상력이 대단해."

"선생님께서 생각나는 대로 그리라고 하셔서…"

"아니, 좋아! 나는 이런 광경을 어디서도 본 적이 없어. 계속해봐."

"네? 네! 알겠습니다."

보통 우리 학교의 다른 과목 선생님들은 이런 경우 사정없이 매우 패는데 역시 저 미술 선생은 변태가 분명했다. 그는 내 손끝 하나 건드리지 않았다. 다른 아이들 역시 매우 의아하게 그 선생을 쳐다보았다. 상당히 이상하긴 하지만 뭔가 댄디한데다가 젠틀하기까지 한 저 미술 선생에게 호감이 갔다. 학교라는 폭력적인 교육기관에서 학생을 때리지만 않아도 아주 훌륭한 인품의 선생님인 것이다.

수재들이 즐비한 비평준화 학교에서 전교 1, 2등을 다투는 경일이도 무척이나 열심히 그림을 그렸다. 그러나 사람은 뭐든 다 잘할 수는 없다는 평범한 진리를 녀석의 그림은 강력히 웅변하고 있었다. 매뉴얼이 없는 매우 이상한 그림 과제라는 함정에 빠져 녀석은 허우적대고 있었다. 하긴 식은땀까지 흘리며 당황해하는 경일이를 보면서 '저 녀석이 레오나르도 다 빈치 같은 천재는 아니니까'라고 생각했다.

평생 처음 집중력과 상상력이 좋다는 두 가지 복합적인 칭찬을 듣던 날, 학교에서 돌아와 아시안게임 중계를 봤다. 개최국의 대통령이 위중한 상황이라 아시안게임 전체 분위기가 상당히 차분하게 돌아갔다. 타국의 금메달 수상 선수들도 지나친 세리머니는 하지 않고 자제했다. 다방집에는 알게 모르게 이런저런 풍문이 조용히 스쳐 지나가곤 한다. 평소에는 유언비어라고 하기도 하지만 어떨 때는 사실에 가까웠다. 그런 저런 소문에 따르면 대통령은 이미 회복 불가의 뇌사상태에 빠진 것 같지만, 누구도 그런 이야기를 겉으로 꺼내지 않았다.

미스 나 누나와 동네 청년 필수 씨의 관계가 심상치 않아질수록 다방집에 와서 훌라를 치는 동네 청년들의 수가 늘어났다. 덩달아 다방집에 쌓이는 맥주병도 많아졌다. 그런데 이렇게 번 돈이 우리 다방집 주인인 엄마에게 남는 게 아니라 그 다음날 일수 아줌마의 가방으로 들어갔고 달의 마지막 날에는 어김없이 건물주인의 주머니로 들어갔다. 게다가 사행성 오락기에 대한 신고로 인해 상당한 금액의 벌금까지 냈다.

한참 우리 다방집 사행성 전자오락기에 돈을 쓰다가 어느 날인가부터 갑자기 발길을 뚝 끊은 배씨가 다시 우리 다방집에 오기 시작한 것은 필수 씨네 노름 멤버 중 미친개 홍씨라는 배씨의 친구 때문이다. 이 둘은 만나기만 하면 쌍시옷으로 시작해 쌍시옷으로 끝날 만큼 욕을 많이 썼기 때문에 나는 둘 다 별로였다. 더군다나 그의 마음을 잠시 읽은 바, 음산한 느낌의 배씨는 우리 다방집에 발길을 끊은 후 구청 위생과에 민원 전화를 넣어 사행성 전자오락기 단속반이 들이닥쳐 기계를 가져가게 만든 장본인이었기 때문에 나는 그가 더욱 싫었다.

필수 씨는 그나마 상냥한 구석이 있는 소위 양반이었지만 그의 친구들이 모두 양반은 아니었다. 미스 나 누나가 인근에 자취방을 구해 다방집 내실을 나간 것은 아시안게임이 폐막하기 전날인 10월의 첫 토요일이었다. 여전히 대한민국은 중공에 이어 종합 2위를 하고 있었고, 아시안게임 내내 개최국에 유리한 편파 판정이라는 시비가 끊이지 않았다. 처음부터 끝까지 이 나라의 스포츠는 정치의 한 영역이었다.

8

아시안게임이 조용히 폐막하고 나서도 거의 한 달이 지났다. 오늘은 11월 1일 토요일이다. 아무리 남부지방이라지만 D시의 날씨는 제법 초겨울에 진입했고 D시 특유의 바닷가 칼바람은 더욱 거세졌다. 대한민국의 아시안게임 최종 성적은 무수한 판정시비에도 불구하고 중공에 이어 금메달 하나 차이로 2위에 머물렀다. 대신 경제대국 일본을 체육으로 압도했다며 여러 신문들이 대서특필했다.

대한민국 12대 대통령은 여전히 혼수상태에서 깨어날 기미를 보이지 않았다. 서울대학교 병원의 대통령 담당의는 그제 기자회견에서 최선의 노력을 다하고 있고 간혹 눈꺼풀이 파르르 떨리는 등 회복의 전조증상이 보인다는 말을 덧붙였다. 쿠데타로 정권을 잡고 나서 미국의 허락을 받아 광주에서 무고한 양민을 무참히 학살했기에 천벌을 받았다는 소문은 우리 다방집뿐만 아니라 여기저기서 공공연히 떠돌았다. 더군다나 현직 대통령의 혼수상태가 오래 지속되며 독재 권력의 구심점이 사라져서 그랬는지 전국적으로 대통령 직선제와 민주화를 요구하는 학생들과 시민의 데모가 점점 더 격렬해졌다.

지난 10월 28일 건국대 시위에서는 무려 1500명이 넘는 학생들이 입건되었다. 현직 대통령이 식물인간 상태임에도 불구하고 독재 정권의 대국민 탄압은 오히려 교묘하게 계속되고 있었다. 독재자 하나 제거한다고 독재가 끝나지 않는다는 사실을 확인할 수 있었다. 대호선국에서 여우 왕뿐만 아니라 그를 둘러싼 여우들의 조직이 신선과 요괴들, 심지어 도깨비들까지 관리하고 지배한다는 말이 생각났다.

신문의 사설들은 일제히 폭력 시위와 북괴에 이로운 용공 행위는 용납할 수 없다는 글을 쏟아냈고, 무슨 일인지 TV 방송사마다 북한의 금강산댐 건설을 대대적으로 보도했다. 그 댐을 이용한 수공(水攻) 발생 시 우리의 국회의사당이 물에 잠길 수 있다는 뉴스 보도를 대대적으로 진행했다. 실제로 국회의사당이 물에 잠기는 합성 영상을 보여주기도 했다. 그래도 내가 태어난 곳인데 저런 일이 있어서 될 일인가 싶었지만, 다방집 앞 카바레의 성업 덕분에 다방집의 토요일 저녁은 요즘 들어 더욱 바빠졌다. 그런데 오늘따라 웬일인지 다방집 주인인 엄마가 보이지 않았다.

미스 나 누나는 두 달째 우리 다방집에서 일하고 있다. 그녀가 온 후 다방집 매상이 조금씩 늘었다. 덕분에 사행성 오락기로 구청에 벌금까지 냈어도 학교에 낼 4분기 등록금은 크게 고민하지 않아도 될 것 같아 기뻤다. 엄마는 미스 나 누나를 철썩 같이 믿는지 요즘 부쩍 외출이 잦아졌다. 나는 미스 나 누나의 부탁으로 11월의 첫 토요일 저녁에만 여러 번 손님들의 담배 심부름을 했다. 요즘은 88 담배 심부름이 제일 많았다. 88올림픽을 맞아 만든 이 담배가 가장 맛이 좋았으니 당연한 일이었다. 생각해 보니 88 전에는 빨간 솔이 가장 좋았었는데, 전매청이 아마도 가장 좋은 담배를 두고 이름만 계속 바꾸는 게 아닌지 의심이 되었다.

한 달도 더 전에 공사를 해서 만든 카운터 옆 다방집 새 방에는 그럴싸한 노름판이 주말마다 벌어졌다. 역시나 상냥하고 오동통한 체격의 동네 청년이자 미스 나 누나의 어엿한 애인 행세를 하는 필수 씨가 다방집 하우스에 사람을 불러 모았다.

필수 씨의 친구들 중에는 사람만 좋은 정씨, 돈에는 칼 같은 조씨, 생뚱양아치라 불리는 미친개 홍씨가 있었고, 거기에 홍씨의 친구이자 내가 늘 아슬아슬하게 바라보는 음흉한 배씨가 멤버가 되어 훌라나 세븐오디를 쳤다.

다방집 제일 구석에 앉아 있는 제비족 미스터 민은 백구두의 광을 지나치게 낸 나머지 지하 다방집 구석을 정말이지 환하게 빛나게 하는 데 일조했다. 그런데 빗으로 머리를 빗으며 항상 다리를 같이 달달 떨어서 아무 생각 없이 보고 있다가도 가끔 우욱 하고 구역질이 나기도 했다. 오늘은 우리나라 제2의 도시에서 택시를 대절해 부리나케 달려오신 자유부인 두 명을 상대로 '지르박 댄스란 무엇 인지' 열심히 강의하고 있다.

'나 오늘~ 오늘 밤은 어둠이 무서워요. 무심한 밤새 소리 구슬피 들려…'

담배 심부름을 다녀와 보니 주말 저녁 황금시간대의 TV에서는 화려한 동작을 선보이며 "오늘 밤"을 부르는 신인 댄스 가수 김완 선의 무대가 펼쳐지고 있었다. TV 화면 가득 그녀의 얼굴이 클로 즈업되어 보였다. 뭐랄까? 고양이 같은 그녀의 묘한 표정이 원초적 본능을 자극했다. 저 사람도 벨루아공국에서 온 요원인가? 잠깐 생 각했다.

88 담배를 사오라는 손님의 심부름을 마치고 김완선의 춤에 눈 이 팔린 채 내실로 향하는데 누군가 내 엉덩이를 툭 쳤다. 깜짝 놀 란 내가 손님 쪽을 보자 트랜스젠더 스트립댄서인 엘라가 나를 향 해 특유의 시원한 미소를 지으며 왼쪽 눈으로 윙크를 했다. 한동안 보이지 않았는데 오늘 다시 모습을 나타낸 것이다. 한편으로는 반 갑기까지 했다. 예의 D시 근방, 아니 우리나라 제2의 도시나 거기 서 가까운 대마도까지, 아니 한강 이남 어디를 가도 볼 수 없는 화 려한 무대 화장을 한 그녀에게서는 늘 이름을 알 수 없는 향수 냄새 가 짙게 풍겼다.

"어머! 우리 다방집 도련님, 안 보는 새 훌쩍 다 컸네. 나한테 장 가와도 되겠어. 호호호!"

웃고 있는 그녀와 눈이 마주치는 순간 강렬한 그녀의 욕구가 그녀의 루즈색만큼 아주 새빨갛게 느껴졌다. 어느새 나는 그녀가 사는 집 현관에 가 있었다. 그녀가 내 손을 잡고 자신의 방으로 이끌었다. 그녀의 방으로 가면서 본 작은 거실에는 붉은빛의 은은한 조명이 흘렀고 아기자기한 인형과 여성스러운 장식물로 가득 차 있었다. 그녀의 방엔 문이 없었다. 대신 아주 작은 구슬을 이어 만든 커튼이 이 집 특유의 조명에 반짝이며 방문을 대신하고 있었다.

구슬 커튼을 열고 들어가니 역시나 작고 아기자기한 소품이 가득한 방이 보였다. 방에는 여전히 김완선의 노래가 흐르는 가운데, 작은 방에 어울리지 않게 상당히 크고 럭셔리한 침대가 있었다. 엘라라고 불리는 그녀가 내 손을 침대로 잡아당겼다. 웬일인지 그 손을 거부할 수 없었다. 침대에 눕자 그녀가 격렬히 키스해 왔다. 그녀의 혀가 내 입으로 들어와 부드럽게 움직였다. 시나브로 그녀가 나의 옷을 벗기고 내 몸을 핥기 시작한다. 헨리 밀러의 《북회귀선》에서나 가능한 일이 실제처럼 일어나고 있었다. 이 모든 것은 결국 찰나에 벌어진 마음의 일이다. 어서 빨리 현실로 돌아와야 했다. 아, 이제 그만!

"아이, 참! 왜 그러세요."

얼굴이 새빨개져 이런 말을 내뱉은 게 조금 미안해져서 나는 엘라에게 그나마 살짝이라도 눈인사를 하려고 했다. 그런데 같은 일을 하는 후배들과 박장대소하며 그녀가 또 고개를 숙이자 화려한 무스탕 안에 입은 매우 헐렁한 라운드 티 속으로 지난번처럼 그녀의 젖가슴이 적나라하게 보였다. 아, 놔, 왜 또… 저런 게 보이나 싶어 도망치듯 내실 옆 쪽방으로 들어왔다.

17세 소년에게 이 지하 다방집은 곳곳이 지뢰밭이다. 김완선에 이어 엘라까지 연타로 내 눈과 마음을 자극했는지 마음은 전혀 동하지 않았는데 아직도 그곳이 흥분을 감추지 못하고 있었다. 이 친구가 자꾸 왜 이러는지 어디 묻고 싶었지만 물을 곳이 없었다. 아버지가 없으면 이런 게 불편하다.

또 이를 어쩌나 싶어 고개를 푹 숙이고 다른 생각을 해 보려고 했다. 그때 내 오른 손목에 찬 전자시계에서 진동이 느껴졌다. 하필 이렇게 심란할 때 울리나 싶었지만 부리나케 시계의 버튼을 눌렀다. 캐산 집사였다. 지난 한 달 동안 벨루아공국의 왕실에서 일하는 캐산 집사는 샤디아 공주의 말에 따라 간혹 내게 연락을 해왔다.

캐산 집사는 시계 위로 뜬 홀로그램 입체 영상으로 내게 벨루아공국의 어제와 오늘, 고유 문화와 주변 정세, 정치적 어려움과 주변 국가로 인한 전쟁의 과정, 정확히는 대호선국 등 주변 국가들과의 전쟁의 역사, 그리고 앞으로 벨루아공국이 이 난국을 헤쳐 나가야 할 방향 등에 대해 강의했다. 뭐 이런 유식한 집사가 다 있나 싶었다. 벨루아공국 최고 대학인 벨포르 국립 대학교 역사학과 교수라도 되냐고 묻고 싶었다. 하지만 이 똑똑한 집사도 벨루아공국에 있는 내 아버지의 가족과 만날 수 있는지에 대해서는 차일피일 대답을 미뤘다. 다시 그 공국에 들어야 할 때인가 생각했다. 그런데 어떻게 그곳엘 갈 수 있지? 궁금했다.

잘나가는 D카바레 앞 수도다방의 지극히 바쁜 토요일 밤이 되었지만, 요즘 바람이라도 난 듯 외출한 엄마는 11시 30분이 지나도 다방집에 돌아오지 않았다. 슬슬 걱정이 되었다. 미스 나 누나도 퇴근을 해야 하는 시간이 되었다. 미수 나 누나는 다방집 새 방에서 노름을 하던 동네 청년 필수 씨 일행과 같이 나갔다. 그래도 한 판마다 얼마씩 돈을 모으는지 상냥한 필수 씨가 노름판 개평을 챙겨 주었다.

미스 나 누나를 찾는 존 스튜어트 소위는 오늘따라 다방집에 들르지 않았다. 그렇게나 사람이 좋은 필수 씨지만 가끔 이 존 소위에게만큼은 유난히 으르렁거릴 때가 있었다. 늦은 밤, 다방집의 중심을 잡아주는 어항의 물고기들도 별 탈 없다는 듯 유유히 유영하고 있었다.

손님들이 모두 나간 뒤 그렇게 한참을 어항을 바라보고 있었는데도 엄마는 들어오지 않았다. 점점 걱정이 되어 셔터 문을 닫고 동네에 엄마를 찾으러 나가야 하나 그런 생각을 하던 차였다. 다방집 계단에서 뭔가 끙끙대는 소리가 들렸다. 뭐지? 하며 다방문을 열었다. 그러자 누군가를 들쳐 업은 미술 선생님이 보였다.

"서, 선생님."

"어, 나야, 나! 바… 방… 방이 어디냐?"

검은색 코트를 입은 미술 선생님의 등에 업혀 오는 사람은 다름 아닌 우리 엄마였다. 술 냄새가 진동했다. 아! 여름방학 이후 좀 조용하다 싶었는데 다시 엄마의 과음이 시작된 것이다.

"아들! 울 아들! 엄마, 오호호호~ 오늘 술 좀 마셨다."

미술 선생님의 등에 업혀서도 엄마가 혀 꼬부라진 소리를 했다. 구라파 어디로 유학까지 다녀온 나름의 시크한 평소 모습은 어디로 갔는지 미술 선생님은 당장이라도 죽을 것 같은 표정을 짓고 있었다.

다방집 내실로 들어온 미술 선생님이 엄마를 내실 이불 위에 내려놓으면서 마지막 안간힘을 썼는지 방귀를 뀌었다. 못 들은 척했다. 나도 그만한 예의는 있다. 이 근방에서 볼 수 없는 고급스러운 트렌치코트를 입고 서울 말씨를 쓰는 이 멋진 남자가 연방 방귀를 뀌며 엄마를 이불 위에 내려놓자 엄마가 벌러덩 자리에 드러누웠다. 11월로 접어들어 초겨울인데 미술 선생님의 얼굴은 땀으로 뒤범벅되어 있었다. 나는 재빨리 엄마에게 이불을 덮어주었다.

뭔가 힘에 겨운지 내실에서 기어 나오다시피 한 미술 선생님은 어항 옆 검은색 레자 의자에 기대앉아 숨을 헐떡였다. 내 마음은 미술 선생님에게 적나라한 내 생활을 들킨 것 같아 부끄러워 미칠 것 같은 마음 반, 이렇게라도 엄마가 집에 돌아와 안도하는 마음 반으로 갈등하고 있었다. 아무리 그래도 기왕 이렇게 된 이상 손님 대접을 해야 했다.

"선생님, 시원한 콜라라도 한 잔 드릴까요?"

"헉헉! 그, 그래."

나는 부리나케 콜라병을 따서 얼음을 넣은 컵에 따라 가져다드렸다. 미술 선생님은 벌컥벌컥 콜라를 마신 후 오늘따라 댄디한 그답지 않게 트림을 꺼억 하고는 회색 트렌치코트에서 말보로 레드를 꺼내 물었다. 한참 애국심을 고양하는 국가에서 양담배를 피우는 우리나라 사람이 드물었는데, 역시 별종이라는 생각이 들었다. 미술 선생님이 하도 맛있게 담배를 피워서 그 모습을 물끄러미 바라보고 있는데 선생님이 내게 담배 한 개비를 쑥 내밀었다.

"한 대 펴. 괜찮아!"

잠시 머뭇거렸지만, 기왕에 다방집 내실도 보였는데 뭐 어때 하는 심정이 들었다. 내가 4인용 식탁이 떡하니 자리 잡고 있는 정상적인 가정집에 사는 것도 아니고, 어차피 이 선생님 앞에서 나를 과장하거나 잘 보일 이유는 없었다.

"아, 네, 선생님. 그, 그럼 한 대만 피우겠습니다."

말보로 레드 한 개비를 받아 입에 물었다. 다방집 테이블 위에 있는 UN 팔각 성냥으로 불을 붙였다. 한동안 순한 장미만 피웠더니 한 모금 빨아들이자마자 핑 하고 어질어질한 느낌이 들었다. 정신이 혼미해진 상태가 계속되고 있는데 미술 선생님이 불쑥 말을 꺼냈다.

"나, 니 엄마한테 관심이 많아."

"네? 무슨 말씀이신지… 선생님."

"그러니까, 다시 말하자면, 나, 네 엄마를 좋아한다고!"

"네? 서, 선생님이 엄마를 언제 보셨다고… 오늘 처음 보신 거 아니예요?"

"아냐, 아냐. 여기 구한 집이 이 근처라 여기 내려오고 나서 몇 번 다방에 들렀었지."

"그럼 제가 왜 한 번도 선생님을 이 가게에서 못 뵀죠?"

"저번에 네가 나보고 장사 끝났다고 했었잖아. 그때 봤잖아."

"아 참, 그랬죠."

"그 후로 네 엄마랑은 가끔씩 시간 날 때 밖에서 만났었다. 이렇다 할 관계는 아니고 아직 편한 친구처럼 지내고 있어."

요즘 부쩍 엄마가 외출을 하고 늦게 들어오는 경우가 있었지만 이렇게 우리 학교 미술 선생님을 만날 거라고는 꿈에도 생각하지 못했다. 평소 당황을 잘 하지 않는데, 오늘은 담배 맛을 잃을 정도로 약간 멍해졌다. 그냥 담배를 한 모금 깊게 빨았다 내뱉고는 용기를 내 미술 선생님에게 물었다.

"그럼 두 분이 결혼까지 생각하시는 건가요?"

"아니, 아니. 그건 아냐! 아직 그런 건 아니고. 말했잖니, 아직 친구처럼 지낸다고. 나도 그렇고 네 엄마도 그렇고 여기에서는 외로운 사람들이다 보니 서로에게 위로가 필요했던 것 같아. 너도 이해할 나이가 된 것 같고…. 처음 봤을 때부터 넌 네 나이 아이들과는 다른 굉장히 성숙한 느낌이었어. 속은 알 수 없지만 뭔가 어른스럽다고 할까? 지금 이런 이야기를 꺼내도 괜찮을 것 같다는 생각이 들었다."

"네, 네."

"사실 간단히 저녁 먹으면서 술 한 잔 마셨는데 저렇게까지 취할 거라고는 생각을 못했구나. 미안하다."

"아니예요. 마침 엄마를 찾으러 나가려던 참이었거든요."

"평소에도 술을 많이 드시니? 오늘 좀 놀랐구나."

"아, 아뇨. 지난 여름방학 때 한 번 그랬다가 요즘 잠잠했는데… 작년부터 주변에 다방들이 많이 생기면서 장사가 안 되어 힘이 드셨는지 엄마가 술을 많이 드시기 시작했어요. 이기지 못할 술을 마시다 보니 간혹 사고가 나네요. 다시 한 번 감사드립니다, 선생님."

"아니다. 네 엄마랑 이야기를 나눠보면 네 걱정을 많이 하시더구나. 너 만나면 학교에서 잘 좀 봐달라고도 하고. 너도 잘하고 있겠지만, 엄마랑 좀 더 많은 대화를 하면 좋겠더구나."

별로 잘 알지도 못하는 사람에게 엄마와 대화를 많이 나누라는 말을 들으니 갑자기 울컥 화가 났다. 나는 좀 새된 목소리로 화를 참으며 말했다.

"그, 그건… 음… 선생님, 그건 제가 알아서 할게요."

"아, 알았다. 그건 네 문제지. 맞아."

"아, 이해해 주셔서 고맙습니다. 선생님, 그나저나 밤이 늦긴 했지만 뭐 커피라도 한 잔 드릴까요?"

"아냐. 나도 이제 집에 돌아가야지. 아, 콜라 잘 마셨다. 어휴! 보기보다 무게가 있으시네."

"엄마가 요즘 술살이 오르셔서…"

"그, 그렇구나. 그리고 참, 혹시 너 미술 쪽에 관심 있니?"

"아니요. 아! 하긴 학교 미술부이긴 한데요. 그쪽은 그렇게 깊게 생각해 본 적이 없어서요. 그래도 그림 그릴 때는 그냥 아무 생각이 안 들어서 좋기는 해요."

"그래? 내가 보기엔 너 그림에 재능이 있어. 그쪽으로 생각을 좀 해 봐. 필요하면 내가 도와줄게."

"네, 저는 그런 생각해 본 적이 없어서요. 고민해 보겠습니다."

"그래, 대학까지는 시간이 있으니 진로도 생각 좀 해 봐!"

우리 다방집에서 거의 처음으로 서울 말씨로 남자 두 명이 이야기를 한 순간이었다. 기운을 너무 썼는지 거의 초주검이 된 얼굴로 일어난 미술 선생님은 다방집 문을 열고 나가 계단을 오르려다가 다리에 힘이 풀렸는지 한쪽 무릎이 푹 꺾였다.

"헉!"

"괘, 괜찮으세요, 선생님?"

"그, 그럼, 나 괜찮아. 괜찮다고. 아하하하!"

"조심히 가세요."

오늘은 학교에서 잘난 척이나 멋진 척은 혼자 다하고 다니던 무슨 변태 같던 미술 선생님의 인간적인 모습을 많이 보았다. 그래도 엄마가 저 선생님보다는 몇 살 연상일 텐데 아직 엄마의 미모가 살아 있긴 살아 있다고 생각했다. 그나저나 선생님이 나가고 다방집 문단속을 마치자 긴장이 풀리면서 뭔가 멍한 순간이 찾아왔다. 이럴 때는 닥치고 AFKN을 튼다. 마침 팝 뮤지션 프린스의 뮤직 비디오가 뜬다. "퍼플 레인." 역시 프린스다. 멋지다.

일요일 아침, 과음에 숙취까지 온 울 엄마가 도무지 일어나질 못했다. 죽은 듯 내실에 누워 있었다. 걱정이 되어 잠시 인기척을 내보니 엎드려 있던 엄마가 눈을 살짝 떴다.

"아들! 엄마 물 한 잔만 갖다주라."

"어, 알았어."

나는 군말 없이 물 한 잔을 엄마에게 가져다주었다. 잠시 자리에서 일어난 엄마가 물 한 모금 마시고 나서 다시 누웠다. 미스 나 누나가 2주에 한 번 일요일마다 쉬기로 해서 일단 내가 엄마를 대신해 큰 주전자 가득 물을 끓이고 5년 전통의 마스터 원두가루와 브랜드 원두가루 반반 비율에 소금 약간 첨가한 수도다방식 오리지널 커피를 둥글고 큰 유리 커피포트 가득 내렸다.

그리고 매주 일요일 다방집의 아침을 깨우는 우리 동네 할아버지들에게 차례로 계란 노른자를 띄운 쌍화차를 내드렸다. 이 귀여운 동네 할아버지들은 왜 미스 나가 안 보이냐는 투정을 부렸고, 나는 오늘이 쉬는 날이라 다음 주에는 꼭 있을 거라고 말씀드렸다. 그러고 보니 이 할아버지들 이후에 쌍화차를 즐기러 오던 교수 할아버지가 한동안 보이지 않는다. 슬쩍 걱정이 되었다.

잠시 집중을 해서 이 신도심에 있을 교수 할아버지의 마음을 찾아 나섰다. 나는 마음을 집중하는 것으로도 다른 사람의 마음을 찾을 수 있었다. 그런데 교수 할아버지의 마음이 이 세상 어디에서도 찾아지지 않았다. 문득 교수 할아버지가 이제는 이 세상 사람이 아니라는 생각이 들었다. 나도 모르게 마음이 저릿하면서도 묵직하게 아파왔다. 가족을 잃는 게 이런 느낌인가 하는 생각도 잠깐 들었다. 그나마 다방집에서 만난 사람들 중 내가 마음으로나마 편하게 대했던 분인데, 이제 그 교수 할아버지에게 쌍화차를 대접하지 못하게 되었다고 생각하니 안타까웠다.

이별이란 또는 죽음이란 이런 것이었구나! 엄마랑 살아오면서 현직 대통령부터 여러 사람들을 제거하면서도 아무렇지 않았는데, 지금 이 복잡한 감정이 정확히 무엇인지 잘 알 수 없었다. 오늘에서야 슬프다는 것은 눈물이 나고 마음이 아프다는 것을 처음 제대로 느꼈다. 두 손을 모으고 마음으로 그분의 명복을 비는 것으로 일요일 오전 다방집 도련님의 일을 마무리했다. 엄마는 점심 무렵이 다 되어서야 깨어났다. 비틀거리며 다방 주방으로 나와 냉장고에 넣어둔 찬 보리차 물을 물병째 입에 대고 벌컥벌컥 마셨다. 그러더니,

"아, 머리야!"

"많이 아파?"

"내가 나이가 들긴 들었어. 이제 술이 안 깨. 술 끊어야지. 아이고~ 머리야."

"괜찮아?"

"뭐, 그냥 그래. 아이고~ 두통이 좀 있네."

"약 좀 사다줄까, 엄마?"

"아니."

"음… 엄마. 그나저나 우리 학교 미술 선생님은 어떻게 알아?"

머리를 만지던 엄마가 나를 멀끔히 바라보더니 아주 잠깐 동공이 흔들렸다. 이 눈빛은 어린 시절 아빠는 어디 있냐고 내가 물었을 때 봤던 것과 흡사하다. 엄마는 그저 아빠가 돈을 벌기 위해 미국에 갔다고만 했다. 언제 또 올진 모른다고 했기 때문에 나는 그 뒤로

아버지에 대해 더 이상 묻지 않았다.

"어! 너는 엄마가 그 선생님 아는 걸 어떻게 알아?"

"기억 안 나, 엄마? 어제 이동철 선생님이 엄마를 둘러업고 여기까지 왔잖아!"

"어머, 어머머! 내가 미쳤구나, 진짜. 내가 그 사람한테 업혀 왔다고? 내가?"

"엉! 엄마, 정말이야. 기억 안 나?"

"아~ 아이 이제 정말 술 끊어야지, 내가. 이거 너무너무 창피한 일 아니니."

"그래서, 엄마. 진짜 부탁인데, 술 좀 줄이면 좋겠어."

"아, 알았어, 아들. 끊을게 술! 됐지?"

"아니, 술 끊으면 엄마는 무슨 낙으로 살아. 그냥 좀 줄여."

"어이구~ 엄마가 알아들었으니까 너무 걱정은 마. 울 아들은 다 좋은데 걱정이 너어무 많아."

"내가 무슨 걱정이… 아 참, 엄마, 그나저나 속은 좀 괜찮아? 김치콩나물죽 좀 끓여줄까?"

"어이구, 기특하네 울 아들. 아니 그것보다 엄만 조금만 더 잘게. 오늘은 가게 좀 봐주라."

엄마는 소위 꿀꿀이죽이라고 불리는, 김치와 콩나물과 밥을 넣어 푹 끓인 죽을 좋아했다. 서울에는 없는 음식인데 돼지국밥과 이 김치콩나물죽은 먹을 만하다고 했다. 그래서 가끔 대취하고 난 다음날 아침 엄마가 해장거리를 찾을 때면 내가 그 음식을 만들어주곤 했다.

다시 다방집 내실로 들어간 엄마를 대신해 다방집 도련님으로서 단정하게 옷을 갖춰 입었다. 그렇게 예의를 차려 우리 다방집을 찾아온 손님들을 맞아야 했지만, 자꾸 이상한 일들이 일어날 뿐만 아니라 아버지에 대해서도 벨루아공국에서 주워들은 바가 있어 심란한 마음이 계속되었다. 내 출생에 대한 비밀은 도대체 어디에서 정확하게 들을 수 있을까? 이 모든 키를 쥐고 있는 엄마에게 나에 대한 진실을 물어야 할 때가 되었다는 생각이 좀처럼 머리를 떠나지 않았다.

한동안 골똘히 생각에 빠져 있는데 오늘따라 엄마의 상황을 아는지 쌍화차 할아버지들이 가고 나서는 손님이 거의 들지 않았다. 객쩍은 삼성 컬러 TV에서는 KBS〈전국노래자랑〉이 방송되고 있었다. 어느 시골 마을에 무대가 섰나 보다. 한복을 입은 데다 이름 모를 탈까지 쓰고 나온 이가 있었다. 노래를 부르기 전에 얼쑤 하고 추임새를 넣으며 한바탕 탈춤을 추다 끝에는 부르르 몸을 떨기도 했다. 저 모습을 어디선가 본 듯했다. 그런데 출연자가 쓴 탈이 무슨 탈인시 이름은 몰라도 예선에 대호선국에서 본 그 도깨비를 닮았다. 그래서 더 자세히 보고 있는데 가면을 벗으니 50대 초반의 남자였다. 머리가 좀 희끗희끗했지만 키도 크고 건장한 그는 "그때 그 사람"이라는 가수 심수봉의 노래를 간드러진 목소리에 콧소리까지 잔뜩 넣어 불렀다. 노래를 못하는 내가 들어도 참 택도 없는 실력이었다.

땡!

어라~ 그 소리와 함께 나는 어느새 무슨 실내 체육관 같은 곳에서 있었다. 주변에 시녀 옷을 입고 있는 고양이 시녀들이 보여서 이곳이 벨루아공국이라는 사실을 알 수 있었다. 체육관은 특이하게도 전체적으로 돔 형태였고 누군가 맹렬한 속도로 실내 전체에 설치된 둥글고 큰 링을 통과하고 있었다. 전광석화 같은 모습에 넋을 놓고 바라보았다. 순식간에 벨루아공국의 샤디아 공주가 내 앞에서 있었다.

"또 최고 기록을 갱신했습니다, 공주님."

기록을 재던 시녀 하나가 이렇게 외쳤다. 나는 깜짝 놀라 샤디아 공주를 향해 외쳤다.

"뭐야! 아니, 뭡니까? 공주님."

"어마마마께서 너를 찾으셔!"

그렇게 뛰어놓고도 숨 한 번 고르지 않고 차갑게 말을 이었다.

"누구? 네 어머니? 그니까, 이 나라 여왕님?"

"응, 맞아. 우리 공국의 여왕이자 통치자시지. 일단 나를 따라와."

뭔가 불만이 섞인 말투였다. 벨루아공국의 공주는 또다시 실내 체육관 출입구를 향해 성큼성큼 걸어 나갔다. 온몸에 꽉 붙는 타이즈를 입고 있어서 한결 더 몸매가 돋보였다. 아~ 멍하니 그녀를 바라보고 있는데 갑자기 그녀가 나를 돌아보았다.

"야, 뭐해. 빨리 따라오라고."

여전히 고양이 시녀들이 나를 이상한 눈으로 쳐다보았다. 키도 크긴 하지만 고양이처럼 발이 빠른 샤디아 공주를 따라 허둥지둥 실내 체육관을 나와 거대한 정원을 가로질러 벨루아 왕궁 안으로 들어갔다. 이제 이 왕궁이 익숙하기까지 했다. 벨루아 왕궁의 정문으로 들어가 중앙의 거대한 홀을 대각선으로 가로질러 계단을 올라가서 복도를 따라 왕궁 뒤편에 있는 여왕의 집무실에 도착했다. 큰 문을 지키는 근위대를 통과하면 여왕의 집무실이 나왔다. 샤디아 공주의 집무실에 비해 두 배는 큰 아주 호화로운 방에는 역대 통치자로 보이는 왕관을 쓴 여왕들의 초상화가 걸려 있었다. 아무래도 여기는 여왕 세습인 것 같다. 역시 창밖으로 화려한 정원과 바다가 보였다.

집무실에 생각보다 모던한 가구들이 있는 걸 보고 새삼 놀랐다. 책상 위에는 TV와 비슷한 형태의 모니터가 놓여 있었고, 그것을 여왕은 면밀히 들여다보고 있었다. 여왕 역시 왕관 따위는 쓰고 있지 않았다. 동서양 혼혈에 가까운 건강한 피부 톤에 샤디아 공주를 꼭 빼닮은 40대 초반의 위엄 있어 보이는 여성이 단단하고 안정감 있는 책상 앞에 앉아 있었다. 코가 유난히 길었고 오뚝했으며 운동선수 출신마냥 체격이 좋았다. 우리 엄마처럼 술살 따위는 찾아볼 수 없는 40대였다. 머리는 검은색이었지만 역시나 우리나라 사람인지 외국 사람인지 잘 모를 묘한 아름다움과 기품을 풍겼다.

"나의 어머니이자 벨루아공국의 최고 지존이신 샤론 여왕이셔."

나는 어리둥절한 모습으로 어색하게 고개를 숙였다.

"어마마마, 찾으셨던 그 페일 가문 소년이에요."

나는 그 샤론 여왕이라 불리는 여성과 감히 눈을 마주치지 못했다. 어쨌든, 예의를 갖췄다. 허리를 깊이 숙이며 인사했다.

"아, 안녕하세요, 여왕 폐하."

"오~ 네가 바로 페일 공작 3세의 아들이로구나. 네 아버지 모습을 쏙 빼닮았구나."

여왕의 눈은 무언가 감회에 젖는 듯 보였다.

"네? 제 아버지를 아시나요?"

고개를 들어 도발적으로 물었다. 엄마에게 물어보지 못하는 것을 일국의 여왕에게 묻다니 이런 아이러니가 있을까 싶었다. 내 질문을 듣고 여왕은 매우 측은한 눈빛으로 나를 바라보았다. 그리고 천천히 입을 열었다.

"…알다마다. 네 아버지와 나는 어린 시절부터 매우 친하게 지냈단다. 아, 친했을 뿐 아니라 여러 가지 모험과 전쟁도 같이 했지. 네 아버지가 나를 구해 준 적이 한두 번이 아니었단다."

그러면서 한동안 벨루아공국의 여왕은 나를 지긋이 바라보았다.

"너는 내 아들과도 같은 존재다."

"네?"

"내가 너를 왜 찾았는지 이유를 알면 놀랄 것이다."

"무, 무슨 이유이신지요?"

나는 샤디아 공주를 살짝 쳐다보았다. 샤디아 공주는 나를 보며 어깨를 꿈쩍하더니 정말 불만스러운 표정을 지었다.

"너는 나를 이어 이 나라를 통치할 내 딸 샤디아 공주와 결혼할 사이다. 그것은 너의 아버지 페일 공작 3세와 내가 대신수(大神樹)에 가서 맹세한 약속이다. 결혼식은 앞으로 약 한 달 후인 12월 첫 일요일 이 시간에 시작될 것이다."

나는 어안이 벙벙해서 말을 못 잇다가 겨우 입을 열었다.

"네? 정말인가요, 여왕님? 정말 제가 샤디아 공주랑 결혼을 해야 하나요? 제, 제가 꼭 해야 하는 건가요? 여왕님! 여왕님? 네?"

9

땡!

벨루아공국의 여왕으로부터 샤디아 공주와 결혼을 해야 한다는 충격적인 이야기를 듣고 나서 나는 어처구니가 없었다. 그래서 여왕에게 이 결혼을 꼭 해야 하는지 물어보는 순간 어디선가 〈전국노래자랑〉의 땡 소리가 들렸다. 소리가 나는 쪽으로 고개를 돌리자 나는 화려한 여왕의 집무실에서 수도다방이라 불리는 지하 다방집에 홀로 돌아와 있었다.

여전히 손님은 아무도 없었다. 〈전국노래자랑〉의 마지막 출연자이자 머리에 곱게 족두리까지 하고 한복을 제대로 차려입은 할머니는 땡 소리를 듣고도 뭐가 그리 좋은지 흥겹게 박수를 치며 웃고 있었다.

그리고 또 한 달이 훌쩍 지나가버렸다. 어느덧 12월의 첫째 토요일이 되었다. 이 말은 곧 내일 내가 벨루아공국에 가서 결혼식을 해야 한다는 것을 의미한다.

그 사이 MBC 청룡은 당연하다는 듯 포스트시즌 진출이 좌절됐고, 방어율 0.99의 괴물 투수 선동렬을 앞세운 해태 타이거즈가 우승을 차지했다.

정국은 현 대통령의 부득이한 사고로 인한 조기 대선 이슈와 더불어 내각제 개헌안을 집권 여당인 민정당이 선제적으로 들고나와 여간 시끄러운 게 아니었다.

10월 초 아시안게임이 국가원수의 부재 속에서 조용히 끝난 가운데, 10월 중순에 야당인 신한민주당 유성환 의원이 국회 본회의 질의에서 88올림픽에 참여할 공산권 국가 이야기를 꺼내며 대한민국은 "반공이 국시가 아니라 통일이 국시"가 되어야 한다는 말을 했다가 바로 구속되었다. 정국은 그야말로 혼란의 도가니였다. 유 의원을 성토하는 반공단체의 시위와 지지하는 전국 대학생들의 집회가 이어졌다.

더군다나 10·28 건국대 사태로 연행된 대학생들 중 1300여 명에 가까운 학생들이 북괴의 금강산댐 수공 위협 속에서 좌경 용공 행위를 했다는 이유로 구속됐다. 이어서 지난 쿠데타의 또 다른 주역인 민정당 노태우 대표는 연일 내각제 개헌안의 조속한 처리를 야당에 촉구했다. 여당은 내년 1월 발의, 2월 처리를 목표로 하고 있었다. 야당인 신민당은 내각제 개헌 반대와 직선제 쟁취를 위한 대규모 집회를 열기로 했다. 이에 당정은 야당의 집회를 민중봉기를 유도하는 불법 집회로 규정하고 강력히 대처하기로 했다.

하도 시끄러운 세상이 되어가서 매일 저녁마다 조·석간 5종 신문 읽기도 싫어졌다. 결론적으로, 호랑이 하나 없앤다고 당장 숲이 바뀌지 않았다. 오히려 호랑이 없는 숲에 교활한 여우가 대장질하는 꼴을 보게 되었다.

엄마와 사귀는 변태 같은 미술 선생은 이 험악한 정국 속에서도 여전히 매주 토요일 3교시에 실기수업 위주로 미술 수업을 진행했다. 교과서 시험 범위만 알려주고 공부는 알아서 하라고 했다. 12월 첫 토요일 오전 3교시 미술 실기수업의 주제는 '사랑하는 사람'이었다. 수채화로 그리라고 했다. 시커먼 고등학교 1학년 남자아이들에게 사랑하는 사람을 그리라니. 아이들의 망연자실한 표정이란! 나는 그때 엄마를 그려야 하나 샤디아 공주를 그려야 하나 약간 망설였다. 결국 엄마를 그렸다. 선생은 무척 상냥하고 반가운 얼굴로 내 그림을 가져갔다. 뭔가 속은 느낌이 드는 것은 단순히 내 착각일 것이라고 생각한다.

지난 한 달 동안 하루하루가 지날수록 점점 더 긴장이 되고 피가 말라왔다. IQ 테스트 전교 1등인데 수학 성적을 비롯해 매달 시험을 칠 때마다 성적이 더 떨어졌다. 결국 11월 말 시험에서 국어와 영어 성적은 그나마 평균 근처를 유지했는데 수학만큼은 전교에서 끝에서 몇 등을 하고 있었다. 수학 성적은 결국 40점을 넘지 못했다. 수학이라는 과목은 정말 나하고는 맞지 않았다.

그런데 내가 지난 IQ 테스트 전교 1등인데다가 아이큐 지수가 무려 159나 된다는 소문이 아이들 사이에 돌기 시작했다. 평소 나를 좋아하지 않던 아이들은 내 엄청난 수학 점수를 놓고 놀리거나 시비를 걸어왔다. 학교에서 서울말을 쓰면 나를 묻어버리겠다고 하던 우리 학교 1학년 짱이자 같은 반 종철이가 서너 명 되는 제 패거리를 데리고 하굣길에 교문을 나서던 나를 막아섰다.

"어이, 이 봐라 좃성재! 거기 좀 서 봐라."

"왜?"

"왜는 무슨 왜, 새꺄! 일단 나 쫌 보자 안 카나."

무척 친한 듯이 종철이가 내 어깨를 감싸 안고 어디론가 끌고갔다. 덩치 크고 힘이 좋은 녀석에게 어깨를 꾹 하고 잡히니 아무리 겨울용 파카를 입었다고는 하나 근육 하나 없이 슬림한 데다가 요즘 들어 키까지 더 커서 무척 길쭉한 몸을 가진 나는 어찌 반항할 방법이 없었다. 성적이 좋은 아이들이라고 해서 성격까지 좋은 건 아니었다. 인정하고 싶지 않은 사실은 나를 끌고가는 이 네 명 모두 나보다는 수학 성적이 월등히 높다는 것이었다, 젠장.

멀리서 보면 마치 친한 친구들끼리 어디 놀러가는 정겨운 풍경이었지만, 나는 이제 어째야 하나 싶었다. 학교 정문 옆으로 난 주택가 작은 골목길을 따라 50미터쯤 가다 보면 학교로 향하는 작은 철문이 나왔다. 그 옆에 어쩐 일인지 학교 공용 창고가 밖에 나와 있었다. 그곳엔 못쓰게 된 책걸상 따위가 쌓여 있었다. 그 창고 앞은 평소에도 좀 어두컴컴해서 아이들끼리 곧잘 싸움을 하는 곳이기도 했다. 종철이 패거리는 나를 거기로 데려갔다.

가방을 뺏어 저만치 던지고는 공부도 못하는 새끼가 왜 아이큐가 159나 돼서 다른 학생들을 자괴감에 빠지게 하는 데다가 아직도 서울말을 쓴다며 무턱대고 주먹질을 시작했다. 배를 정통으로 맞아 보니 중학교 때 맞은 것과는 비교도 안 될 강도였다. 고등학생이 된 사내아이들의 주먹은 이제 제법 매워졌다. 어떻게든 엄마에게 들키지 않으려고 아니 혹시 모를 내일의 결혼식을 위해서라도 얼굴만은 맞지 않으려고 노력했다. 그런데 내가 거북이처럼 몸을 구부린 채 혼신을 다해 가드를 올려 얼굴을 막고 있으려니, 이 패거리 녀석들이 내가 오른 손목에 차고 있는 벨루아공국산 검은 전자시계를 보게 된 모양이었다.

"어이, 좆성재. 잠깐만. 와~ 이거! 이거슨 뭐냐?"

"뭐?"

"뭐긴 새꺄! 시계. 존나 좋아 보이는대?"

"…이, 이거 별 거 아냐. 엄, 엄마가 생일선물로 사준 거야."

"하잇. 좆도 아닌 다방집 새끼가 시계는 참 좋은 걸 차네?"

녀석들은 처음 보는 거라며 그 손목시계를 뺏으려고 했다. 평소 힘이 없으니 덩치 큰 억센 아이들에게 벨루아공국산 전자 손목시계를 별 저항도 하지 못하고 빼앗겼다. 종철이는 힘이 없는 내 오른 팔뚝을 잡아채 겨울용 파카 소매를 확 걷더니 손쉽게 검은 전자시계를 풀었다. 종철이가 한 손에 내 시계를 들고 이리저리 살피더니 다른 손으로 내 머리채를 잡았다.

"이 새끼! 니 엄마 일본 시계 밀수하제? 어잉! 팍 신고 했뿐다. 마! 내 이거 차고 다닌다꼬 학교에 말하면 그땐 진짜로 확 마 쥑이삔다. 알겄나? 대답해라, 새끼야! 이 존만한 새끼가 기집아처럼 서울말이나 처해쌌고 말이야. 확 따묵어 불까 마. 으이구 답답한 쎅끼야! 좀 사내답게 살아라, 지랄."

다른 녀석들도 다방집년 새끼가 정말 같지 않게 이런 흔치 않은 시계를 낀다고 낄낄거렸다. 갑자기 나도 모르게 눈에서 불똥이 튀었다. 국민학교 시절부터 어린 친구들은 건드리지 않겠다고 단단히 결심을 했었다. 그런데 그랬던 마음이 지금 심하게 요동쳤다. 당장 종철이 녀석의 마음속에 들어가 단박에 녀석의 명줄을 끊어버려야 하나 생각했다. 녀석들이 시계를 돌려보며 낄낄거리는데 오른 팔뚝의 구렁이 문신이 아주 오랜만에 금빛으로 강하게 빛나더니 꿈틀꿈틀 살아 움직이기 시작했다. 결국 눈을 감고 녀석의 마음속에 들어가려는 찰나였다.

"그러지 마!"

갑자기 낯선 여자아이 목소리가 들렸다. 눈을 떠 고개를 돌려보니 1986년 11월 D고등학교 월말고사에서 기어이 우리 반 경일이를 제치고 전교 1등이 된 민소정이었다. 민소정은 종철이 패거리 옆에 서 있었다. 나는 금빛으로 꿈틀거리는 팔뚝의 구렁이 문신을 쓰다듬어 가라앉히고 파카 소매를 내렸다.

"니가 뭔데! 여 낄라카노! 엉, 꺼지라. 좋은 말로 할 때 가시나야."

종철이 옆에 있던 똘마니 영덕이가 말을 꺼냈다.

"가만, 쟈, 교감 슨상 딸내미 아이가?"

민구라고 도수 높은 안경을 쓴 친구가 말을 이었다.

"아, 맞다. 이번에 전교 1등 민소정. 국영수 100점 만점, 평균 99점!"

잠시 종철이가 망설이더니 말을 이었다.

"쳇, 니 재수 좋은 줄 알아라 마. 어잉."

종철이가 내 머리채를 던지며 말했다. 나는 속으로 '넌 죽을 뻔했다. 너야말로 민소정이에게 고맙게 생각해라!' 하고 말했다.

그런데 물러나는 아이들에게 민소정이 다시 용기 있게 말했다.

"그 시계도 주고 가라."

"뭐라꼬? 니 이 가시네가 죽을라꼬?"

다른 아이가 협박을 했지만 민소정은 꼼짝도 하지 않았다.

"아, 시바! 누군 교감 아부지 안 둬가 서러버 살겠나. 어잉, 쳇!"

종철이가 내 시계를 바닥에 내던지더니 발로 짓이겼다. 아! 이녀석 방금 넌 나한테 죽을 뻔했다고… 생각을 하는데 느닷없이 종철이 녀석이 발로 내 얼굴을 찼다. 뭔가 성에 안 찼던 모양이다. 상당한 충격이 내 얼굴에 가해졌다. 붕 날아올라 땅바닥에 얼굴부터 처박았다. 코피가 터졌고 턱 아래쪽도 상당히 쓰라렸다. 내일 어쩌면 내 결혼식인데…. 결국 나는 내 얼굴을 지키지 못했을 뿐만 아니라 큰 대자로 뻗었다. 이 무슨 쪽팔림인가.

"니, 한 번만 더 내 앞에서 서울말 씨부려 봐라. 그땐 진짜 묻어 버릴 끼다. 어잉, 알았나! 지 아비도 누군지 모르는 다방년 새끼가. 캭 퉷!"

다른 녀석들까지 차례대로 내 얼굴에 가래를 뱉고 나서야 아이들은 물러갔다. 민소정이 경악을 하며 그 광경을 지켜보았다. 코를 제대로 강타했는지 내 입으로 코피가 마구 흘러들어왔다. 쇳내 나는 짭조름한 액체를 얼결에 뱉어냈다. 그때 민소정이 급하게 손수건을 꺼내 내 코를 막아주었다.

"우짜노, 코피 마이 난다. 이거가꼬 막아봐라."

나는 손수건을 받고는 민소정에게 고개를 끄덕여 고맙다는 인사를 했다. 잠시 창고 벽에 기대앉아 입으로 들어온 코피를 뱉고 손수건으로 코를 막았다. 얼굴에 묻은 가래는 고약한 냄새가 나 땅바닥에 있는 모래로 닦아냈다. 노란 손수건이 검붉은 피로 물들었다. 그러면서 민소정에게 진심으로 고마운 마음이 들었다. 민소정이 등장하지 않았다면 나는 여기 있었던 소년 넷 모두를 저세상에 보내버렸을지도 모른다. 한편으로는 인간이라고 모두 악한 존재가 아니라는 생각을 했다. 무지막지하게 싸대기를 날리던 교감 선생의 딸이지만 민소정은 따뜻한 마음을 가진 인간임에 분명했다.

"고마워… 우리 말 한 번 제대로 나눈 적이 없었는데…."

"아이다. 이제 좀 괘안나? 쟈들이 뭐가 꼬였는지… 종철이는 내도 쫌 아는 아인데… 어릴 때는 참 착했거든…."

"괜찮아. 쟤네들 힘도 별로 없어. 내가 싸우는 걸 싫어해서 가만히 있었지."

"잘했다. 참은 니가 잘한 기다. 그리고 이 시계 진짜 좋은 갑다. 진짜로 멀쩡하네."

시계를 건네주며 민소정이 내게 신기한 표정을 지었다. 시계를 건네받아 살펴보니 정말 흠집 하나 나지 않았다. 역시 캐산 집사 말대로 벨루아공국이 인간계보다 몇 백 년은 앞선 첨단기술을 소유하긴 했나 보다. 그저 놀라울 따름이었다.

"말했잖아, 쟤네들 힘없다고… 그리고, 나 괜찮아. 이제 그만 가야겠다."

애써 일어나려고 했다가 다시 휘청했다. 많이 맞아서인지 도무지 다리에 힘이 들어가지 않았다. 그때 갑자기 쓰러지는 나를 민소정이 부축해 주며 우연찮게 민소정 품에 안기게 되었다. 그런데 갑자기 진지하게 나를 바라보던 샤디아 공주의 얼굴이 환하게 떠올랐고 정신이 번쩍 들었다.

"아, 미안. 이러려고 한 게 아닌데… 이제 정신 차릴게."

민소정의 품에서 떨어지면서 떨리는 목소리로 말했다.

"괘안타, 내는. 부축 좀 해주까?"

"아니, 아니. 이제 괜찮아."

얼굴과 옷에 묻은 모래와 흙을 대충 털고 창고 저쪽에 아무렇게나 던져진 내 프로스포츠 가방을 찾아 어깨에 둘러메고 비틀거리며 집으로 가는 버스를 타러 갔다. 민소정하고는 집이 같은 방향이라 같이 버스를 탔다. 승객도 없고 따로 앉기도 뭐해서 제일 뒷좌석에 같이 앉았다. 민소정이 나보다 두 정거장 먼저 내린다는 정도는 나도 눈치껏 알고 있었다.

"민소정, 오늘 일은 정말 고마워. 잊지 않을게."

"뭘, 괘안다."

"음⋯."

"와? 니 뭐 할 말 있나?"

얼굴이 욱신거렸다. 코가 부러진 건 아닌 거 같은데 좀 부풀어올랐다. 턱 밑도 상당히 따가웠다. 그래도 이렇게 아름다운 마음씨를 가진 인간 친구에게 내가 해야 할 말이 있었다. 안 해도 되지만 멀리 보면 지금 이 말을 해야 할 것 같았다. 고양이인간의 피가 흐른다는 말을 듣고, 심지어 현직 대통령까지 쥐도 새도 모르게 저세상 근처까지 보낸 음험한 존재가 이렇게 마음이 아름다운 인간을 어떻게 대해야 할지 알 수 없었다. 또한 샤디아 공주와의 결혼 역시 내게는 큰 고민거리가 아닐 수 없었다. 그래도 할 말은 해야 한다.

"그래, 너한테 할 말이 좀 있어."

"뭐~ 말해 봐라."

"음⋯ 우리는 좋은 친구가 될 수 있을 거 같아."

"그래?"

"응, 그런데, 나는 너 같이 좋은 친구에게 쪽지를 받거나 편지를 받을 수 있는 그런 사람은 못 되는 거 같아."

"왜?"

슬픈 표정으로 민소정이 나를 쳐다봤다.

"아까 종철이도 말했듯이 우리 집은 다방을 해. 아버지 얼굴도 몰라. 아가씨가 나오는 술집도 했었고. 나는 민소정 너처럼 좋은 환경의 아이랑 만날 처지가 안 돼."

"무슨 말이 그렇노? 니는 그런 게 말이 된다고 생각하나? 사는 집이 뭔 상관인데? 지금이 어떤 시댄데?"

그렁그렁한 눈으로 민소정이 나를 봤다. 역시 예쁜 눈을 가진 아이다. 그러나 단호해야 한다. 목소리에 힘이 들어갔다.

"알다시피 나는 너처럼 좋은 환경에서 자라지 못했어. 홀어머니에, 지하실에 살고, 몸도 약하고, 지금까지 누굴 사귀어본 적도 없어. 또 누굴 사귈 만한 마음의 여유도 없고."

그때 또 다시 나를 아주 가까이서 바라보던 샤디아 공주의 눈동자가 떠올랐다. 아! 남녀 간의 관계란 무얼까? 뭐가 이리도 어려운가? 나는 왜 솔직하게 말하지 못하나? 솔직하게 내 존재를 말하면 민소정은 과연 이해할까? 그때 민소정이 내 곤란한 표정을 보고 말았다.

"아! 사귀는 아가 따로 있구나. 알았다. 솔직하게 말을 해야 좋잖아. 알았다. 내도 이제 더 이상 니 귀찮게 안 할게. 그리고 나 여기서 내릴 거다. 잘 가라, 조성재."

"아니, 민소정. 내 얘기는…."

저 아이는 내게 넘치는 아이다. 민소정의 귀여운 눈에서 또 눈물이 흘렀다. 그것도 나 때문에…. 그런데, 민소정의 노란 손수건은 피가 묻은 채 내 주머니에 있었다. 이 상황은 내가 겪은 여러 마음 속 전투에서 느꼈던 어려움과는 전혀 다른 어려움이었다. 요즘 들어 생경한 감정들을 경험한다. 슬프다는 감정, 아픈 마음… 가슴이 아픈? 울렁임, 설렘, 뭐 이런 말들. 내가 잘 이해하기 어려운 그런 마음의 고통.

마음도 심란하고 토요일 오후이기도 해서 집에 바로 들어가기가 싫었다. 버스에서 내려 D시 유일의 시립 도서관을 향했다. 시외버스 터미널 앞 복권 판매소를 지났지만 용꿈을 꾸고 산 복권이 낙첨된 후로는 다시 복권을 사지 않았다. 용꿈을 뀌도 당첨이 안 되는 복권을 더는 살 필요가 없다고 생각했다. 그런데 도서관 앞까지 걸었는데도 좀처럼 마음이 나아지지 않았다.

누가 나를 좋아해 주는 건 너무나 기쁜 일이지만, 나처럼 하루하루가 힘이 드는 사람은 누군가를 진심으로 받아들이기가 참 어렵다. 더군다나 어쩌면 내일 벨루아공국에 가서 샤디아 공주와 결혼식을 올릴지도 모른다. 남자 신데렐라도 아니고 이게 도대체 무슨 상황인지.

지난 한 달 동안, 하루나 이틀마다 캐산 집사가 내게 찾아와 결혼식에 관한 브리핑을 귀에 못이 박히도록 했다. 이 결혼식은 벨루아공국이 위치한 이계(異界)와 인간계 모두를 구하는 역사적인 일이라고까지 했다. 빠듯한 사정에 한동안 웅변학원까지 다녔음에도 좀처럼 말하는 게 늘지 않았던 나로서는 청산유수로 조리 있게 말하는 캐산 집사의 언변이 실로 놀라웠다.

그런데 세상 똑똑한 캐산 집사도 나를 도련님이라고 불렀다. 스스로 다방집 도련님이라 여기곤 있었지만 벨루아공국에서도 도련님이라 불리니 기분이 묘했다. 어쨌든 나는 내일 결혼을 하게 생겼다. 그런데 이렇게 별생각 없이 그냥 결혼해도 되는 건가 하는 막연한 걱정이 들었다. 엄마와 의논할 생각은 꿈에도 하지 못했다. 아니, 엄마를 보면서는 아버지에 관한 진실을 어떻게 물어봐야 하나를 고민했다.

그나저나 샤디아 공주와 내 결혼이 샤론 여왕과 우리 아빠의 목숨을 건 약속이었다니, 이 무슨 전근대적 행위인지! 캐산 집사의 말에 의하면, 벨루아공국의 선조는 고대 이집트 건국에 막대한 영향을 끼친 고양이인간들이고, 여러 차원의 이계와 우주를 거쳐 지금의 벨루아공국 위치에 정착했다고 한다. 무슨 말인지 잘 이해가 되진 않았지만 묘하게도 캐산 집사의 말은 집중하게 하는 힘이 있었다.

집사는 이계와 인간계 그리고 여러 차원에 걸친 우주의 안위를 책임진 공국의 귀족들은 결국 인간계에서의 활동을 위해 마법을 통해 인간의 외모까지 갖추게 되었다고 말했다. 결국 이들이 인간계와의 끊임없는 왕래를 통해 인류의 과학문명 발전에 지대한 영향을 미쳤다고 분명히 내게 설명했다. 그러나 핵폭탄 개발은 정말 계산 착오였다고 시인했다. 이렇듯 나름의 논리가 정연한 캐산 집사가 상당히 진지하게 그들에 대해 설명했으므로 나는 그를 믿어보기로 했다.

다만 지금으로부터 딱 일주일 전인 11월 마지막 토요일 밤에 캐산 집사가 지하 다방집 내실 옆 쪽방인 내 방을 둘러보면서는 참으로 고약한 표정을 지었다. 그날도 다방집 새 방에 미스 나 누나의 애인을 자처하는 필수 씨를 비롯해 동네 노름꾼들이 드나들어 다방집 홀은 보통 때보다 훨씬 더 시끌벅적했다. 게다가 담배 심부름을 다녀오면서 보니 박정희 전 대통령을 배신한 현 대통령에게 험한 말을 퍼붓던 태현이의 아버지 김 선주도 거기 있었다. 구도심인 D 항구에 배를 여러 척 가진 그가 어떻게 알고는 신도심의 우리 다방집 하우스까지 진출한 것이다. 김 선주 옆에 앉은 동네 건달 배씨의 음흉한 눈빛이 내내 마음에 걸렸다. 어쨌든, 이날 캐산 집사는 내 쪽방에 대해 뭔가 말을 하고 싶어 했다.

"도련님의 방은 참 독특하군요."

"무슨 말이야? 좀 알아듣게 말해 봐. 빙빙 돌리지 말고."

"그러니까, 음… 제가 조금만 도움을 드리면 상당히 좋아질 수 있습니다만…."

"아, 됐어. 나는 지금 이 시계도 과분해."

"아니, 도련님은 아주 고귀하신 신분인데 이런 곳에서 불편하게 지내시는 건 아닌지 자꾸 신경이 쓰입니다."

"나는 내가 고귀한 신분인지 잘 모르겠고, 세상 어디보다 여기가 젤 마음이 편해. 이 방이 좀 감옥 같고 답답한 구석은 있지만 난별 불만 없어. 그리고 너무 자주 연락하고 이렇게 불쑥 나타나지 좀마. 나도 고민하고 있으니까. 내가 결혼할 생각이 없으면 안 해도 되는 거잖아."

"아니, 아니, 도련님. 무슨 말씀을 그리 하십니까? 결혼할 생각이 없다니요? 세상에! 도련님이 누리게 될 이런 행운을 누리고 싶어 하는 벨루아공국의 귀족 도련님이 얼마나 많은지 아십니까? 도련님 가문의 사촌들만 해도… 도련님이 안 하신다고 하면 서열상 누구더라… 그 잘생긴 도련님 이름이. 사실 도련님의 존재가 밝혀진 후 그분들 실망이 이만 저만이 아닙니다."

"와! 나한테 사촌이 있어?"

"아, 네. 여러 분이 있습죠."

"진짜? 모두 몇 명인데?"

"남녀 합쳐서 열아홉 명 아니 스무 명쯤 됩니다만… 그중 남자 사촌은 절반 정도 되는 것으로 알고 있습니다."

"와~ 정말? 그럼 한 팀 꾸려 야구도 할 수 있겠는걸?"

"네? 야구가 뭡니까, 성재 도련님?"

"아, 뭐, 아홉 명이 한 팀을 이뤄서 이만한 공하고 배트랑 글러브 가지고 하는 스포츠 경기가 있어."

나는 야구공 크기를 손으로 쥐는 형태를 보여주며 설명했다.

"벨루아공국에서 단체로 하는 경기는 거의 없습니다. 대부분 개인전이라 기록 경신 위주로 열립니다. 특히 매년 음력 8월 15일에 열리는 3차원 육상대회는 우리 벨루아공국 최대의 행사이기도 하죠. 이미 지난 9월 대회에서 샤디아 공주께서 공국 전체 종합 1위를 하셨죠."

"그래? 저번에 보니까 운동을 진짜 잘하더라고. 그나저나 만약 내가 공주랑 결혼해서 살게 되면, 꽉 잡혀 살지는 않겠지?"

"음… 샤디아 공주님은, 음…."

"뭔데? 말을 해, 뭐야?"

"음, 그러니까… 샤디아 공주님께서는 아주 가끔 엄하실 때가 있기는 합니다. 사실, 그러나, 대체로 용감하고, 대범한 여전사고, 공국의 백성들을 아끼는 마음은 샤론 여왕님만큼이나 절실하신 것으로 알고 있습니다. 우리 공국 백성들도 공주님을 엄청 존경하고 있습니다. 따라서 도련님께서도 공주님의 마음을 잘 이해하시어 우리 공국을 이끌어가는데 도움을 주시…."

"야! 캐산 집사. 그러니까 샤디아 공주가 무섭다는 말 아냐. 혹시 사람을 죽이기도 해?"

"음… 아, 아닙니다. 그게 아니라, 전쟁이나 전투에서는 굉장히 용감한 분이지만 현실에서는 전혀, 전혀 그런 분이 아닌 줄로 압니다."

"아, 몰라. 지금은 내 마음이 너무 복잡해. 신경이 자꾸 곤두선다고. 이런 일이 별로 없었는데 말야. 일단 오늘은 여기까지 이야기하자. 그리고 다음에는 눈치껏 상황 봐서 연락주길 바래. 이만 물러가, 캐산 집사."

"네, 알았습니다. 안녕히 계십시오. 벨루아공국의 위대한 페일 공작 가문의 정통 후계자이신 성재 페일 4세 도련님."

검은 전자 손목시계 위에서 캐산 집사가 정중한 인사를 하는 입체 영상이 사라지고 나면 뭔가 아쉬운 마음이 들었다. 친구가 별로 없던 내가 누군가와 이렇게 길게 깊이 있는 대화를 나누는 일이 흔치 않았기 때문이다. 은근히 캐산 집사가 이런저런 조언을 해줘서 도움이 되기도 했지만, 사실 아버지와 관련해 결정적인 이야기들은 요리조리 피해 가는지라 늘 뭔가 좀 허전한 마음이 들었다. 그럴 때면 시외버스 정류장 주차장에 서 있는 개가 그려진 2층 버스에 숨어들어가 장미 담배를 피워 물었다. 버스 천장의 창문으로 겨울 특유의 쨍한 밤하늘도 보았다. 웬일인지 달은 보이지 않고 별빛만 가득했다. 가로등 불빛이 달빛을 대신해 차창을 비쳐주었다. 천장 위 밤하늘이 가장 잘 보이는 버스의 2층 좌석 맨 뒤편에서 세 번째 안쪽 자리에 가서 자리를 잡았다. 어떻게 해야 하나. 진짜 결혼을 해야 하는 건가. 열. 일곱. 살에.

밤하늘을 바라보며 담배를 피우기 위해 차창을 열고 자연스럽게 반동을 이용해 철컹 소리를 내는 멋진 미제 라이터를 켰다. 담배를 입에 대고 불을 붙이려는 찰나였다. 누군가의 기척이 느껴져 깜짝 놀라 담배를 손에 든 채 옆을 돌아보았다. 누가 고양이인간들이 사는 왕국의 공주 아니랄까봐 샤디아 공주는 고양이처럼 내가 앉은 자리 통로에 서서 나를 노려보고 있었다. 비록 어둡기는 했지만 지포 라이터의 불빛만으로도 공주의 미모만큼은 몰라 볼 수 없었다.

지포 라이터의 뚜껑을 닫으며 "아, 깜짝이야! 여, 여긴 어떻게?" 하자, 샤디아 공주는 내 손에 든 담배를 뺏어 차창 밖으로 던져버렸

다. 그녀의 봉긋한 가슴이 부드럽게 내 얼굴을 스쳤고 공주에게서
특유의 기분 좋은 향기가 났다. 공주는 두 손을 탁탁 털더니 어여쁜
얼굴을 애써 찌푸리며 말을 이었다.

"성재, 담배는 몸에 좋지 않아."

"샤디아 공주님, 마음이 힘들고 어려울 때는 무척 위로가 돼."

"아냐, 호흡만 잘 해도 힘든 마음은 추스를 수 있어. 이렇게 나를
따라서 심호흡을 해 봐!"

"뭘? 어떻게?"

"등을 대고 편하게 앉아 봐. 그리고 다섯을 세면서 천천히 코로
숨을 들이마셔 봐. 하아나, 두울, 세엣, 네엣, 다아섯."

"그래서?"

"그리고 여덟을 세면서 천천히 입으로 호흡을 내쉬어 봐. 호흡
을 깊게 해야 해. 하~아! 하~아!"

샤디아 공주가 시키는 대로 몇 번 해 보았다. 큰 효과는 모르겠
고, 그저 시간이 지나자 마음이 좀 누그러졌다. 나는 혹시 몰라 주
변을 살피면서 목소리를 낮추어 자리에 앉겠느냐고 공주에게 물었
다. 그녀가 고개를 끄덕였다. 내가 차창 쪽 자리로 옮겨 앉고 샤니
아 공주가 안쪽 자리에 앉았다. 그녀도 천장 위 창을 통해 밤하늘을
바라보았다. 아름다운 목선과 턱선이 도드라지는 옆모습에 숨이
막혔다. 열일곱 살의 소년은 여성의 신체적 아름다움에 빠질 때가
많다. 마돈나, 브룩 쉴즈, 신디 로퍼, 나스타샤 킨스키, 소피 마르
소, 피비 케이츠, 데브라 윙거, 또 책받침 속 이름을 알 수 없는 소

녀들. 샤디아 공주 역시 이들 중 누구에게도 빠지지 않을 미모와 아름다운 신체를 가졌다. 더군다나 그녀는 내가 마음으로 성적 욕망을 가진 첫 번째 이성이었다. 신체 반응이야 마음대로 안 되는 문제지만, 그녀처럼 내 가슴을 떨리게 한 경우는 없었다.

아무리 그렇다고 해도 결혼은 다른 문제다. 외모나 아름다운 신체에 빠져 덜컥 결혼을 할 수는 없었다. 열일곱 살 소년이지만 그 정도를 가늠할 수 있다. 짐짓 목소리를 까칠하게 냈다.

"흠흠, 도대체 여기는 왜 온 건대? 또 기절시켜서 어딜 데려가려고?"

"너, 왜 그래? 너 답지 않게. 그냥 너랑 이야기를 좀 하고 싶어서. 사실 나도 마음이 좀 그래. 그래서 요즘 이렇게 심호흡을 자주 하는데, 그래도 답답해서…."

사실 샤디아 공주의 표정도 그다지 편해 보이지 않았다. 뭔가 많이 초조해 보였다. 지금까지 봐왔던 여전사 스타일의 그녀와는 많이 달랐다. 마침 이렇게 하얀 스커트를 입은 것도 처음 보았다. 가슴이 또 쿵쾅대는 관계로 엉뚱한 소리가 입에서 튀어나왔다.

"담배 한 대 줄까? 피워 봐."

샤디아 공주는 화가 났는지 내 이마 위로 손을 올렸다. 이럴 때면 나는 주로 기절을 했었는데.

"너! 또 나를?"

"아냐, 아니래두."

샤디아 공주는 손을 내렸다. 그리고 후우 하고 숨을 크게 내쉰 뒤 말했다.

"성재야, 난 지금 진지하다고."

"하지만, 너 이렇게 너무 심각하게 나오면 나 결혼 안 한다 정말!"

"알았어, 미안해."

웬일인지 샤디아 공주가 미안하다는 말을 다 했다.

"근데 나도 나지만 넌 뭐가 답답하다는 거야? 말이 되니? 넌 모자랄 게 없는 그야말로 여왕이 될 고귀한 신분인데…."

샤디아 공주가 나를 빤히 쳐다보았다. 그렇게 한동안 나를 바라보았다. 순간 그녀의 한없는 분노가 느껴졌다. 뭔가 모를 고민이 있구나 싶었다.

"너는 내가 공주라 무척 편해 보이지, 그치?"

꽤 공격적인 말이다.

"아니, 뭘. 어쨌든 평생 이런 지하 다방집에 살고 있는 나보다 나은 건 사실이잖아."

"그럴 거 같지? 너는 지금까지 내가 커오면서 줄곧 떠안고 있었던 그 책임감의 깊이를 이해할 수 없을 거야."

"무슨 말이야? 무슨 책임감? 니가 말하는 건 권력이겠지."

"뭐? 정말이지 실망이야. 성재 너는 몰라. 너희 아버지나 여왕인 엄마를 비롯해 우리 공국 왕족이나 귀족 들이 느끼는 공국에 대한 책임감을."

샤디아 공주의 목소리가 떨렸다.

"물론 그런 얘긴 캐산 집사한테 들었어. 내가 살고 있는 인간 나라는 예전부터 나라를 팔아먹은 권문세가들이 아직도 활개를 치고 사는데 그나마 벨루아공국 귀족과 왕족이 건강한 거지."

"그게 아니야. 우리는 우리가 가진 권력만큼만 책임을 다하는 게 아니라 더 많은 책임을 요구받고 실제로도 막중한 책임을 지고 있어."

"그래서 어쩌라고! 뭐! 뭣 때문에 온 거냐니까?"

나를 바라보던 공주의 눈동자가 흔들렸다. 지금까지 봐오던 공주의 모습은 분명 아니었다. 멀리 고양이 우는 소리가 들렸다. 느닷없이 바람이 세차게 불어 차창이 흔들렸다.

"나랑 꼭 결혼해 달라고 이렇게 부탁하려고… 제발."

샤디아 공주가 무너지듯 의자에서 내려와 바닥에 무릎을 꿇었다. 나는 당황한 나머지 손을 내밀어 그녀의 어깨를 잡고 그녀를 끌어올리려 했지만 꽤 체격이 있는 그녀를 들 힘이 없었다. 일단 같이 바닥에 무릎을 꿇고 앉아 소리쳤다.

"너, 뭐하는 거야? 어서 안 일어나? 넌 공주야! 한 나라의 여왕이 될 사람이라고. 난 지금 여기서 다방년 아들 소리나 듣는 찌질이고! 넌 이러면 안 되는 사람이잖아."

"아니야. 내가 못할 일은 없어. 그리고 절대 못 일어나. 네가 나랑 결혼하겠다는 확약을 받기 전에는."

"샤디아 공주님! 당신이 여기서 고집 피울 일이 아니에요. 우리 결혼은 아무리 생각해도…."

그때 샤디아 공주가 두 손으로 내 얼굴을 붙잡고 부드럽게 입을 맞추었다. 그녀는 이미 눈을 감고 있었다. 그런 그녀를 보자 나도 모르게 눈이 감겼다. 가슴이 뭉클해졌다. 어떤 충만감으로 가볍게 몸이 떨렸다. 시간이 멈춘 것 같고 조금씩 몸이 가벼워져 붕 떠오르는 느낌이 들었다. 몽정이나 상상으로 생각했던 키스와는 전혀 달랐다. 아주 조금씩 그녀의 입술이 내 입술 안으로 들어오려 하고 있었다. 꾹 다문 입술의 힘이 조금씩 풀렸다. 그리고 그녀의 혀가 내 입술 안으로 들어온다. 태어나 처음 해 본 입맞춤으로 온몸이 경직이 된 상태였지만 어느 새 그녀의 혀를 내 혀로 살짝 건드리게 되었다. 아까보다 더한 전율이 온몸을 타고 흘렀다. 용기를 낸 그녀가 좀 더 내 안으로 들어왔고, 그러자 그녀의 타액이 내 입으로 아주 조금씩 흘러들어왔다. 아! 상대방의 타액이 이렇게 달콤하다는 걸 왜 몰랐을까.

처음 그녀를 도서관에서 보고 퀸의 노래가 들렸을 때, 나는 첫눈에 그녀에게 빠져들 수밖에 없었다. 묘한 일들이 많았지만, 그녀의 웃음이, 그녀가 나를 바라보던 눈빛이, 그리고 이제 그녀와의 입맞춤이 그녀와의 아름다운 기억을 하나씩 이루어가고 있다. 지금 그녀의 혀와 내 혀가 서로를 알아가고 있고, 그 알아감이 조금씩 격렬해졌다. 정신이 아득해졌다. 열일곱 살 소년으로서는 도저히 표현할 수 없는 쾌락이 척추를 타고 내려와 온몸으로 퍼졌다. 손가락 끝을 구부린 채 심장이 너무 두근거려서 더 이상 이러다가는 심장이 멈출 것만 같았다. 바로 그때 샤디아 공주가 입술을 떼고 조용히 나를 안아주었다. 나도 떨리는 두 손을 공주의 등에 대고 좀 더 힘껏 그녀를 안았다. 그녀의 부드러운 두 가슴이 느껴졌고 다소 거친 그녀의 숨결이 내 목 뒤에서 느껴졌다. 거친 숨결을 가다듬으며 아까 공주가 가르쳐준 긴 호흡으로 마음을 안정시켰다.

다방집 소년의 첫 입맞춤이었다.

···

"어땠어? 어색하지 않았니?"

공주가 긴 침묵 끝에 먼저 말을 꺼냈다.

"아, 아니, 아! 아주 좋았어 나는…. 뭐, 이런 말 하긴 뭐하지만, 첫 입맞춤이라, 하! 뭐 이런 느낌일 거라고는 상상을 못하긴 했어. 너는…?"

"나도 이런 건 첨이라… 시녀들이 가르쳐주지 않는 거라서 어떻게 하는 건지…. 그래도 좋았어. 성재야, 나는 너를 페일 공작 4세나 라울 백작보다는 성재라고 부르는 게 좋아. 앞으로도 그랬음 좋겠어."

"물론, 물론이야. 뭐라고 불러도 상관없지만, 성재라고 불러주면 좋지. 다방을 하는 지하실에 사는 소년이 페일 공작 4세나 라울 백작이라니, 너무 뜬금없잖아. 그리고 이건 진심으로 물어보고 싶어. 진짜 이유를 알고 싶어서. 네가 나랑 결혼을 해야만 하는 이유를 말야. 저번에 여왕님 앞에서 네 표정을 보고 좀 많이 의아했거든. 제발 말해 줄래, 샤디아? 음, 나도 샤디아라고 불러도 되지? 되나?"

나도 모르게 그녀를 '샤디아'라고 부르곤 왕실의 법도에 어긋나는 건가 싶어 공주에게 되물었다.

"물론 되지. 다만 둘이 있을 때, 지금처럼 이렇게 상냥하게 불러 주면 좋겠어. 성재야, 음, 그리고 어머니와 있을 때 상황은 네가 정확하게 본 거야. 사실 나도 갑작스런 이 결혼이 좀 당황스러워. 처음에 답답하다고 한 것도 같은 이유고. 네 아버지인 페일 공작 3세와 우리 어머니와의 약속은 겉으로 드러난 일이고, 진실은 공국에서 왕권이 점차 약화되고 있다는 사실 때문이야. 모계로 이어지는 왕실의 권위가 여러 차례 분쟁을 겪으며 어려움에 처했어. 내가 우리 공국의 영웅인 페일 공작 3세의 아들과 결혼을 해야 앞으로 왕권을 더 공고히 할 수 있는 계기가 될 뿐 아니라 대치 중인 대호선국을 포함해 주변 적대 국가들의 도발에 대처하고 방어하는 데 큰 도움이 될 수 있어. 게다가 너는 너도 모르는 엄청난 능력을 갖고 있어. 대호선국에서 내가 널 데려오지 않았다면 아마도 네가 대호선국에 엄청난 타격을 주었을 거라는 우리 공국 전략분석실의 분석이 있었어. 우리 공국에서는 너의 강력한 능력과 잠재력에 큰 기대를 걸고 있어."

"내가, 무슨, 힘이 있는데…?"

사실 내가 마음속으로야 목숨을 건 대결을 하지만, 그렇다고 벨루아공국을 구할 힘을 가졌다는 말에는 동의하기 어려웠다.

"넌 아직 이해하지 못하겠지만… 벨루아공국의 대신수(大神樹)를 모시는 대신녀(大神女)의 신탁에 따르면, 너와 내가 함께해야만 절대 위기에 처한 우리 공국을 구해 낼 수 있다고 해. 만약 네가 나와 결혼하지 않으면 우리 공국의 미래도 알 수 없게 된다는 거야. 그리고 난, 만약에 있을 수 있는 너의 폭주를 막을 수 있는 유일한 열쇠야. 넌 너의 본모습을 잘 이해해야 해."

"샤디아. 여러 모로 당황스러운 게 사실이야. 내가 지금 이곳에서도 겨우 하루하루 살아가는데 너네 나라를 구한다는 게 말이나 되니?"

"성재야, 내 말을 꼭 믿어주렴. 지금 네가 처한 어려운 상황이나 또 이미 겪은 일들은 사실 네가 성장하는 데 꼭 필요했던 모험들이야. 넌 훌륭히 그 일들을 잘 수행해 왔단다. 이젠 때가 됐어."

"허! 그래? 그런 거라고? 그러기에는 그 경험들이 내게 너무 뼈가 저린데… 그리고 내가 왜 그런 일을?"

샤디아 공주는 다시 내게 입을 가볍게 맞추고는 내 두 손을 잡고 지그시 내 눈을 바라보았다.

"다시 한 번 나를 믿어주면 좋겠어. 나도 네가 정말 좋아. 너는 내게 없는 용기가 있어. 부디 나와 결혼을 하겠다고 약속을 해주면 좋겠어. 성재야, 아버지와 어머니의 약속은 무시해도 좋아. 부탁이야."

샤디아 공주는 울먹이고 있었다. 지금까지의 그 어떤 말보다 가슴이 울렁였다. 태어나 이런 울렁임은 처음이었다. 지금 내가 느끼는 이 감정은 또 무얼까? 감히 사랑이라고 부를 수 있을까? 이 눈빛과 손의 감촉과 마음의 울렁임을… 저 눈에 흐르는 눈물은….

샤디아 공주와 작별하며 오래도록 껴안고 있었다. 아쉬움 가득한 마지막 작별의 키스까지, 우리는 고양이가 아니라 개가 그려진 미제 2층 버스 안에서 비로소 정말 많이 가까워졌다.

다방집 건물 담을 타고 다방집 마당으로 넘어왔을 때, 엄마가 늘 타코 아저씨라고 부르는 덩치가 굉장히 크고 배도 엄청 많이 나온 대머리 아저씨가 거나하게 술이 취해 느릿느릿 뒤뚱거리며 계단을 올라와 트림을 꺼억 하더니 비상구 출구 옆 좁디좁은 우리 다방집 화장실 안으로 몸을 구겨 넣었다.

그날부터 일주일이 지난 지금까지 사실 나는 샤디아 공주의 질문에 확답을 하지 않았다. 이것은 마음속에서 벌이는 대결이나 타코 대통령을 보내버리는 문제와는 확실히 다른 문제였다. 나 같이 태어나서부터 불행했던 사람도 행복을 꿈꿀 수 있을까? 조금 전까지도 코피가 터지도록 맞으며 다방집 새끼라 불리던 나는 도무지 그것을 확신할 수 없었다.

10

　12월 첫째 토요일 오후의 시립 도서관 앞은 여느 때와 마찬가지로 바닷가 특유의 칼바람이 불고 있었다. 바람과 더불어 D시를 상징하는 큰 버드나무가 거칠게 흔들렸다. 마치 샤디아 공주 덕분에 마음 깊숙이 미뤄뒀던 질문으로 흔들리는 내 마음 같았다. 그날 아쉽게 헤어진 후 문득 문득 샤디아 공주가 다시 보고 싶었다. 겨울을 향해 가는 D시의 맑은 하늘이 온통 샤디아 공주가 나를 바라보며 웃는 얼굴로 가득 차곤 했다.

　서가가 있는 도서관 2층 계단으로 올라가는데, 꼴이 말이 아니라 지나가던 사람들이 힐끗힐끗 나를 쳐다보았다. 종철이 패거리에게 맞은 코가 더 욱신거렸다. 2층 남자 화장실로 가서 세면대 거울로 내 얼굴을 보니 가관도 아니었다. 몸에 난 멍은 둘째 치고 코가 많이 부풀어 올랐고, 코피가 난 흔적도 그대로 있었다. 턱밑은 얼굴을 바닥에 처박히면서 긁혀 상처가 났다. 대호선국에서 도깨비 군인에게 뒤통수를 맞아 쓰러지며 다친 데를 또 다쳤다. 결혼식 하루 전이라 얼굴만은 보호하려고 했는데, 오히려 만신창이가 되었다. 결혼식에 못 갈 이유가 하나 더 생겼다. 겨울이었지만 차가운 물로 깨끗이 세수를 하고 나니 그나마 기분이 한결 나아졌다.

여느 때처럼 열람실에 가방을 던져두고 서가에 가서 셰익스피어의 《햄릿》을 찾아 읽었다. 담배연기 자욱한 노름판이 벌어지던 내실 한편에 쪼그리고 누워 TV에서 해주던 BBC판 〈햄릿〉 연극을 나이답지 않게 열심히 시청했었다. 그때 느꼈던 묵직함에 비하면 우리나라에서 번역된 책의 표현은 상당히 간략하다는 생각이 들었다. BBC판 〈햄릿〉에서는 마치 안개 속을 헤매는 느낌이었는데, 번역된 책의 대사들은 너무 단순했다.

책의 앞부분에서 햄릿의 아버지인 선왕의 유령이 보초병들 앞에 등장했고 햄릿은 아버지가 죽은 후 벌어진 상황에 크게 절망하고 있었다. 나는 지금도 어릴 적 TV에서 본, 햄릿을 연기하던 영국 배우의 형형한 눈동자가 잊히지 않는다. 그런데 책은 중간 정도까지 읽고 더 읽기 어려웠다. 내 마음이 싱숭생숭해서 미칠 것 같으니 저 고뇌에 빠진 햄릿의 대사들이 도무지 눈에 들어오지 않았다.

다시 가방을 챙겨들고 도서관 정문을 나서는데 중학교 동창 창우를 만났다. 창우랑은 무척이나 오랜만에 마주쳤기 때문에 많이 반가웠다. 창우는 다친 내 얼굴을 자세히 못 봤는지 평소답지 않게 자기 얘기부터 급하게 꺼냈다. 나와 눈도 마주치지 않고 두서없이 말을 이어갔다. 천주교 신부가 되는 게 꿈인 창우는 여전히 자신이 다니는 성당 주임 신부님을 열심히 도와드리면서 가톨릭대학교의 신학대학 입학을 준비 중이라고 했다. 그리고 중학교 시절 야한 사진을 보여주던 병호가 고등학교 들어가서는 질 나쁜 친구들과 어울려 다니며 오토바이를 타다가 뜻밖에 사고로 다리를 크게 다쳤다는 말도 해주었다. 둘은 같은 성당을 다니면서 꽤 친했는데 지금은 무척 상반된 길을 걷고 있었다.

병호가 입원해 있는 종합병원에 언제 같이 가보자고 하고는 가볍게 작별 인사를 했다. 창우는 어딘지 모르게 안절부절 못하는 모습이었다. 다음에 볼 것을 기약하며 악수를 하고 헤어졌는데, 긴장을 했는지 창우의 손이 축축했다. 창우와 헤어져 길을 가다가 내 손에 남은 창우의 체취를 맡게 되었다. 그러자 문득 창우의 마음이 느껴졌다.

아, 녀석은 나를 진심으로 두려워하고 있었다. 경일이네 할아버지가 돌아가시던 날, 경일이의 방에서 녀석은 내게 뭔가 이상한 것을 느꼈던 게 분명하다. 창우는 야한 사진 때문에 땀을 흘린 게 아니었다. 내게 공포심을 느꼈던 것이다. 역시 녀석은 뭔가 남다른 감각을 지녔던 것이다. 녀석이 언젠가 힘을 키워 나와 대결하기 위해 찾아올지도 모르겠다는 생각이 들었다. 녀석은 나를 악한 존재로 여기고 있었다. 친하던 친구의 속마음을 알고, 나는 더 쓸쓸해졌다.

D시 시립 도서관 건물 앞에 서 있는 큰 버드나무가 칼바람에 아까보다 더 심하게 흔들렸다. 창우를 만나고 나서 기분이 더 이상해

졌다. 결혼식 하루 전날에 자꾸 묘한 일들이 생겼다. 한동안 세찬 바람소리를 들으며 흔들리는 버드나무를 바라보다 문득 발길을 돌렸다. 뭔가 아쉬운 마음에 자꾸 창우가 공부한다고 들어간 도서관 쪽을 돌아보았지만, 이제 어쩔 수 없는 일이 되었다.

무슨 수를 써도 복잡한 마음이 진정되지 않아 하릴없이 D시의 신도시 여기저기를 떠돌았다. 시외버스 터미널에 가서 서울 가는 고속버스 시간을 보기도 했다. 자주는 아니지만 몇 시간에 한 번씩은 서울 고속버스터미널로 가는 직행버스가 있었다.

마음만 먹으면 내가 태어난 서울로 갈 수도 있었다. 오! 한 번도 그런 생각을 해 본 적이 없었다. 그러면서 내가 시설에 처음 갔을 때 능글맞은 원장의 입에서 흘러나온 명문대 교수의 부탁이라는 말이 떠올랐다. 오랫동안 나는 그 명문대 교수가 누군지 궁금했다. 나중에라도 엄마에게 물어봐야겠다. 확답을 얻기는 어렵겠지만….

늦은 오후가 되자 날이 점점 추워졌다. 서글픈 느낌이 들어 시외버스 터미널을 나와 다방집 근처 동네 시장을 걸었다.

"여보, 내가 미칫뿌리겠네. 이 냥반아, 당신 돌았소? 거길 당신이 와 가노, 당신이. 하라 카는 일이나 하란 말이야. 와따라, 진짜로 미치뿌리겠다. 아이고 내사마, 와 사노, 이 냥반아. 아이고야~ 아들 볼 나치 없구마이. 기가 막히고 코가 막히뿔라 카네. 나가 디지뿌라, 이 미친갱이야!"

큰소리가 나서 쳐다보니 주사가 너무 심해 하마터면 내가 저세상으로 보내버릴 뻔했던 주씨 아저씨의 이불집이었다. 하필 그렇게나 포근해 보이는 이불들 너머로 주씨 아저씨가 본인보다 덩치 크고 건장한 아내에게 심하게 혼이 나고 있었다. 무슨 잘못을 그렇게 크게 했기에 저리도 혼이 나고 있는지 궁금했다. 아마 술 때문일 게다. 괜스레 안된 마음이 들었지만 주사는 제발 좀 그만 부렸으면 좋겠다고 생각했다.

그릇가게에서부터 반찬가게, 떡집, 기름집, 쌀가게, 족발집에 이르기까지 동네 시장을 다 돌아다녔는데도 이상하게 오늘은 지하다방집에 들어가기가 망설여졌다. 하루 종일 많은 일들이 일어났는데도 불구하고 또 무슨 일이 일어날지 모르겠다는 막연한 불안감이 스멀스멀 나를 둘러쌌다. 결국 어스름한 저녁이 되었고 허기가 졌다.

도리 없이 다방집 문을 열고 들어서자 훈훈한 김이 훅 몰아쳤고 TV에서는 여전히 평화의댐 모금 방송을 하고 있었다. TV의 성금 모금은 차치하더라도 1986년 12월의 첫 토요일, 다방집 분위기가 좀 묘했다. 평소 토요일의 분위기보다 훨씬 더 붕 떠 있었다. 보통 연말이나 긴 연휴를 앞두고 이런 분위기가 나는데 오늘은 좀 생경한 느낌이 들었다. D시의 신도심에서 커피 맛이 제일 좋다는 평을 듣고 있는 전통의 수도다방 분위기만큼은 내가 잘 안다. 나는 언제나 다방집의 가장 마지막을 정리하는 사람이다. 다방집의 마지막을 쓸고 닦으며 나는 이 다방집에 흘리고 간 사람들의 마음의 흔적까지 쓸어 담았다.

얼마 전, 늦은 시간에 다방집 청소를 하고 있었다. 빗자루질을 다 하고 마대로 바닥을 닦았다. 미스 나 누나도 퇴근하고 엄마는 내실에 먼저 들어가고 없었다. 존 스튜어트 소위가 놔두고 갔던 지포라이터를 반동을 이용해 뚜껑을 열고 익숙하게 담배에 불을 붙이고 나서 다시 반동을 이용해 뚜껑을 닫는 데 익숙해지던 때였다. 거의 12시가 다 돼 가는데 마지막까지 남아 있던 곱상하게 생긴 안경잡이 아저씨가 나를 보고 이리로 좀 앉아보라고 했다. 뭔가 선량해 보이면서 교양 있어 보이는 말투였고, 동그란 뿔테 안경을 써서 그런지 지적인 분위기도 가진 멀쩡한 신사였다. 그런데 이 남자가 평소 교수 할아버지가 앉아 신문을 읽던 카운터 앞 어항 옆 자리에서 "학생!" 하며 유난히 큰 목소리로 나를 불렀다. 나는 마대자루를 들고 자리로 갔다. 자리에 앉으라고 했다. 무슨 말인가 해서 자리에 앉았더니, 대뜸 그 사내가 내게 E=MC² 이 뭔지 아느냐고 물었다. 잘 모른다고 하자 무슨 고등학생이 그것도 모르냐고 타박을 하더니 한바탕 물리학에 대한 강연을 했다.

에너지는 물질의 질량에 광속의 제곱을 곱한다나 뭐래나? 원체 수학에는 젬병이라 마대자루를 손에 든 채 얼이 빠진 표정으로 그의 강의를 들었다. 그러나 들을수록 우주며 아인슈타인이며 나도 대충은 아는 이야기였다. 얘기가 지루해서 하품이 났다. 그러자 이 남자가 마지막 남은 커피를 홀짝 마시더니 안경 너머로 나를 빤히 쳐다보기 시작했다.

"왜, 왜요?"

나는 약간 어색한 느낌이 들어 이유를 물었다.

"왜요는 무슨! 왜요오, 그건 일본 이불을 왜요라고 하지. 엉!"

정말 썰렁한 농담을 던지더니, 말을 이었다.

"내 말 잘 들어 봐, 학생. 거기는 사기를 치면 차~암 잘 칠 얼굴이야. 아무리 봐도. 당신 얼굴이 말이야…."

"네? 무, 무슨 말씀이신지?"

"아니, 당신 얼굴이 참 깨끗하고 참해서 진짜로 사기 치기 좋게 생겼다고."

"아! 네~."

나는 그 순간 그가 사기꾼인 것을 직감했다. 만약 내가 아니라 엄마나 미스 나 누나가 있었다면 분명히 당했을 것이다.

"학생, 학교에 등록금 내지?"

"네."

"그렇지, 그럼 좋은 강의를 들었으면 강의료 내야지. 안 그래? 생각을 한번 해 봐."

"네?"

"공짜로 이런 좋은 강의를 듣는 게 말이 되겠어? 학생, 만약에 내 강의를 듣고 학생의 진로가 바뀌었다고 생각을 해 봐. 정말 대단한 거 아냐? 어메이~징! 어메이징 알지? 영어 a, m, a, z, i, n, g. 또 말이야, 지금은 과외가 금지지만 예전에 과외를 받으면 과외비를 내지? 학원에 가면 학원비 내지? 그러니까 학생의 인생에 큰 영향을 줄 수 있는 이런 명강의를 들었으면 정말로 강의료를 내는 게 맞겠지, 안 그래?"

그는 결국 제 버릇 남 못 주고 내게도 사기를 치려고 했다. 하마 터면 얼마면 되겠냐고 물을 뻔했다. 그는 내가 호락호락해 보였던 모양이다. 호구? 나는 이래봬도 산전수전, 공중전, 심리전에 현직 대통령까지 저세상 언저리까지 보내버린 전력이 있는 다방집 도련 님이다. 이런 나를 그는 매우 만만히 여기고 있었다. 이런 손님은 단순한 주취자가 아니기 때문에 아주 단호해야 한다.

"이제 그만 가시죠, 손님! 장사 끝내야 할 시간이 지났어요."

"어! 와~~ 학생 너 말을 와 고 따위로 하니? 어른한테!"

"가시라고요."

"이야~~~ 이놈 봐라? 나만큼 좋은 강의하는 사람이 어디 있어? 어디 나와 보라고 해! 응? 그 어려운 상대성이론 강의를 이렇게 쉽 고 간략하게 설명을 해줬으면 강의료를 내는 게 당연하잖어, 안 그 래?"

"아, 됐고요. 이제 가시라고요!"

"하, 참 세상 말세다 말세. 오, 주여! 참말로 너 말 한번 예쁘게 하네. 알았다. 야, 너 쳐다보는 꼴이 사람 죽이겠다. 아이고야~ 말 세야 말세. 너 같은 사기꾼 새끼들 때문에 우리 인류의 종말이 가까 운 거야!"

내 눈초리가 매우니 교양 있는 말씨인 데다 뿔테 안경까지 써서 지적으로까지 보였던 사기꾼이 슬금슬금 자리에서 일어나 카운터 를 그냥 지나 다방 문을 열고 나가려고 했다.

"아저씨! 찻값 주셔야죠."

"내가 미쳤니? 아가씨도 없는 다방에 와서, 너한테 그렇게 어려운 물리학 강의를 아주 쉽게 설명해 줬는데, 그걸로 퉁 치면 되지. 그만 하자, 아휴~ 정말 무식한 새끼 같으니라고, 퉤!"

표정 하나 변하지 않고 악의어린 억지소리를 늘어놓는 그를 노려보았다. 그는 말을 끝내고 문을 닫고 쌩 나갔다. 계단을 뛰어나가는 소리가 들렸다. 나는 그의 얼굴을 기억한다. 선량한 얼굴을 하고 거짓말만 일삼는 자들!

나는 그때 그를 그냥 보냈다. 하지만 마대자루를 카운터 옆에 놓고 조용히 문을 열고 계단을 올라가 선량한 얼굴을 한 그를 따라가 다방집 현관 앞에 섰다. 그는 큰길 건너 카바레 앞에서 D시를 떠나는 택시를 타려 하고 있었다. 그저 틈만 나면 만만한 이들에게 $E=MC^2$을 앵무새처럼 읊어대는 어리석은 자였다. 택시에 타는 그를 보면서 눈을 감고 그의 마음속에 들어갔다.

그의 마음에는 온통 $E=MC^2$이 적혀 있는 대학 노트 종이가 덕지덕지 붙어 있는 단층집이 있었다. 그런데 이 집은 무슨 일인지 조금만 건드려도 심하게 흔들렸다. 사람이 살 곳은 못 되었다.

주머니에서 묵직한 정통 지포 라이터가 느껴졌다. 지포 라이터를 꺼내 능숙하게 철컹 하고 뚜껑을 열고 순식간에 라이터돌을 굴려 심지에 불을 붙였다. 그리고 이 허술하기 이를 데 없는 집에 붙어 있는 대학 노트 종이에 불을 붙였다. $E=MC^2$이 쓰여 있는 종이투성이 단층집은 금세 불이 붙었고 곧 활활 타올랐다.

눈을 뜨자 저 멀리서 '끼이익' 급브레이크를 밟는 소리가 들렸다. 나는 다방집 셔터를 내리고 나서 성조 없는 아주 자연스러운 서울말로 조용히 읊조렸다.

"이. 사. 기. 꾼. 아."

아차! 혹시 몰라 뒤를 봤지만 다행히 엄마는 없었다.

...

엄마는 대목인 토요일 저녁인 오늘도 외출하고 집에 없었다. 아마도 이동철 선생님과 데이트를 하러 나간 것 같았다. 아무리 그래도 이런 다방집은 주인이 카운터에 있고 없고가 미세하게 영향을 미친다. 지금은 우리 다방집의 호프이자 마돈나를 닮은 미스 나 누나가 주말마다 다방집 새 방을 차지하고 노름판을 점점 더 크게 벌이고 있는 노름꾼들과 토요일을 맞아 성업 중인 D카바레의 아베크족 손님들을 무슨 마법 부리듯 능숙하게 다루고 있었다. 그런데 하우스라고 불리는 노름판은 지난주부터 뭔가 과열되는 느낌이 들었다.

미스 나 누나가 우리 다방집에 온 지도 거의 석 달이 흘렀다. 다방집을 개업하고 내가 봐온 어떤 레지 누나보다 솜씨 있게 장사를 한다. 간혹 내 몸 특정 부위를 힐끔 쳐다보는 것이 신경이 쓰였고 유난히 화장실에서 마주치는 일이 잦았으며 간혹 내 꿈에 등장해 나를 난처하게 했지만 말이다.

　모든 걸 떠나 열심히 일해 주는 미스 나 누나가 고마웠고, 한편으로는 이렇게 일을 잘하는 누나가 언제까지 우리 다방집에 있을까 걱정도 됐고, 또 한편으로는 미스 나 누나가 다방집에서 만들어 가는 이 묘한 분위기가 낯설었다. 다방집은 어느새 마담인 엄마의 분위기에서 미스 나 누나의 분위기로 미세하게 변해 가고 있었다. 미묘하지만 나는 그런 분위기를 느꼈다. 과연 그것까지 고마운 일인지는 확신이 서지 않았다. 그러나 정작 다방집 마담인 엄마는 미스 나 누나를 철석같이 믿어선지 점점 다방집에 머무는 시간이 줄었고 그럴수록 저녁마다 외출이 잦아졌다. 사실 나는 우리 학교 미술 선생님인 이동철 선생님이 왜 다방집 마담인 우리 엄마를 사귀고 싶어 하는지 완전히 이해하지 못한다. 그만큼이나 샤디아 공주가 나와의 결혼식에 매달리는 이유를 모르겠다.

　물론 그녀와 많이 친해져 진지한 이야기도 나누었고, 태어나 처음 키스까지 한 것은 결코 잊을 수 없는 기억이다. 그런데 아무리 인간계가 아니라고 하지만 엄연히 한 나라의 공주인 그녀가 도대체 왜 다방집 도련님일 뿐인 내게 무릎까지 꿇고 사정을 한단 말인가. 나로서는 내게 살의를 일으키는 인간들의 마음속에 들어가 결투를 벌이는 게 오히려 마음이 편했다. 물론 샤디아 공주와 2층 버스에서 나눈 감정을 떠올리면 결혼을 할 수 있겠다는 생각이 들었다. 그러나 내가 나라를 구할 능력을 타고났다는 말은 믿기 어려웠다. 그것보다는 한 여자를 많이 좋아하면서 그만큼 깊이 알아가는 연애의 과정, 사랑에 이르는 감정의 파고를 더 깊이 느껴보고 싶었다. 분명 나와 샤디아 공주는 마음이 통하는 경험을 했다. 그런데 그것만으로 진정한 사랑에 이르렀다고 할 수 있을까? 머리가 지끈거리며 아팠다.

더군다나 결혼식 전날인데 무척 피곤한 하루를 보냈다. 나는 엉망이 된 얼굴을 가리고 미스 나 누나에게 학교에 다녀왔다고 인사를 하고는 조용히 다방집 내실 옆 어둡고 음습한 내 쪽방으로 박쥐가 날아가듯 조용히 스며들었다. 하지만 내 얼굴을 가리지 않았더라도 제 사는 일에 바쁜 다방집 사람들은 그것을 알아채지 못했을 것이다. 사실이다. 정말이지 마음이 복잡해서 조용히 있고 싶었지만, 유난히 다방집에 왕래하는 사람이 많은 연말이라 틈만 나면 몰골을 가리고 담배 심부름을 가야 했다. 88이나 빨간 솔 같이 많이 팔리는 담배는 보루째 사 놔서 괜찮았지만 라일락이나 장미, 청솔 같은 특정 담배의 심부름은 당연히 내 몫이었다.

간혹 담배 심부름 와중에 요즘 내가 피우는 장미를 슬쩍 같이 사오기도 했다. 물론 존 스튜어트 소위의 지포 라이터 역시 시치미를 뚝 떼고 아직도 돌려주지 않고 있다. 황동색을 띠었으며 묵직한 바디감을 지닌 지포 라이터에서 뚜껑을 열 때 들리는 그 특유의 철컥하는 소리와 라이터돌을 돌리면 심지에 불이 붙는 소리가 그렇게 즐거울 수 없었다. 물론 이 라이터로 물리 공식을 외던 사기꾼을 보내버리긴 했지만.

어쩌면 몽정을 피하기 위해 어쩔 도리 없이 하는 자위는 그렇다

손 치더라도 가끔씩 불같이 솟아오르는 살의를 겨우 겨우 참고 사는 열일곱 살 소년에게 지포 라이터가 내는 소리는 샤디아 공주와 정서적 감응을 나누기 전까지 내가 느낄 수 있는 유일한 그리고 가장 큰 즐거움이었다.

나는 내일 결혼식에 참석할 것이다. 그럴 것이다.

저녁으로 전기밥솥에 남은 얼마간의 밥과 냉장고에서 꺼낸 몇 가지 밑반찬으로 끼니를 때웠다. 결혼식 전날이라 그런지 혼자 먹는 밥이 좀 외로웠다. 아직도 낮에 맞은 부위가 따갑고 욱신거리고 얼얼했지만 그래도 견딜 만했다. 그리고 열일곱 살은 먹성이 좋다. 먹어도 먹어도 배가 고프다. 저녁을 먹고도 남아 있는 허기를 율무차 한 잔을 만들어 먹으면서 달랬다.

쌍화차와는 비교가 되지 않지만 율무차는 맛도 있었고 먹고 나면 확실히 포만감도 생겼다. 율무가 정력을 떨어뜨린다는 말이 돈 후 손님들이 찾는 횟수가 현저히 줄었지만, 나는 율무차가 맛있다. 그리고 가끔은 커피에 우유를 타서 카페오레도 만들어 먹었다. 프림을 많이 넣은 다방집 커피보다 훨씬 목 넘김이 부드러워 좋았다. 영국산 홍차는 항상 맛이 너무 써서 영국 사람들은 이런 걸 왜 마시나 싶었다. 티백으로 나가는 우리나라 설록차 역시 돈 주고 사 먹기는 아까운데, 의외로 겨울이 되면 찾는 손님이 많았다. 나는 엄연한 다방집 도련님으로서 다방집의 모든 메뉴를 만들 줄 안다는 한 가지 자부심만큼은 결코 버릴 수 없었다. 수학은 잘 못하지만 이것만큼은 양보할 수 없다.

오히려 이렇게 바다에서 칼바람이 불어오는 겨울에는 잣을 얹은 따끈한 유자차가 어울린다. 나는 이맘때 처음 오는 다방집 손님에게는 오히려 유자차를 권하기도 했다. 미스 나 누나가 배달을 나가거나 이런 저런 일로 바쁘면 나는 마담의 아들이자 '성재 군' 또는 '조군아'로 불리면서 변태 같은 미술 선생과 목하 연애중이라 자주 다방집을 비우는 엄마를 대신했다. 나는 그런 엄마가 전혀 밉지 않았다. D시에 정착하기까지 엄마를 물심양면으로 도와주었던 이 형사가 결혼을 했다고 말하던 엄마의 서글픈 표정을 아직도 나는 기억하고 있다. 나는 엄마가 부디 행복해지면 좋겠다. 나는 그래도 되는지 잘 모르겠지만 말이다.

그런데 꿈인지 생시인지 모르겠지만, 내가 본 것은 엄마가 이 형사와 같이 있었을 때 그냥 옆에 누워 있기만 한 것이 아니었다는 사실이다. 분명 엄마가 잠을 자는 이 형사 위로 올라가 평소보다 뾰족해진 입으로 이 형사 입에서 무언가를 빨아들이는 걸 본 것이다. 한동안 그 모양이 계속되었지만, 엄마의 부드러운 눈빛이 평소와 다르게 느껴져 퍼뜩 눈을 감았다. 그것은 TV 드라마 〈전설의 고향〉에 나오는 구미호를 닮은 아주 무서운 눈이었다. 이 형사가 오래 살았을까 문득 의심스러웠다.

앞서 말했듯이 여러 가지 이유로 율무차를 마시며 다방집 홀에서 모처럼 청춘스타 이덕화가 진행하는 MBC 〈토요일 토요일은 즐거워〉를 보려고 하는데, 상당히 큰 노름판이 벌어지고 있던 다방집 새 방에서 갑자기 거칠고 새된 목소리가 크게 들렸다. 누군가 또 판

돈을 올리고 있고 누군가는 큰돈을 잃고 있는 것 같았다.

아시다시피 어린 시절부터 노름판을 오랫동안 지켜본 바 있는 나로서는 은근히 노름꾼들의 큰 목소리에서 풍기는 수컷들 특유의 자존심 대결을 느꼈다. '참 부질없는 일인데'라고 생각했다. 그러면서 허세와 사기의 냄새도 같이 맡게 되었다. 하긴 노름이란 것이 다 그렇고 그런 거 아닌가 하는 생각도 들었다.

그때 오랜만에 존 스튜어트 소위가 사복을 입고 예의 미국 남동부에서 농장집을 하는 청년 특유의 낙천적인 미소를 띠며 다방집 문을 열고 들어왔다. 하! 나도 집이 농장을 해서 대규모로 소를 키우거나 닭을 키우고 항상 스테이크를 먹고 짐 빔을 마시고 겨울에는 사냥이나 다니면 어땠을까 싶었다. 키 크고 잘생긴 소위가 들어오자마자 나랑 눈이 딱 마주쳤다. 존 소위는 언젠가부터 내 이름을 불렀다.

"What's up, Sung-Jae. Long time no seen. How are you?"

"Fine, thank you and you?"

"Me too! I'm fine. but…."

"Have a good time. It's saturday night, isn't it?"

"Oh~ yeh! hahaha. you too, Sung-Jae."

미국 주립 대학까지 나온 ROTC 출신의 똑똑한 장교인데, 은근히 우리 다방집 커피도 잘 마신다. 물론 마돈나를 닮은 미스 나 누나에게 관심이 많아서겠지만…. 그러나 존 소위와 계속 영어로 얘기를 했다가는 머리가 굉장히 아파지는 관계로 그제 못 본 12월 4

일 자 〈조선일보〉를 서둘러 챙겨 들고서 다방집 내실로 들어왔다. '토토즐'을 못 보는 것은 아쉽지만 영어로 오래 말하는 것보다는 낫다고 생각했다.

언젠가 말했듯이 〈조선일보〉의 '이규태 코너'는 꼭 챙겨 읽었다. 아버지가 없는 나로서는 '이규태 코너'에서 무언가 아버지에게서 들음직한 갖가지 상식을 얻을 수 있었다. 나는 아마도 내 아버지가 이런 박식한 사람이 아니었을까 혼자 상상하고 있었는지도 모른다. 그런데, 그런데 내 아버지가 교양 있는 지식인이 아니라 이계에서 온 고양이인간이라고 하니 만감이 교차했다. 더군다나 캐산 집사의 유려한 설명에 의하면, 내 아버지가 벨루아공국의 귀족이자 국가적 영웅이라니!

어쨌든 그제 '이규태 코너'는 "국민학교 명칭고(考)"라는 제목으로 지금 초등교육기관의 명칭으로 쓰이고 있는 국민학교라는 명칭이 얼마나 어처구니없는 것인지 알려주고 있었다.

…2차 대전이 일어난 지 넉 달 후인 1941년 4월에 전시(戰時) 교육체제의 일환으로 '국민학교령'을 공포하고 일본과 한국의 모든 심상소학교를 국민학교로 개명한 것이다. 그 국민학교령의 제1조는 이렇게 돼 있다. "국민학교는 황국(皇國)의 도(道)에 준하여 초등 보통교육을 베풀어 국민의 기초적 연성(鍊成)을 위함을 목적으로 한다." 그리고 천황 중심의 국체의식(國體意識)을 투철하게 한다는 국체명징(國體明徵) 사상과 국가주의 사상을 드높이는 전시교재(戰

時教材)로 교육 내용을 바꾸어 황국신민(皇國臣民)으로서 전시요원화하려는 것이 국민학교의 기본 취지였다. (1986년 12월 4일, 〈조선일보〉, 이규태 코너)

나는 이 내용을 읽고 내가 다녔던 혹은 지금 다니고 있는 학교가 왜 그렇게 폭력적인지 깨달았다. 내 경우 이미 일곱 살 때 잠시 머물던 보육 시설의 원장에게 뺨을 맞은 기억이 있지만, 국민학교에 입학하고 나서도 학교에 다니는 내내 여러 아이들이 이 선생 저 선생에게 사랑의 매라는 이름으로 사정없이 얻어터지는 걸 보았다. 초등학교 3학년 아이에게 시계까지 풀고 코피가 터지도록 때리던 남자 선생의 이름과 얼굴을 잊지 않고 있다. 그때도 그 선생을 죽여버릴 수 있었지만 참았다. 겨우 참았다. 그리고 중학교 때나 지금 다니는 고등학교에서도 마찬가지! 인내는 어려운 일이다.

1940년대 황국신민의 자세로 전시에 준하는 상황을 지금의 학교에서 경험하고 있는 것이다. 나 역시 아침에 지각을 하면 교감이나 교장, 교련 선생님이나 학생부 주임 선생에게 뺨을 맞거나 엎드려뻗쳐서 매를 맞았다. 중학교 시절에는 몽둥이로 매섭게 발바닥을 맞았고, 초등학교 2학년 때는 구구단을 못 외어 선생님에게 계속 머리를 쥐어박히며 모욕을 당했다. 그때부터 수학은 내 유일한 울렁증의 대상이 되었다.

임예진과 여러 편의 하이틴 로맨스 영화를 찍었던 와일드한 청춘스타 이덕화는 이미 앞머리가 많이 벗겨져 있었다. 저런 청춘스타도 머리가 벗겨지는구나 싶어 안타까웠다. 스타도 결국 인간이구나라는 생각. 툭하면 '부타~악해요'를 외치는 그가 진행하는 '토토즐'이 끝나자마자 미스 나 누나는 기다렸다는 듯 다방집 스피커로 MBC FM 라디오를 틀었다. 9시 뉴스는 KBS나 MBC나 어디든 북한의 금강산댐 건설을 다루며 수도 서울이 물에 잠길 수 있다는 협박조 뉴스로 도배를 했다.

엄마는 9시가 넘었는데도 아직 돌아오지 않았다. 낮에 종철이 패거리에게 맞았던 온몸 이곳저곳이 다시 욱신거리기 시작했다. 손거울로 얼굴을 보니 코는 아까보다 더 부어 있었고 턱밑은 땅바닥에 처박히며 긁힌 상처로 쉽사리 나을 것 같지 않았다. 오늘 상처 난 내 얼굴을 알아봐준 사람은 결국 담뱃가게 아저씨를 포함해 한 사람도 없었다. 역시 모두들 사는 게 바쁜 것이다. 어쨌든, 이 얼굴로 과연 결혼식을 할 수 있을까? 거참! 스스로를 한심해 하고 있었는데, 갑자기 다방집 홀 어딘가에서 또 큰소리가 나기 시작했다. 미스 나 누나가 헐레벌떡 내실 옆 쪽방에 있는 나를 찾았다. 미스 나 누나는 상당히 어두운 눈빛으로 나를 바라봤다.

"성재 군, 성재 군. 이리 함 와 봐봐! 아무래도 싸움이 날 거 같…."

다방집에서 열일곱 살 소년은 이럴 때도 쓸모가 있다. 쪽방 앞에 선 미스 나 누나의 말이 채 다 끝나기도 전에 나는 쏜살같이 튀어나갔다. 예감이 좋지 않더니… 아니나 다를까 다방집 새 방에서 육두문자와 함께 거세고 뒤틀리고 새된 수컷들 특유의 욕설이 터져 나오고 있었다.

공교롭게도 영국 2인조 남성 밴드 왬이 부른 "라스트 크리스마스"가 다방집 스피커에서 흘러나왔다. 크리스마스까지 아직 한참 남았는데 벌써 이런 분위기의 곡들이 라디오에서 방송을 타고 있었다. 다방집 홀에는 이국 저 멀리 영국 청년들의 감미로운 목소리가 흘렀고 다방집 새 방에서는 엄청나게 살벌한 말들이 넘실거렸다.

"너거 이 새끼들 다 짜고 치는 거제? 엉! 너거 이 씹새끼들 다 고소해 뿔기다, 엉!"

박정희를 찬양하며 서울대 법대를 꼭 가야 한다는 우리 반 태현이의 아버지이자 D시 구도심 항구에서 배를 여러 척 가지고 있었다는 김 선주가 매우 흥분한 목소리로 자신이 사기도박에 빠졌음을 호소했다.

"김 선주 니~임, 누가 짜고 쳤다고 그래 싸요. 잃었으마, 고마 조용히 가든지, 돈을 더 갖고 오든지, 맘 때로 하이소."

음흉한 배씨의 목소리도 들렸다. 배씨가 이렇게까지 크게 말하는 걸 본 적이 없다. 제비족인 백구두 미스터 민은 어쩐 일인지 다리를 떨지 않고 구석에 혼자 앉아 있었지만 여차 하면 바로 튈 기세였다. 제비족은 이런 상황에 매우 민감하다. 바람난 유부녀와 정사를 하다가 남편에게 걸릴라 치면 죽을 각오로 도망을 칠 바로 그 자세였다.

아까는 없었는데 어느새 다방집 이코노 컬러 TV 앞 명당자리에 트랜스젠더 엘라도 와 있었다. 나를 보자 새 방 쪽을 향해 걱정스러운 표정을 지으며 얼른 가보라고 눈짓을 했다. 출입구 앞 테이블에 앉은 존 소위가 내게 뭐라고 소리를 치는 것 같았지만 나는 대답하지 않고 바로 다방집 새 방으로 향했다.

문을 열었다. 좀 전까지 하얀색 테이블 하나에 해방촌 담요를 깔고 선수용 의자 여섯 개를 놓은 어엿한 다방집 하우스의 노름판은 이미 엉망이 되어 있었다. 테이블은 뒤집혔고 맥주병을 던졌는지 하얀 벽에 맥주 자국이 나 있었다. 맥주 냄새가 진동을 했다. 아니나 다를까 바닥에 맥주병이 깨져 있었다. 그걸 보자마자 내 눈매가 매워졌다. 미스 나 누나의 애인을 자처하는 동네 청년 필수 씨가 서로 멱살을 잡고 있는 김 선주와 음흉한 배씨를 말리고 있었다.

"이제 그만들 좀 하세요!"

나는 다방집 노름꾼들에게 목청을 높여 말했다.

"니 뭐꼬?"

김 선주가 나를 보고 눈을 부라렸다. 그는 내가 자신의 아들과 같은 반 친구라는 사실을 몰랐다. 때마침 배씨가 자신의 멱살을 잡고 있던 김 선주의 손을 풀며 오른발로 그의 배를 찍어 찼다.

큭 하고 태현이 아빠가 새 방 입구에 서 있는 내 쪽으로 쓰러졌다.

"김 선주님, 이제 고마 좀 하입시다. 아 보는데 와카십니꺼, 예?"

"하아! 요것 봐라, 그래, 와카 긴? 니 새끼들이 사람을 개 조츠로 보니까네, 그런다 이 씨벌놈들아!"

지금 내가 보고 듣고 있는 일들을 같은 반 태현이에게는 결코 말하지 않을 것이다. 나는 학교 친구들의 아비들이 이 다방집에서 어떻게 망가지는지 알고 있었지만 애써 친구들에게 전하지 않았다. 그것이 내가 그 아이들에게 지킬 수 있는 최소한의 예의였다. 우리 다방집에서 생기는 일들은 대개 이 정도에서 마무리되었다. 그게 우리 다방집 원칙이었다. 그런데 오늘은 아주 심상치 않다. 김 선주는 노름에 중독이 돼 벌써 재산을 많이 잃었다고 들었다. 태현이가 아직 고등학교 1학년임에도 서울대 법대를 가 검사가 되고자 하는 것도 어찌 보면 노름에 빠진 자신의 아버지 김 선주 때문이라는 생각이 들었다.

"새끼들 오늘 내 손에 다 디졌어, 이 시팔새끼들야! 니! 니! 니! 내 찾제! 오냐, 가자 새끼야! 내 따라 파출소 가자, 이 사기꾼 새끼야!"

김 선주가 어느새 배씨의 바지춤을 두 손으로 꽉 잡고 다방집 홀로 끌고 나왔다. 나는 일단 뒤로 물러나 김 선주가 가고자 하는 길을 터주었다. 필수 씨나 다른 노름꾼들도 같이 다방집 홀로 나왔다. 왬의 "라스트 크리스마스"는 아직 끝나지 않았다. 누가 들어도 감미로운 목소리다.

미스 나 누나는 어느새 미군 존 소위 근처에 가 있었다. 김 선주에게 배씨가 끌려 나오자 벌떡 일어난 존 소위가 슬금슬금 누나 쪽으로 다가서더니 미스 나 누나를 거의 감싸 안듯 굉장히 열심히 누나를 보호하기 시작했다. 왬의 노래가 끝나자 리처드 기어와 데브라 윙거가 주연한 〈사관과 신사〉의 주제가 "업 웨어 위 빌롱"이 흘렀다. 그때 새 방에서 나오면서 존 소위가 누나를 뒤에서 꽉 껴안고 있는 장면을 본 필수 씨의 눈에 불이 확 붙었고, 그 와중에도 다방집 홀로 끌려 나온 배씨는 바지춤을 잡고 있는 김 선주의 손을 뿌리치려고 했다.

"확, 마, 이 손 놓으이소. 야! 놓으라카니까? 선주님, 좋은 말로 할 때 놓으이소! 야, 홍군아, 니 가마 있네!"

그때였다.

"미스 나야! 니, 니는 와 거기 있는 기고? 어잉!"

〈사관사 신사〉의 주제가 고조되고 있었고, 배씨와 필수 씨의 말이 동시에 나왔다. 솔직히 필수 씨 목소리가 두 배, 아니 세 배는 더 크게 들렸다. 어라!

필수 씨는 배씨와 김 선주를 말리던 것도 까맣게 잊어버리고는 그대로 다방집 홀을 다다다 달려가더니 미합중국 육군 존 스튜어트 소위의 얼굴을 향해 부~~웅 하고 뛰어올라 자신의 머리를 날렸다. 생각해 보니 필수 씨는 키는 작은데 머리가 컸다. 하여튼 엘라를 포함해 다방집 안에 있던 모두의 눈이 아주 커다래져 필수 씨의 놀라운 비행을 보고 있었다. 아마도 아담한 키의 필수 씨와 상당히 키가 큰 존 스튜어트 소위의 키 차이는 아무리 못해도 20센티는 넘을 것 같았다. 어느 새 미스 나 누나는 보이지 않았다. 그 장면은 아폴로 11호의 발사 현장을 보는 것 같았다. 분노의 우주선 필수호 발사!

평소 그렇게 상냥했던 우리 동네 청년 필수 씨가 미 육군 장교의 대가리를 향해 저토록 높이 몸을 날리는 것은 상상도 할 수 없는 일이었다. 그러나 다방 안 모든 사람들, 특히 몸싸움 중이던 배씨나 김 선주를 비롯한 미친개 홍씨와 몇몇 노름꾼들까지도 평소답지 않은 필수 씨의 놀랄 만한 저 로켓 발사 비행을 보고야 말았다. 필수 씨는 주먹이 아니라 머리를 날려 존 스튜어트 소위의 턱을 정통으로 가격했다. 명중! 갑자기 AFKN에서 봤던 〈달나라 여행〉이란 무성영화가 생각났다. 거기 나오는 케이크 같은 달에 박힌 로켓이 생각났다.

하릴없던 동네 청년이 대 미합중국 육군 ROTC 출신 엘리트 소위의 안면을 마치 김일 선수가 박치기로 미국 출신 프로 레슬러들을 한 방에 보내듯 박아버린 것이다. 내가 지하 다방집에 살면서 이런 놀라운 장면은 실로 오랜만이 아닐 수 없었다. 제비족 백구두 미스터 민이 자기도 모르게 엄지를 척 내밀며 "필수 씨, 스고이!"라고 외쳤다.

다방집에 있던 미친개 홍씨를 포함한 노름꾼들, 다방집 홀 손님인 트랜스젠더 댄서 엘라부터 백구두 제비족 미스터 민, 나, 미스 나 누나(누나는 가까스로 쓰러지지 않았다), 때마침 다방집 정문을 열고 들어온 엄마와 이동철 선생까지 모두 그 광경에 입을 떠억 벌렸다.

쌍코피를 퍼억 뿌리며 눈이 뒤집힌 존 스튜어트 소위는 그대로 바닥에 쓰러졌다. 어허, 이런! 동네 청년 필수 씨가 자랑스레 자신의 머리를 쓰다듬으며 말했다.

"니는 남의 여자를 어디 껴안노. 이 양키 새끼야! 양키 고 홈이다. 새끼야!"

대 미합중국 육군 소위가 한국의 일개 동네 청년인 필수 씨의 박치기에 정신을 못 차리자 존 스튜어트 대위를 흔들어 깨우며 미스 나 누나가 신경질을 냈다.

"필수 씨, 니 미쳤나? 와 멀쩡한 손님을!"

미스 나 누나가 이 말을 하는 순간, 음흉한 배씨의 친구인 미친개 홍씨가 주인 말 잘 듣는 개처럼 김 선주의 얼굴을 주먹으로 가격했다. 김 선주 역시 죽겠다고 비명을 지르며 얼굴을 붙잡고는 땅바닥을 굴렀다. 배씨와 홍씨가 같이 김 선주를 밟기 시작했다. 그러자 트랜스젠더 댄서 엘라가 갑자기 흥분하더니 예전 남고시절 한가락 하던 필살기를 선보였다. 그것은 권투! 나는 엘라가 아마추어 복싱 선수였다는 사실을 실제로 확인했다. 이제는 여자 몸이 되었지만 복싱 실력은 스트립 댄스를 하며 지방 하나 없는 근육질의 몸에 부드러움까지 겸비하게 되었다. 나비처럼 날아서 벌처럼 쏘라는 말은 알리의 말이 아니었다. 그 이상적인 형태를 트랜스젠더 댄서 엘라기 현실에서 보여주고 있었다.

댄서용 15센티 킬 힐을 신은 채 원, 투, 원, 투, 쓰리! 잽! 잽! 라이트, 레프트, 라이트, 레프트, 훅, 어퍼컷! 레프트 훅에 이은 라이트 어퍼컷으로 미친개 홍씨는 녹아웃되었다. 배씨는 미친개 홍씨가 순식간에 여자에게 당하자 뒤로 움찔움찔 물러났다.

"뭐 이런 가시나가 있노? 니, 니 뭐꼬? 엉! 니 미친나?"

"가시나? 참 나, 야! 우리 카바레 손님 중에 나한테 팁 제일 많이 주는 손님이야! 왜 때려! 너 일루와."

그러더니 귀신같은 원투 펀치와 어퍼컷과 함께 배씨가 일거에 무너졌다. 엘라는 당장 WBC 라이트 플라이급 세계 챔피언인 장정구와 타이틀 경기를 벌여도 손색이 없어 보였다. 배씨가 푹 쓰러지자 다방집 문 앞에 서 있던 엄마가 소리를 질렀다. 그 뒤에는 이동철 선생님도 보였다.

"그~~~ 만! 그만, 그만, 그~~~ 만!"

나도 움찔했고 다들 멈칫하고 있는데, 바로 그때 미군 소위가 일어났다.

"What the! fuck up~ son of bitch! come on, man!"

그러더니 필수 씨에게 제대로 된 주먹을 날렸다. 그것을 필두로 다방은 다시 활극 촬영장이 되었다. 김 선주와 엘라가 편을 먹고 나머지 노름꾼들과 패싸움을 시작했다. 우리 학교 미술 선생님이자 우리 엄마와 모종의 관계를 맺고 있는 이동철 선생도 웬일인지 우리 엄마의 눈치를 살짝 보더니 남자다움을 나타내려 했는지 매우 큰 고성을 지르며 싸움에 참여했다. 온통 난리도 아닌 상황이었다.

그 와중에 카바레 제비족인 백구두 미스터 민은 평소의 비굴한 모습과 다르게 도망도 가지 않고 살짝 정신이 나갔는지 괜히 테이블을 번쩍 들더니 다방집의 중심을 지키고 있던 어항에 던졌다. 5년을 넘게 하루같이 보살피던 다방집 어항이 박살 나고 물이 온 사방으로 흘러내리자 드디어 내 눈에 불똥이 튀었다. 내 오늘 이것들을 모조리 다 보내버려야겠다는 마음이 솟구쳐 올랐다. 때마침 라디오에서는 〈사관과 신사〉의 노래가 끝나고 크리스마스 캐럴 "징글벨"이 흥겹게 흘러나왔다.

...

다방집 정리가 어느 정도 끝이 났다. 시간은 거의 새벽 1시를 가리키고 있었다. 미스 나 누나는 이미 퇴근을 했고 엄마와 나만 남았다. 백구두 미스터 민이 어항을 깬 덕분인지, 사람들이 물에 젖자 정신을 차렸는지, 내가 정신없이 미친 듯 소리를 질러서였는지 몰라도 패싸움은 어찌어찌 수습이 됐다.

어떠한 책임도 묻지 않을 테니 모두 집에 가라는 엄마의 말과 함께 노름꾼들도, 미군도, 복서 출신 트랜스젠더 스트립 댄서도, 미술 선생도, 제비족 백구두 미스터 민(이 인간은 어항을 깬 죄를 묻지 않을 수 없었으나 엄마의 말 때문에 봐주기로 했다)도 신발이 어항 물에 젖자 하나 둘 뒤꿈치를 들고 총총걸음으로 집으로 돌아갔다. 특히나 음흉한 배씨와 미친개 홍씨는 다방집 내실에 가서 얼마 남지 않은 하우스비까지 챙겨갔다. 그걸 보았지만 가만 놔두었다. 인격은 쉽게 변하지 않는다는 것을 배웠다. 인간을 이해하는 데 있어 다방집은 어느 학교보다 더 많은 것을 가르쳐주었다. 미술 선생은 엄마를 애써 위로하려고 했지만, 엄마는 일단 집에 돌아가라고 강한 어조로 말했다. 미술 선생은 아주 나이스하게 담배 한 대를 피워 물고는 최대한 멋있게 사라지려고 노력했지만, 다리에 힘이 풀렸는지 다방집 계단에서 또 자빠지는 소리를 냈다. 쿠당당탕! 헉! 끄응.

일단 어차피 깨진 어항은 건물 뒷마당에 내놓고 월요일에 새로 어항을 맞추기로 했다. 존 소위와 필수 씨의 싸움 중 손상된 다방집 유리벽도 새로 해 넣으면 된다. 그러나 몇 해 동안 애써 돌보고 키운 키싱구라미들과 여러 열대어들은 결국 구하지 못했다. 5년 가까이 식구처럼 지낸 관상어들을 구하지 못해 너무 안타깝고 미안했다. 난장판을 정리하고 나서도 여기저기 엄청난 물과 함께 다방집 홀 구석구석으로 흘러들어간 물고기들을 다 찾지는 못했다.

구석구석 흩어진 유리를 줍고 쓰레받기를 이용해 물을 퍼내고 밀대로 바닥을 몇 번씩 닦으며 나름 청소를 했지만, 다방집 홀 바닥은 아직도 물이 흥건했다. 그걸 멍하니 바라보고 있는데 엄마가 허기가 진다며 돼지국밥을 먹으러 가자고 했다.

아래의 MBC 휴먼 다큐멘터리 〈인간시대〉 스타일의 인터뷰는 엄마가 돼지국밥에 소주 한 병 반을 반주로 곁들여 마시고 술에 취한 뒤 내게 말한 것이다. 평소와 달리 눈이 풀린 엄마에게 내가 대호선국과 벨루아공국에 관한 이야기를 얼핏 꺼내자마자 갑자기 쏟아낸 이야기다. 모든 이야기를 마치고 엄마는 식당 테이블에 고개를 쿵 떨구더니 잠이 들었다.

술에 취해 잠이 든 엄마를 업고 다방집으로 돌아왔다. 남은 힘도 별로 없는데 축 늘어진 엄마를 들쳐업고 오자니 무거워서 죽을 뻔했고 한겨울인데도 땀이 비처럼 쏟아졌다. 나 역시 엄마를 다방집 내실에 내려놓으며 뽀옹 하고 방귀를 뀌고 말았다. 이놈의 괄약근!

이화순 씨(42세. 성재 엄마/수도다방 마담)

"성재야! 여기 사람들도 있고 조용히 말할 테니 내 말 명심해서 들으렴. 놀라지도 말고 충격 받지도 말고, 응? 방금 네가 대호선국에 들렀다는 말을 듣고 드디어 올 것이 왔다고 생각했어. 벨루아공국에 대해서도 아는 것을 보니 이제 더는 숨길 게 없는 것 같구나."

"솔직히 우리 대호선국에서 인간 세계에 나온 여우인간들이 많았어. 딸꾹! 여우 인간들은 기본적으로 둔갑술에 능했지. 뭔가 평범한 사람들하고 다르게 행동하는 사람들은 의심해 볼 필요가 있지. 그런데 개중에 유력한 정치인이나 재벌로 둔갑하는 여우 인간들도 있었어. 그래서 중국, 한국, 북한, 일본의 유력 권력자들 중에는 예로부터 우리 대호선국에서 온 여우 인간들이 많았어. 성재야, 한 나라로만 보면 안 된다. 여기저기 한통속이 많아. 나는 누군지 척 보면 알아. 같은 여우 인간들 눈에는 본모습이 보이거든. 그들은 인간세계에서 자신이 속한 나라를 위해 움직이지 않아. 오직 대호선국을 위해 움직이지. 나도 대호선국에서 태어났지만… 그래도 가끔 이들이 부리는 음모를 잘 살펴야 해. 정신 똑바로 차리고 살아야 된다고… 딸꾹."

"어떻게 만나게 되었냐고 네 아빠를? 하하! 네 아빠를 만난 건 이 엄마가 대호선국 비밀요원으로 훈련받고 인간 세계로 나온 지 3년이 되기 한 달 전쯤 되는 날이었어. 딱 3년이 지나면 나는 다시 대호선국으로 돌아가기로 약속이 돼 있었지. 당시 서울에서 가장 큰 택시 회사에서 경리로 일할 때였어. 인간 세계에 유언비어를 퍼트릴 필요가 있었거든. 택시기사들 중에 이상한 이야기를 하는 사람들은 우리 요원들이 퍼뜨린 유언비어에 감염된 사람인지도 몰라. 딸꾹.

하여튼, 엄마의 집안에서도 인간계에 와서 얼마간 의무적으로 요원 생활을 해야 했는데, 장녀인 내가 집안 대표로 나왔었단 말이야. 음, 엄마의 집안은 대호선국에서 군인 집안으로 명망이 높았기 때문에 엄마도 인간계에서 얼마간 시간을 보낸 후 다시 대호선국으로 돌아가면 특수군 장교로 계속 복무하거나 대학에서 교육 같은 걸 할 생각이었어. 그런데 어느 날 택시에 놓고 내린 물건을 찾으러 택시 회사에 온 네 아빠를 처음 만나게 되었어. 흐흥."

"아빠가 두고 내렸던 물건이 뭐냐고? 그 물건은 우리의 적국인 벨루아공국 사람들만 가지고 다니는 스파이용 통신기였기 때문에 나는 단박에 그가 벨루아공국에서 온 특수요원이라는 사실을 알아차렸지. 일단 나는 적국의 스파이라고 의심이 되는 그를 유혹해서 처치하려고 했어. 하지만 결국 그러지를 못했다. 너, 너무 멋있었거든. 네 아빠가. 아흥, 우리는 뜨겁게 사랑을 했고 얼마 뒤 감사하게도 너를 가지게 되었단다. 그후 나는 여기 계속 남기로 했어."

"우리 대호선국에 극심한 피해를 입혔던 벨루아공국 귀족이자 비밀공작 요원임에도 불구하고 어쩔 도리 없이 나는 네 아버지를 사랑하고 말았어. 네 아버지 역시 나와의 사랑 때문에 결국 벨루아공국에 돌아가지 못하고 여기 계속 머물 수밖에 없었단다. 내가 하루만 더, 하루만 더 있자고 했었어. 결국 시간이 많이 흐르고 말았지. 너는 기억할지 모르지만 새로 지은 서울의 잠실 아파트로 너를 데리고 들어가 살 때는 네 아빠가 대호선국으로 모종의 비밀 임무를 띠고 여기를 떠난 한참 뒤였지. 아빠가 말은 안 했지만, 나는 이미 네 아버지가 대호선국의 왕 호영제를 제거하기 위해 대호선국으로 침투했다는 것을 알았다. 네가 금고 안에서 봤다던 그림은 실은 우리 요원들의 비밀 문이었어. 더 이상은 네 아빠가 말해 주지 않았고 그 이후 어떤 소식도 들을 수 없었어.

네 아빠의 호적상 이름은 조배일이다. 나 역시 여기 호적상 이화순이라는 이름을 갖고 있지. 이곳에서 호적을 만드는 건 이계의 스파이들에게 별로 어렵지 않은 일이야. 그리고 대호선국에서 엄마의 이름은 모심영이야. 엄마 밑으로 여동생이 열 명이나 있다. 그들 모두 군인으로 복무하거나 군과 관련된 일을 하고 있어. 이계에서도 대호선국은 대규모 군대를 가진 아주 호전적인 나라야. 딸꾹! 이~ 졸려."

"성재야, 다시 한 번 말하지만, 너는 이계를 지배하는 여우인간과 마법과 과학문명이 고도화된 고양이인간의 혼혈이라 아주 무서운 능력을 가졌다. 너를 키우면서 관찰해 본 결과 너는 여우인간과 고양이인간들의 장점들보다 더 큰 능력을 가졌어. 지금 도깨비들까지 손에 넣은 대호선국의 왕인 호영제의 능력과 비견할 만큼 큰 능력이야. 하지만 지금까지처럼 네 능력을 함부로 사용해서는 안 된다. 그러다 호영제처럼 사악하고 비열한 여우인간이 될지도 몰라. 언젠가 네게 어떤 기회가 왔을 때 비로소 값지게 사용해야 할 능력이다. 아무에게나 그 능력을 사용하다가는 이계와 인간계를 지탱하는 신수(神樹)에게 큰 벌을 받게 될 거야. 너는 네 능력에 주의를 기울여야 한다. 성재야, 이 엄마가 네 걱정이 많아. 제발이야 성재야. 아무나 제거하고 막 그러지 말라고. 이젠 말야, 그게 중요한 일이 아니야. 알았지 성재야."

"아버지가 어땠냐고? 딸꾹. 어찌 됐든 네 아버지는 좋은 고양이인간이었다. 용감했고 포용력이 뛰어나고 지혜로웠어. 나도 벨루아공국 시절 네 아버지의 모습은 잘 모른다. 그건 혹시라도 네가 벨루아공국에 가게 되면 알아보렴."

"네가 궁금하게 생각하듯이 내가 네 아버지 사진을 갖고 있지 않았던 것은 대호선국 출신의 여우인간들에게 만에 하나 네 아버지의 정체가 밝혀지면 너한테 이로울 게 없기 때문이란다. 미안하지만 일곱 살 이전 네 기억을 지운 것도 나였고. 나는 많은 위기 속에서도 너를 여기까지 키웠다. 혹시 나한테 무슨 일이 생기더라도 앞으로 네 스스로 잘하리라 믿어. 너는 충분히 현명하고 지혜롭다고 생각해, 이 엄마는."

"참고로 20세기 초부터 서울은 여러 비밀요원들의 천국이었다. 다른 세계 주요 도시들도 마찬가지지만 서울에도 미국, 중국, 일본, 소련, 프랑스, 독일, 심지어 중동이나 남미에서 온 인간계 비밀요원과 또는 뱀파이어 요원이거나 이계의 벨루아공국과 대호선국 외에도 너구리인간들의 나라인 구일국 등 이계 여기저기에서 온 비밀요원들이 많이 나와 있어.

실제로 여기서는 간첩이라 불리는 국가간 비밀요원들끼리의 암투도 장난이 아니다. 보통 상사 주재원이거나 기자, 특파원, 외교관이라는 명목으로 많이들 와 있어. 대호선국이나 벨루아공국이나 다른 이계의 비밀요원들 역시 인간계의 상황을 예의 주시해야 한다는 명목으로 밀약하고 있고. 인간계에서 어느 지역의 중요도가 높아질수록 이계의 에너지도 거기에 집중하게 돼 있어."

"마지막으로 너는 고양이인간과 여우인간의 특징 중에서 아무래도 아버지의 능력을 더 많이 물려받은 것 같다. 그러나 너는 공히 두 혈통을 물려받은 혼혈이기 때문에 어쩌면 양측 어디에서도 심지어 지금 살고 있는 이곳에서조차 환영받지 못할지도 모른다. 그러나 네 아버지에 대해서만큼은 언제나 자랑스럽게 생각해야 한다. 그는 벨루아공국의 귀족임에도 불구하고 언제나 자신이 속한 나라의 백성들을 위해 위험한 임무에 먼저 나섰다. 뿐만 아니라 적국의 여자인 이 엄마를 만나고 나서는 너와 엄마를 위해 벨루아공국에서 누릴 수 있는 자신의 기득권을 포기했어. 정말이야."

"이제야 너한테 네 아빠에 대해 이야기하게 되어서 미안하구나. 하지만 너한테 엄마가 해줄 수 있는 건 최대한 너를 보호하는 것이었어. 다시 말하자면 엄마나 너는 어쩌면 지금 살고 있는 대한민국이나 대호선국이나 벨루아공국 어디에서도 환영받지 못할 유령 같은 존재들이야. 결국 네 능력이 완성돼 스스로를 지킬 수 있을 때까지 엄마는 너를 최대한 평범하게 키우고 싶었어. 남들처럼 대학도 보내고 군대도 보내고 결혼도 시키고 자식도 보게 할 거야. 제발 평범하게 누구도 눈치 채지 못하게… 아무 일도 없었다는 듯이, 그렇게 말이야."

나는 돼지국밥을 먹으면서 술에 취한 엄마의 이야기를 계속 들었다. 그냥 나도 모르게 코를 훌쩍였고 아주 조금 눈물이 났다. 그러다가 기어이 코를 풀었다. 종철이에게 걷어차인 코가 계속 아팠지만 코를 풀면서도 엄마에게 더 이상 물을 수 있는 게 별로 없었다. 아직은 아버지에 대한 이야기를 소화할 시간이 필요했다.

내게 남들과 다른 무언가가 있다는 것은 알았지만 인간계에서나 이계에서나 어디서도 환영받지 못할 존재라는 말을 듣고는 오히려 마음이 놓였다. 어디에 제대로 속했다면 나는 그들을 지키기 위해 싸워야 했을 것이다. 그러나 나는 그럴 이유가 없다. 어디서든 자유롭게 살다가 별 탈 없이 죽을 것이다. 그리고 나는 한 열한 시간쯤 뒤에 있을 벨루아공국의 결혼식에는 가지 않을 것이다. 엄마의 말처럼 평범하게 살 것이다.

드디어 1986년 12월 7일 일요일, 결혼식 날이 밝았다. 하지만 나는 벨루아공국의 결혼식에 가지 않겠다는 굳은 맹세와 함께 잠에서 깼다. 어제 공연히 높았던 내 IQ에 흥분한 친구들에게 두들겨 맞은 데다 패싸움에 깨진 어항 덕분에 한 다방집 대청소에, 술에 취한 엄마까지 업고 왔더니 일어날 때 온몸이 뻐근했다. 문득 엄마에게 들었던 충격적인 말들이 꿈인지 현실인지 분간되지 않았다.

몇 시간 자지 않고 일요일 첫새벽에 일어나 버스 첫 차를 타고 예전에 잉어를 묻어주었던 바닷가 절벽 근처 숲으로 갔다. 새벽에 엄마를 업고 와 내실에 뉘이고 나서 다방집을 샅샅이 뒤져 열대어와 키싱구라미를 찾았다. 그들도 하얀 잉어를 묻어주었던 자리 옆에 묻어주었다. 그리고 꿈에 백룡을 보았던 바로 그 바닷가 절벽으로 가서 벨루아공국에서 받은 검은 손목시계를 풀어 동해 바다에 던지려 했다.

그런데 거기서 얼마 전 꿈에서 보았던 근 200미터에 이르는 백룡을 실제로 만나게 되었다. 태양이 찬란하게 떠오르는 동해 바다 저 멀리에서 무언가 솟구쳐 올랐다. 꿈에서 본 백룡이 분명했다. 강한 햇볕을 받아 황금색으로 빛났다. 꿈에서처럼 바다 위에 물을 튀기며 하늘로 날아올랐다가 바다로 빠져들었다. 그리곤 순식간에 내 눈 바로 앞에 바닷물을 튀기며 그 모습을 드러냈다. 꼭 내 키만한 얼굴을 한 백룡은 나에게 고개를 끄덕이며 눈을 마주쳤다. 나는 놀라 뒤로 넘어졌다가 겨우 용기를 내 백룡과 이야기를 나누었다. 정확히는 텔레파시에 가까웠다.

백룡 역시 엄마의 말처럼 내 능력을 함부로 쓰지 말아야 하며 절제가 필요하다고 했다. 그렇다고 능력을 봉인하는 것이 현명한 행위는 아니라고 말했다. 듣다 보니 백룡의 말투가 희랍인 조르바의 그것과 비슷하다는 생각이 들었다. 백룡은 오히려 내가 가진 힘에서 자유로워져야 한다고 조언했다.

샤디아 공주와의 결혼에 대해서도 백룡은 내게 중요한 말을 건네주었다. 결국 나는 백룡의 조언을 듣고 나서, 벨루아공국의 왕궁 광장 우측에 있는 공국 대신전에서 처음 만난 페일 공작가의 일가 친척들과 샤디아 공주가 속한 왕가를 비롯해 벨루아공국의 여러 귀족들, 장로들, 삼상회 의원들, 관료들, 집사들, 시녀들, 또 그곳에 모인 수많은 공민들의 축복 속에서 성대하게 결혼식을 치렀다. 그리고 나는 페일 공작 4세이자 라울 백작이자 성재 페일 공으로 불리며 인간계로 돌아왔다. 샤론 여왕은 대호선국과 700년 전쟁을 종식하는 데 함께 투쟁한 자신의 오랜 동지이자 친구인 나의 아버지 페일 공작 3세와의 맹약을 비로소 지켰다며 기뻐했다.

그러나 당장 벨루아공국에서 살 상황이 아니었기 때문에 나는 절충안에 합의했다. 결국 나는 종전 후 아버지가 자원했던 것과 비슷한 임무를 가지고 인간계로 돌아왔다. 그 임무란 일단은 입 꾹 다물고 여기 내 자리에서 나름 최선을 다하는 것이다. 샤디아 공주와는 시공을 오가며 결혼생활을 유지하고 있다. 이런 부부 생활을 뭐라고 부를 수 있을까? 주말 부부? 장거리 연애? 현세와 이계 부부? 그게 뭐든 문제는 20세가 되기 전까지는 부부간 합방이 안 된다는 것을 벨루아의 신수에게 맹세하라고 해서, 부득이 맹세를 했다. 나는 저번처럼 키스만 해도 좋다고 생각하는 열일곱 살 소년이다.

아! 그래도 더 좋아진 것은 벨루아공국산 특수 안경과 강력한 검으로 변할 수 있는 허리 벨트와 현세에서도 하늘을 날 수 있도록 한 특수 운동화 그리고 새 버전의 최신 벨루아공국산 전자시계를 받았다는 것이다. 나는 아버지에 이어 열일곱 살에 공식적으로 살인 라이선스를 받은 007, 아니 이계에서 온 스파이가 되었다.

결혼식이 있던 날을 좀 더 자세히 설명하자면, 우리 다방집은 전날에 있었던 집단 패싸움의 여파로 하루 쉬기로 했다. 원래 출근을 하는 일요일인데 미스 나 누나도 쉬기로 했다. 만취했던 엄마는 그날 저녁이 되어서야 일어났다. 물고기들을 묻어주고 백룡과 조우하고 다방집에 돌아왔을 때, 여느 일요일과 마찬가지로 10시쯤 쌍화차를 드시러 온 할아버지들에게는 도리 없이 문을 열고 쌍화차를 챙겨드리려고 했었다. 하지만 물난리가 난 다방 꼴이 말이 아닌지라 쯧쯧을 연발하면서 다음에 오겠다며 할아버지들은 이내 돌아갔다. 일요일 단골을 놓치는 게 아닌가 아주 잠깐 걱정이 되었다. 그래도 어쩔 수 없는 일이다.

나는 다방집 문 앞에 '금일 휴업'이라고 써 붙이고 문을 잠갔다. 그리고 약속처럼 오후 12시 10분에 시작한 〈전국노래자랑〉의 첫 번째 땡 소리와 함께 벨루아공국의 왕실로 이동했다. 결혼식 당일인데 공주의 신랑이자 여왕의 부마가 될 자의 얼굴 상태가 엉망이었던지라 캐산 집사를 비롯해 결혼 준비를 위해 모인 집사와 시녀들이 깜짝 놀란 고양이 얼굴을 했다. 고양이인간들이 떼로 눈을 동그랗게 뜨고 입을 벌리고 이빨을 드러낸 채 멍하니 내 얼굴을 보던 장면을 잊을 수가 없다.

시간 관계상 내 얼굴에 난 상처를 진한 분장을 해서 덮으려고 미용 담당 고양이 시녀 여럿이 난리를 치며 내 얼굴 주위로 달라붙어 공을 들였다. 덕분에 내 얼굴은 생전 처음 분으로 떡칠이 된 짙은 분장을 하게 되었다. 그때 샤디아 공주가 내가 있는 대기실로 들어왔다. 아, 그녀는 정말 아름다웠다. 그 모습을 보고 숨이 막혔다.

금색이 간간히 섞인 아이보리색의 단순하면서도 우아한 드레스를 입은 샤디아 공주는 머리에 아이보리색 드레스와 어울리는 화이트 다이아몬드 티아라를 쓰고 갖은 보석으로 장식된 스틱을 손에 들고 있었다. 샤디아 공주는 코가 부풀어 오르고 턱밑에 흠집이 난 내 얼굴을 보더니 매섭게 내 눈을 쳐다보았다.

"어떻게 된 거야. 술이라도 마신 거야?"

"미안해. 어쩌다 이렇게 됐어. 자세한 사정은 나중에 말해 줄게."

샤디아 공주는 그제야 인상을 풀었고 한숨을 내쉬며 일주일 전처럼 나를 꼭 안아주었다. 이상하게 마음이 놓였다. 엄마에게도 느끼지 못하는 안도감이 몰려왔다. 긴 시간 그녀가 나를 안아주자 괜히 마음이 뭉클해졌다. 나도 그녀를 두 팔로 안았다. 그리고 처음 그녀의 등을 쓰다듬어주었고, 다음 머리까지 천천히 쓰다듬게 되었다. 지난주 버스에서 느꼈던 어떤 깊은 감정이 되살아났다. 사랑이었구나! 이런 교감을 그렇게 부르는구나. 괜히 눈물이 어렸다. 그런 내 모습을 보고 그녀의 눈에도 눈물이 어렸다.

"네가 오지 않을까 봐 진심으로 걱정했어."

"사실 나, 정말 고민을 많이 했어."

그러자 표정이 바뀐 샤디아 공주가 평소의 얼굴로 싹 돌아와서는 쏘아붙였다.

"야! 참 나. 그게 신부 앞에서 할 말이니? 내가 그렇게 부탁을 했으면 당연히 와야지, 안 그래? 너, 뭐가 됐든 이것만 약속해. 앞으로 내 말 잘 들어야 해."

"어! 어."

내가 공주와 다시 포옹을 한 채 바보처럼 웃고 있을 때, 주위에서는 예복을 든 의복 담당 집사와 미용 담당 시녀들이 내 얼굴과 공주의 얼굴을 번갈아 바라보며 발만 동동거리고 있었다.

...

찰스 황태자와 다이애나 비의 결혼식에 비할 정도로 성대한 결혼식이 벨루아공국 나름의 신성한 의식대로 잘 끝났다. 거대한 나무의 형상인 대신수를 모델로 한 대신전 내부는 나뭇가지들이 흘러내려와 작은 조명과 거대한 기둥을 이뤘고, 천정에서 햇볕이 쏟아져 들어와 일종의 빛의 기둥을 만들면서 이 결혼의 신성함을 드러냈다.

신성한 분위기의 대신전 안에서 내 처지를 생각하니 약간은 의례적이고 조금은 비열한 웃음을 지을 수밖에 없었다. 소위 백작이라는데 나는 정말 아무것도 없었다. 캐산 집사에게서 결혼식 순서와 일정에 대해 엄청난 교육과 훈련을 받은 결과 결혼식은 무사히 끝났다. 왕실 신녀의 선포로 샤디아 공주와 나는 공식적으로 부부가 되었다. 공국민들의 박수 속에서 샤디아 공주의 새빨간 비행 스포츠카를 타고 현세와 이계를 모두 지킨다는 벨루아공국의 대신수를 모시는 원신전(原神殿)으로 신혼여행을 갔다. 물론 비행 스포츠카 주변에 비행차과 비행 모터사이클들이 편대를 이루어 호위 비행을 했다. 대신수와 대신녀에게 결혼식이 무사히 마쳤음을 고하러 가는 일종의 종교 의례에 가까운 여행이었다.

신성한 원신전에서의 의례 역시 무사히 마친 다음 마침내 생전 처음으로 아버지의 집이자 나의 본가인 페일 공작가를 방문했다. 공중에서 내려다본 아버지의 집은 엄청나게 큰 호수가 딸린 대저택이었다. 나와 공주를 태운 비행 스포츠카와 경호 비행 편대가 페일 공작가 대저택의 주차장에 내렸다. 어떻게 알았는지 귀족 신분인 일가친척들이 도열해 있었다. 정말이지 엄청 많은 수의 일가친척들이었다. 남녀가 비슷하게 많았는데 하나같이 나와 비슷한 외모를 한 사람들이어서 조금 이상했다. 여기는 인간을 복제도 하나 하는 생각이 들었다.

간혹 악수를 하거나 대만찬 장소에서 식사를 하면서도 슬며시 질투의 눈으로 나를 바라보는 몇몇 사람들을 발견하는 것은 왠지 어색하고도 마음 편한 일이 아니었다. 여기서도 학교에서 나를 바라보던 혐오와 증오의 눈길을 발견하게 되니 조금 서글펐다. 아버지의 고향에 와서도 나는 혐오를 맞이한 것이다. 어딘가에서 비웃는 소리까지 들렸다. 그러나 누군지 알 수 없었다. 남자든 여자든 모두 나와 비슷한 분위기였기 때문에 느낌이 좋은 자리는 아니었다. 오기가 동했다. 그래, 나는 그나마 주민등록번호가 1, 0으로 시작하는 대한민국 수도 서울 출생의 남자라는 사실만은 잊지 말자고 다짐했다.

마지막으로 대저택 2층의 가장 큰 집무실에 걸려 있는 유화로 된 아버지의 초상화를 봤다. 태어나 처음 아버지의 얼굴을 대면하는 순간이어서 가슴이 벅차올랐다. 검푸른 제복을 입은 아버지는 옆으로 기울인 자세에서 얼굴은 정면을 바라보고 있었다. 짧게 자른 머리에 콧수염을 기른 당당한 체격의 미남자였고 전체적인 인상이 나와 비슷했다. 아버지처럼 당당하게 보이려면 이제 좀 체격을 키워야겠다는 생각이 들었다. 나는 한참 아버지의 초상화를 바라보았다. 내 옆에 선, 이제는 나의 아내가 된 샤디아 공주가 팔짱을 끼며 머리를 내 어깨에 살짝 기댔다.

···

　지난 아시안게임 개회식에서 쓰러진 대한민국 현 대통령은 결국 저세상으로 떠났다. 종철이에게 맞아서 코피가 났을 때 민소정에게 받았던 노란 손수건을 잘 빨아서 다림질까지 해서 가지고 있다가 방학이 되기 직전에야 겨우 돌려준 날이었다. 1986년 12월 24일 크리스마스이브에 결국 그의 생명유지장치를 떼어냈다는 뉴스특보가 모든 TV 채널마다 긴급 편성되었다. 폐렴이 심해져서 손을 볼 수 없는 상황에 이르렀다고 했다. 그러나 독재자 한 명 보냈다고 갑자기 세상이 좋아지는 것은 아니라고 여러 차례 이야기했었다.

　세상은 오히려 더 큰 혼돈에 빠졌고, 12월 25일에 노신영 국무총리 겸 대통령 권한대행은 대통령의 장례 일정을 발표하면서 더 이상의 국정 공백을 막기 위해 1987년 3월 3일에 미국식 간선제를 표방한 대통령 선거인단을 통해 대통령선거를 치르겠다며 대통령 선거일을 공식 발표했다.

　그러나 대선 일정 발표 이후 정국은 극심하게 요동치기 시작했다. 대학가에서는 대통령 직선제를 요구하는 시위가 끊이지 않았다. 그 과정에서 작고한 대통령처럼 대머리도 아니고 오히려 머리숱이 아주 많고 귀도 상당히 큰 여당 대통령 후보가 내각제 개헌론을 접고 국민의 요구를 수용해 직선제 개헌을 추진하겠다고 선언하며 돌연 앞으로 치고 나왔다. 한편으로는 언제든 무력 도발을 감행할 수 있는 북괴의 위협에 굴하지 않고 굳건히 맞설 수 있는 인물은 오직 군 장성 출신인 자신뿐이라고 어필했다.

귀가 크면 복이 많다는 것을 선거 모토로 내세운 이 여당 대통령 후보의 선언에 국민들의 의견이 분열되기 시작했다. 직선제를 요구한 국민이 성공한 것이라는 평가에서부터 뭔가 음모가 있는 게 아니냐는 말까지 돌았다. 여하튼 여당의 대통령 후보는 나로 인해 저세상 사람이 된 대통령의 절친한 친구이자 쿠데타의 주역이라는 사실은 교묘히 숨기면서 자신이 귀가 큰 대통령의 관상이라는 말로 꾸준히 자신의 이상한 장점을 어필했다.

직선제 개헌이 전격 추진되고 나서 야당 측에서는 여기저기 대통령 출마자들이 줄을 이었다. 야권은 오랜 독재 권력 구조를 종식시키는 정권교체를 이룰 절호의 기회를 맞았는데 역설적이게도 적전에서 사분오열하고 있었다.

P. S. 미스 나 누나의 경우

마돈나를 닮은 미스 나 누나는 귀가 큰 대통령이 취임하고서도 한참을 더 우리 다방집에서 일하다가 떠났다. 88올림픽 기간까지는 좀 체격이 있는 미스 리 누나가 일했고, 올림픽 이후에 일하던 미스 박 누나는 어느 날 월급을 받고는 말도 없이 사라졌다.

문득 일을 잘하던 미스 나 누나가 그리웠다. 필수 씨와의 유사 애인 관계는 지난번 미군과의 격투로 어그러지고 말았다. 한때 필수 씨가 지극 정성을 다해 관계가 조금 나아지기도 했지만 결국 다시 헤어졌다. 필수 씨의 연적 존 스튜어드 소위는 그 뒤로 한두 번 다 방집에 더 왔다가 다른 지역으로 이동을 해야 한다며 아쉬운 작별 을 했다.

그런데 일을 그만두기 전부터 미스 나 누나는 서울에 다녀오는 일 이 잦았다. 결국 1988년 1월 초쯤에 미스 나 누나는 동생이 대학을 졸업하기도 전에 취업을 했고, 이제 서울의 을지로 3가와 충무로 사이에 지인과 동업으로 다방을 시작하게 되었다고 엄마와 내게 털어놓았다. 엄마와 나는 진심으로 축하해 주었다. 다방집과 술집 에 오는 여성들을 나는 많이 봐왔다. 내 엄마처럼 혼자 자식을 키 우기 위해서거나 가족을 위해 자신을 희생하는 여성들이 압도적 으로 많았다. 나는 미스 나 누나처럼 똑똑하고 능력 있는 여성들에 게 더 좋은 세상이 되길 바랐다.

그때서야 미스 나 누나는 자신의 고향이 서울이라며 고운 서울 말 씨를 썼다. 우리 다방집에 온 첫날 화장실에서 당황한 누나가 서울 말을 썼을 때 이상했는데, 1년이 훨씬 더 지나서야 이해가 되었다. 그래도 사투리를 너무 잘 써서 그때 일을 잊고 있었다. 여하튼 쨍 하게 맑고 매섭게 추운 겨울의 어느 날, 미스 나 누나는 D시 시외 버스 터미널에서 하루에 몇 편 없는 서울행 고속버스를 타고 떠났 다. 누나가 떠나는 날, 나는 그녀의 자취방에 가서 큰 트렁크 짐을 시외버스 터미널까지 옮겨주는 노력 봉사를 했다. 한동안 철봉을 하면서 힘을 키운 덕분에 방귀가 나오는 걸 겨우 참았다. 철봉을 하면 괄약근도 힘이 세지나 보다.

그녀가 우리 다방집에서 일하며 머물던 자취방은 작은 2층 양옥에 있었는데, 딱 한 사람이 살기 좋을 만큼 작은 방이었다. 벨루아공국에서 엄연히 성대한 결혼식까지 했지만, 생전 처음 엄마 아닌 인간 여성 혼자 사는 방에 들어가 보니 특유의 체취에 나도 모르게 가슴이 뛰었다. 누나가 나를 바라보는 눈빛이 예사롭지 않아서 마음이 이상했다는 사실을 말하지 않을 수 없다. 그러나 샤디아 공주의 얼굴을 생각하며 누나의 뇌쇄적이고 당당한 눈을 마주치지 않고 묵묵히 누나의 짐을 시외버스 터미널까지 옮겼다.

버스를 타기 전 마돈나를 닮은 누나가 나를 꽉 안아주고(누나 가슴의 풍만함을 그대로 느낄 수 있었다) 뺨에 뽀뽀를 길게 해주었다. 나름 고맙다는 누나의 인사였다. 또 거시기에서 반응을 보였지만 허리를 뒤로 빼고 주머니에 손을 넣은 채 엉거주춤 서 있었다. 서울에 오면 찾아오라고 주소가 적힌 종이도 내게 주었다. 정말 서울에 오면 꼭 연락을 하라고 두 번 세 번 강조했다.

나는 한 손을 주머니에서 빼 뺨에 묻은 누나의 루주 자국을 지우며 어색하게 버스에 타는 누나를 바라보았다. 손을 흔들었고 현실의 마돈나와 작별을 고했다.

에필로그

1989년 2월 20일. 오늘 드디어 고등학교를 졸업했다. 엄마가 보도방에 전화를 걸었는데 웬일인지 전화가 안 된다고 아침부터 화를 낸 날이기도 했다. 알고보니 그 보도방 사장 아저씨 딸도 우리 학교였고 같은 학년이라 졸업식을 하는 우리 학교 운동장에서 보도방 사장 아저씨를 만났다. 엄마는 매우 아름다운 가족사진을 막 찍으려던 아저씨에게 달려가 전화를 안 받고 뭐하냐며 당장 필요한 아가씨를 부탁했고, 보도방 사장 아저씨는 딸 앞에서 매우 난처한 표정을 지었다. 아마 그이의 딸은 직업 소개소를 하는 줄 알았던 아버지가 다방에 레지 아가씨까지 소개하는 일을 하는지는 미처 알지 못했던 것 같다.

평소 나를 놀리던 아이들도 모두 부모님이 졸업식에 와서인지 누구도 우리 모자를 두고 대놓고 뭐라고 하지 않았다. 태현이 아버지 김 선주만이 나와 눈이 마주치자 무안해했고, 경일이 어머니는 나를 보자마자 어찌 이리 사내아가 예쁘게 컸냐며 엄마와 인사를 나누었다. 졸업식 날 처음 본 경일이 아버지는 곧 여당 당적으로 국회의원 출마를 할 예정이라는 소문이 무성했다. 민소정의 어머니는 민소정과 똑같이 생겨서 교감 선생님까지 식구들이 모두 비슷했다. 나를 유난히 괴롭히던 종철이와 그 무리도 제 부모와 사진을 찍고는 조용히 물러갔다. 물론 조롱하듯 나를 바라보는 종철이의 눈빛은 여전했다. 결국 나는 졸업식을 통해 지난 3년 간 이 학교 안에서 이루어졌던 모든 폭력과 이별을 했다. 다만 샤디아 공주나 캐산 집사의 안부나 축하가 없었다. 졸업식을 마치고 엄마와 시외버스 터미널 바로 맞은편 건물 2층에 있는 신도심에서 나름 유명한 수타 짜장면 집에서 달랑 짜장면 한 그릇 먹고 집으로 돌아왔다.

레지 누나도 없는 날이라 다방집 도련님으로서 설거지를 하고 손님들에게 설탕 크림 듬뿍 넣은 수도다방표 커피를 낸 바쁜 날이기도 했다. 고등학교 졸업식 후 바로 다방집 서빙을 한 남자의 확률은 아마도 0에 수렴할 것이다. 나는 바로 0의 확률을 가진 도련님이다. 결국 어렵사리 제2의 도시에 있는 대학에 입학할 수 있었다. 친구들은 다 가는 서울을 나는 꿈도 못 꿀 성적이라며 고 3 담임 선생님은 단칼에 선을 그었다. 그나마 인문계에서 인기 있다는 학과만 허락을 받았다. 엄마가 어떻게든 등록금을 마련해 주어 고마웠다. 수학을 포기한 '수포자'라 성적이 더 나오기는 어려웠다.

더군다나 그동안 나는 바빴다. 정말 많이 바빴다. 툭하면 이계의 벨루아공국도 지키러 갔고, 현세의 다방집도 지켰고, 설거지를 했고, 다방집 청소를 했고, 주사를 부리는 손님을 치웠다. AFKN도 보면서 남자 복도 지지리 없는 엄마를 지키기도 했다. 정말 엄마는 남자 복이 지지리도 없나보다. 지난해 초까지 이동철 선생님과 목하 연애 중이었는데, 이동철 선생이 갑자기 구라파로 떠나겠다고 해서 두말없이 떠나보내주었다. 여자가 아니라 남자의 마음은 갈대다. 엄마는 한동안 연애를 이유로 살을 빼시더니 요즘 다시 맥주 살이 오르고 있다.

고등학교 2학년과 3학년 내내 일요일 오후 12시 10분에 시작하는 〈전국노래자랑〉에서 '땡' 소리가 나면 나는 벨루아공국으로 넘어가 샤디아 공주와 행복한 시간을 보내곤 했다. 시험 성적표 확인하는 것만 빼면 내 인생 최고의 시절이었다. 공주는 대호선국과의 긴장이 점점 더 높아지고 있다며 우려를 표했지만, 이미 대호선국 수도에서 도깨비 군단과 싸운 경험이 있는 만큼 나는 나름 자신이 있었다. 특수 시계의 알람만 있으면 언제든 그곳에 다시 갈 수 있다. 그러면서 호전적인 대호선국의 호영제를 제거해야 하는 건가 생각을 했다가, 별 일이야 있겠냐며 대수롭지 않게 여겼다.

약 두 달 전인 1988년 12월 16일 금요일, 나는 대입 고사를 치르느라 전자시계를 빼놓고 다른 시계를 차고 시험장에 있었다. 하필 그때 벨루아공국에 대한 대호선국의 대규모 도발이 있었다. 대호선국의 호영제는 고 1 무렵 내가 대호선국 수도에 가서 난장판을 친 앙갚음을 했다. 더군다나 나는 대호선국에서 원수로 여기는 자의 아들이었다. 결국 대호선국 호영제의 교활함은 전방위로 나를 압박했다. 대입 시험 당일 저녁에서야 집에 돌아와 벨루아공국산 첨단 특수 시계를 보니 이미 전원이 나가 있었다. 공황이 엄습해왔다. 이런 느낌은 처음이었다. 전원을 다시 켤 방법은 현세에 없었다. 그리고 이 시계가 작동하지 않으면 당장 벨루아공국에 갈 방법이 없었다. 일단은 일요일까지 〈전국노래자랑〉의 첫 번째 '땡' 소리를 기다려보기로 했다.

수학 시험 문제 중에서 제대로 답을 풀어 쓴 게 없었다. 망친 시험도 시험이었지만, 금요일 저녁부터 일요일 점심 무렵까지 피가 마르는 시간을 보냈다. 그런데 일요일 아침에 D시와 아주 가까운 곳에 있는 지은 지 얼마 안 된 원자력발전소에서 알 수 없는 핵 원료 누출 사고가 발생했다고 해서 D시 신도심 전체에 주민 소개(疏開) 명령이 내려졌다. 사이렌이 울리고 방송이 나왔다. 계속 주민 소개 자막이 흘러나왔다. 나는 이것 역시 호영제의 음모라는 생각을 지울 수 없었다. 하지만 당장은 별 수 없이 벨루아공국에서 받은 특수 장비들만 가방에 챙겨 엄마와 함께 안전지대로 이동했다.

대한민국 제2의 도시에 인접한 공업 고등학교 체육관 상황실 TV로 D시의 주민 소개 상황이 방송되는 걸 지켜보았다. 텔레비전 방송사에서 나와 카메라로 주민들을 중계했다. 체육관 안에는 임시 텐트와 간이침대가 어지럽게 준비되고 있었다. 86아시안게임이나 88올림픽 성화 봉송으로 잠시 방송에 D시의 구도심이 나온 이후 D시가 전국적으로 방송을 탄 일대 사건이었다. 생각해 보니 이런 원자력발전소의 위험성에도 불구하고 얼마 전부터는 발전소에서 직선거리로 불과 4킬로미터 안에 있는 D시의 신도심과 구도심 사이 산지 아래 대규모 아파트 단지를 짓고 있었다.

며칠 뒤 다행히 원자력발전소의 핵 원료 누출 사건이 무슨 일인지 몰라도 별 이상 없이 복구되었다는 당국의 발표로 일단락되었다. 그러나 그 전까지 원자력발전소가 이렇게 위험한 곳인지 아무도 잘 몰랐었다. 결국 불안함을 안은 동거가 시작된 셈이다. 이런 일들로 며칠을 어지럽게 보낸 후에야 비로소 수요일 오전에 다방 집에 돌아올 수 있었다. 여전히 벨루아공국산 검은 전자시계의 전원은 켜질 조짐을 보이지 않았다. 피가 마르는 자책의 시간이 흘렀다. 샤디아 공주나 캐산 집사의 연락도 전혀 없었다.

땡!

마침내 원자력발전소와 가장 먼 곳 중 하나인 충남 서해안의 어느 군에서 열린 〈전국노래자랑〉의 첫 번째 탈락자를 알리는 땡 소리와 함께 이동한 벨루아공국 수도는 안개가 잔뜩 끼었고, 분명 폐허가 돼 있었다. 아름다운 수정 왕궁 건물이나 샤디아 공주와 결혼식을 올렸던 공국 대사원, 왕궁 광장을 둘러쌌던 아기자기한 건물들과 주택가는 물론 갖은 모양의 고양이 나라 사람들로 왁자지껄 생기 넘쳤던 번화가 술집과 식당 골목들조차 완전히 초토화되었다. 얼마 전까지 샤디아 공주와 손을 잡고 데이트한 장소들이었다.

생각보다 너무 끔찍한 일이 벌어졌다. 머리를 쥐어뜯으며 미칠 것만 같았다. 내가 있어야 할 때 없었기 때문에 생긴 일이었다. 결국 나는 벨루아공국은커녕 공주조차 지키지 못했다. 그렇지만, 샤디아 공주를 찾아야 했다. 공국 수도는 이제 쥐새끼 한 마리 찾을 수 없는 완전한 폐허가 되었다. 안개가 잔뜩 낀 폐허에 마치 유령처럼 시선을 잃고 떠도는 중년의 고양이인간에게 그간의 사정을 물었으나 그는 대답도 하지 않고 자신의 아이들을 못 보았냐며 울부짖었다.

나 역시 태어나 처음으로 샤디아를 외치며 울부짖었다. 벨루아 공국의 하늘로 날아올라 미친 듯이 이계의 이곳저곳을 날아다녔다. 하늘에서 바라본 벨루아공국은 이미 지옥이 되었다. 곳곳의 성마다 대호선국의 깃발이 나부꼈고 집단 학살이 이루어졌다. 어떻게 최첨단 과학문명국인 벨루아공국이 마법의 국가에 의해 무너졌는지 이해하기 힘들었다. 나는 보이는 족족 학살을 막고 대호선국의 도깨비들과 군인들을 공격했지만, 너무 넓은 지역이라 혼자 힘으로 더 이상 무얼 어떻게 하는 건 역부족이었다.

나는 치욕감 속에 복수를 다짐할 수밖에 없었다. 다행히 대신수를 지키는 원신전 근처 작은 수도원에서 나를 기다리던 캐산 집사를 만나 샤디아 공주의 소식을 들을 수 있었다. 천만다행히 샤니아 공주는 현재 벨루아공국이 아닌 모처에서 대호선국에 대항할 망명 정부와 지하 레지스탕스를 정비하고 있다고 했다. 내가 대입 시험 때문에 연락이 안 되어 그녀가 실망했냐고 묻는 말에 캐산 집사는 이제 지나간 일이라며, 더 이상은 말해 줄 수 없다고 냉정히 말했다. 언제가 일어날 일이라는 사실은 알고 있었지만, 갑작스러운 기습에 당하고 말았다고 했다. 동시 다발로 이루어진 대규모 함대 포격과 전폭기의 폭격, 투명 비행체를 타고 침투한 도깨비 군단의 놀라운 공수작전으로 공국 사령부와 왕실이 일거에 무력화되었다고 했다. 이때 샤론 여왕과 다수의 왕실가 사람들이 희생당했다고 했다. 군인들의 상륙작전 후 엄청난 속도로 진격한 장갑차와 탱크의 공격으로 수많은 귀족가와 벨루아공국민들이 희생당했고, 심지어 수백만 명이 납치당했다고 했다. 벨루아공국 특유의 첨단 무기를 써볼 시간도 없었다고 했다. 공국은 결국 대호선국의 기습에 나라를 잃은 것이다. 캐산 집사나 샤디아 공주는 공국 왕실 매뉴얼에 따라 간신히 탈출할 수 있었다고 했다.

무엇보다 내 일가인 페일 공작가 출신들의 조직적인 배신과 간첩 행위가 치명적이라고 했다. 영웅의 가문이 느닷없이 나라를 팔아먹은 가문이 되었다. 그들의 배신에 내 영향이 없었다고 볼 수 없었다. 그들은 그들의 수중이라 믿었던 모든 것이 내 차지가 될 것이라고 생각했던 것 같다. 나를 바라보던 증오의 눈빛을 대수롭지 않게 생각했는데 결국 이런 파국을 일으켰다. 차라리 내가 없었다면 오히려 공국이나 샤디아 공주에게 도움이 되었을 것이라 생각하니 가슴이 찢어졌다. 내게 행복이라니 가당키나 한 일인가.

끝으로 캐산 집사에게 앞으로 내가 무엇이든 도울 일이나 해야 할 일을 물었으나, 이제 내가 할 일은 더 이상 없다고 했다. 앞으로 다시는 연락할 일이 없을 것이라는 샤디아 공주의 말을 전했다. 그리고 다시 〈전국노래자랑〉의 마지막 땡 소리와 함께 현세로 돌아왔다.

그날 이후로는 더 이상 남의 마음에 들어가 싸우거나 혹은 남의 생명을 제거하지 않았다. 그렇게 끓었던 살의조차 생기지 않았다. 오직 호영제에 대한 신속하고 완벽한 복수를 꿈꿀 뿐이었다. 이런 치욕에 대처하기 위해, 더군다나 19세 성인이 된 이상 나는 오기가 있어야 한다. 지고 싶지 않은 오기 말이다. 단, 엄마가 이 일을 눈치 채지 못하도록 어렵사리 합격한 대학 입학 수속까지는 마쳤다.

졸업식 날 새벽, 하얀 잉어를 묻어주었던 D시 구도심 근처 해안가 절벽에 가서 나는 바다에서 떠오르는 태양을 바라보며 마음을 가다듬었다. 호영제와의 대결을 앞두고 내가 찾아갈 수밖에 없는 곳이었다. 이곳은 나에게 의미 있는 곳이다. 결국 조르바처럼 조언을 해주던 백룡은 만나지 못했다. 그의 조언이 간절히 듣고 싶었지만 이제 나는 혼자 결정을 내려 행동해야 하고 결국 책임까지 져야 할 나이가 되었다.

졸업식 당일 장사를 마치고 엄마와 돼지국밥에 소주 한 잔을 하며 졸업을 축하했다. 눈물까지 흘리며 감격에 겨워 술을 많이 마신 엄마가 잠이 들자, 나는 생진 처음으로 임마의 마음에 들어가 금고 문을 열 비밀번호를 훔쳐냈다. 크고 어둡고 함정이 아주 많은 미로를 헤매는 매우 위험하고 어려운 모험이었지만, 결국은 미로를 지키는 괴물을 피해 금고를 열 비밀번호가 적힌 작은 석판을 찾아냈다. 위험하고 하기 싫은 일이었지만 해야만 하는 일이었다.

이불을 걷어차는 엄마에게 이불을 덮어주고 사춘기 이후 처음 엄마의 뺨에 입을 맞추고 안녕을 고했다. 어렵사리 비밀번호에 적힌 대로 다이얼을 돌려서 그 큰 금고문을 열자 마치 동굴의 입구처럼 보이는 금고 안에 여전히 아래위로 긴 두루마리 그림이 놓여 있었다. 나는 서둘러 그 긴 두루마리 그림을 펼쳤다. 역시 500년 가까이 나이를 먹은 굼벵이 할아버지가 '여우 왕의 길'이라고 불렀던 길이 보였고, 그 위에는 여전한 만월이 떠 있었다. 다시 한 번 그림 속 휘영청 밝은 보름달에 손을 가져갔다. 그러자 마법의 주문을 외는 것 같은 웅얼거리는 소리가 들렸고, 어디선가 알싸하고 축축한 바람이 훅 하고 불어왔다.

작가의 말

딱 30년 전, 국가폭력이 만연한 우리 80년대를 그렸다. 왕조의 몰락, 일본 식민지 시대 군국주의, 해방 후 남북한 대치, 미군 주둔, 냉전시대와 체제 경쟁, 한국전과 베트남전, 그리고 연이은 군부 쿠데타의 여파로 나라 구석구석이 국가폭력에 물들었던 시대다. 법은 정의롭지 못했고 자국민을 학살한 자가 독재 권력자가 되었다.

1980년대 내내 중·고등학교를 다니는 동안 대한민국 서울에서 아시안게임에 올림픽까지 세계적인 행사가 연이어 개최되었지만, 나중에서야 학교나 군대에 있으며 줄곧 느낄 수밖에 없었던 공포가 국가에서 비롯되었다는 사실을 알았다. 지금은 많이 나아졌다지만 제대로 이성적 판단을 내리지 못하게 하는 보이지 않는 국가폭력의 잔재가 혐오라는 이름으로 여전하다. 그런 국가폭력의 근원을 그리고 싶었지만, 오래도록 망설였다.

그리고 나의 어머니는 어쩐 일인지 내게 비밀이 많았다. 이 소설은 유난히 비밀이 많았던 내 어머니와 나의 이야기이기도 하다. 미혼모로 누구의 도움 없이 아이를 먹이고 키우는 일은 당시나 지금이나 매우 어려운 일이다. 그 힘든 시절에도 나를 포기하지 않고 키워준 당신에게 차마 고맙다고, 사랑한다는 말조차 하지 못했었다. 사실 지금도 우리 모자의 관계는 좀 어색하다. 평생 비밀이라는 포대기에 칭칭 동여매인 채 살 수밖에 없는 사생아라면 차라리 낳지 않았으면 좋지 않았을까 마음속 깊이 나의 어머니를 원망하곤 했다. 애증의 모자관계, 그것이 진실이다. 그 외에 이 소설에 묘사된 나머지는 모두 그 진실을 기반으로 한 상상의 결과물이다.

요즘은 고레에다 히로카즈 감독의 영화에 자주 나오는 릴리 프랭키라는 작가 겸 배우가 자신의 엄마와 그의 이야기를 쓴 《도쿄타워 -엄마와 나, 때때로 아버지》를 읽고 그가 참 부러웠다. 사투리를 쓰는 나이든 엄마를 이렇게 정감 있게 묘사하다니…. 더구나 저자는 자신의 특유의 부드러운 표정처럼 엄마와도 무척 다정했다. 그 책을 읽으면서 모자간의 다정함에 감동해 눈물이 조금 났다.

앙드레 그린이 드라마에 대한 정신분석적 접근을 다룬 자신의 저서 《비극적 효과》(*The Tragic Effect*, 1971)에서 "가족은…탁월한(par excellence) 비극적인 공간"이라고 한 말이 가슴에 남는다. 비밀이 많았고 이제는 과거의 일을 기억조차 하지 못하는 어머니 덕분에 나의 거의 모든 어린 시절은 온통 미스터리할 뿐이다. 어차피 확실치 않으니 자유롭다. 결국 이 소설이 판타지인 것은 그런 이유다.

부재한 아버지를 대신한 국가폭력과 다 자라지 못한 소년의 거세 공포. 이 이야기는 떼려야 뗄 수 없는 두 남성성의 폭력적 관계를 탐구했다. 사실 《백 년 동안의 고독》에서 역사적 비극을 마술적 사실주의로 승화한 마르케스를 생각하며 글을 썼지만, 내가 쓴 소설의 위치는 결국 지금 여기다.

배를 가르는 심정으로 뼈저리게 썼다는 작가의 말은 부질없다. 그저 독자에게 재밌게 읽었다는 말을 들으면 기쁘겠다고 생각하며 간절하게 썼다. 그 이상 더 바랄 게 없다.

2018년 11월 밤, 마포 도화동에서
정창영.